बुधिया की तीन रातें

[कहानी संग्रह]

वाणी प्रकाशन
नयी दिल्ली-110002

बुधिया की तीन रातें

परदेशीराम वर्मा

ISBN 81-7055-349-0

वाणी प्रकाशन
21-ए, दरियागंज, नयी दिल्ली-110002
द्वारा प्रकाशित

प्रथम संस्करण : 1994

: मूल्य :100:00

कम्प्यूटेक सिस्टम, दिल्ली-110032
द्वारा लेज़र कम्पोज

शुक्ला ऑफसेट प्रिंटर्स, दिल्ली-110053
द्वारा मुद्रित

BUDDIYA KI TEEN RATYI
by Pardesi Ram Verma

देश के समर्पित
अक्षर सैनिकों के लिए

क्रम

नेपथ्य और मंच

"महाराज, महूं नाचहूं" कहते हुए नकटा साज के भूतपूर्व संचालक भाई चिकरहा उमेंदी ने नाचना शुरू भी कर दिया। जब तक कोई उन्हें सँभालता तब तक वे आलाप ले चुके थे। "अरे पति करे पुत्रनास और नारी करे पति नास जी···" और लोकताल पर कूद-कूदकर नचौड़ी पार पर सुर धरते हुए वे ठुमकने लगे।

लोक कला मेला के निर्देशक पंडित जी भी हँसकर रह गये। स्टेज बनाने वाले विख्यात शिल्पकार अपने दल के साथ नीचे उतर आये। ध्वनि और भोजन व्यवस्था से जुड़े लोग भी एकत्र हो गये।

मेला तो शुरू होता पारंपरिक ढंग से रात दस बजे, लेकिन अचानक दिन के तीन बजे पहले ही दिन चिकरहा आ धमके। अभी मंच सज्जा भी पूरी नहीं हुई थी इसलिए निर्देशक महाराज हड़बड़ाये हुए घूम रहे थे। पहला दिन था। निर्देशक पंडित प्रसन्नदास बार-बार फोन तक जाते और चिंतित होकर लौट आते। वे चाहते थे कि किसी तरह इस वर्ष भी नये मुख्यमंत्री मंच तक आ जाते। इसके लिए उन्होंने वर्तमान मुख्यमंत्री गुट के विधायक को महीने भर पहले से कह दिया था। विधायक भी चाहते थे कि किसी बहाने मुख्यमंत्री आकर उनका घटता वजन सुधार जायें और शहर में उनके प्रतिद्वंद्वी के बढ़ रहे वजन को लगे हाथों घटा जायें। पंडित जी इधर इतने बड़े मांगलिक संधान में लगे थे और इधर यह चिकरहा दूसरा आलाप ले रहा था—

"भीख लेके भीख दे।
अऊ तीनों लोक ला जीत ले जी।"

पंडित जी को अब चिकरहा की नौटंकी आपत्तिजनक लग रही थी। अभी तक तो वे बर्दाश्त कर गये मगर इस "भीख लेके भीख दे तीनों लोक ला जीत ले" पंक्ति से लगभग उखड़ गये। उन्हें लगा कि चिकरहा उन्हें ही सुनाकर यह सब जोड़-घटा रहा है। उन्हें अक्सर यह सुनना पड़ता था। मुँह लगे तेली कुर्मी कलाकार समय-कुसमय में आकर एक कंकड़ फेंक ही देते हैं–आप तो महाराज गुरु अब सबके गुरु–

"जगत गुरु बाम्हन
अब बाम्हन गुरु गोसाई"

यद्यपि पंडित जी केवल प्रसन्नदास ही लिखते हैं मगर उनका पूरा नाम है पंडित प्रसन्नदास वैष्णव अगिनकछार वाले।

कलाकारों के चहेते। खास अपने, उन्हीं की तरह गवैया-बजैया-नचैया पंडितजी पिछले बरस सरकार के द्वारा लगाये गये मेले में राऊतों का साज सजाकर राऊत नाचा भी नाच चुके हैं। हैं तो बहुत बड़े हाकिम मगर वे इसे कभी नहीं भूलते कि बड़ी कुर्सी तक उन्हें मंच ने पहुँचाया है। वर्ना जो शिक्षा- दीक्षा उनकी है उस हिसाब से उन्हें कम-से-कम यह रुतबा तो नहीं ही मिलता।

कलाकार जब नाराज हो जाते हैं तो आपस में खुलेआम कहते हैं, "अरे जानथन, भीख के मँगइया बाम्हण ला. लोटा धरे धरे किंजरतिस हमरे परसारे फुदरथे।"

कभी-कभी तो पंडितजी के सामने ही ऐसी कटूक्तियाँ उगल दी जाती हैं। इसीलिए चिकरहा की ठेही से वे बहुत आहत नहीं हुए। पंडितजी अपनी उदारता के कारण ही कलाकारों में चर्चित हैं। उनके दो रूप हैं। एक तो विशुद्ध लोक कला समर्पित कलाकार और मंच कुशल व्यक्ति का और दूसरा महत्त्वाकांक्षी और योजनाप्रवीण निस्पृह अफसर का। अफसरी का ही तकाज़ा है कि निवर्तमान मुख्यमंत्री की तरह इस बरस सत्तासीन मुख्यमंत्री मेले में पधारें। वर्ना अगले बरस का क्या होगा। महाराज जी अगले बरस सेवानिवृत्ति के बाद के बचे हुए जीवन को भी महत्त्वपूर्ण बनाये रखने के लिए ही

वातानुकूलित दफ्तर को छोड़कर विगत तीन बरसों से इस लोक कला मेला से जुड़ गये हैं। और तीन बरसों से कलाकारों की कम मुख्यमंत्रियों की चिंता में ज्यादा दुबला रहे हैं। उन्होंने तय कर लिया है, कि यहाँ से फ़ारिग होते ही वे या तो एक शासकीय लोक कला अकादमी खुलवाकर उसमें बिराजेंगे या फिर अपने गाँव से लगे विधानसभा क्षेत्र से खड़े होकर मुख्यमंत्री से लेकर प्रधानमंत्री तक का हाथ मजबूत करेंगे।

इसीलिए वे चिकरहा को इस तरह दोहे पर दोहा पीटते देख परेशान हो गये। और कोई अवसर होता तो अपनी विशिष्ट शैली से ठठाकर हँसते हुए कहते, ले सुना, फेर एकसठन बने गीत। मगर ऐसे समय में जबकि केवल मुंख्यमंत्री या आला हाकिमों का पदचाप लोकधुनों पर भारी पड़ता है चिकरहा से वे कुछ भी नहीं सुन कते थे।

चिकरहा रेते जा रहा था। चिकरहा अचानक रेडियो पर चलनेवाले बहुचर्चित गीत को चिकारा पर बजाने लगा–

"तपत कुरू भई तपत कुरू
फूले फूले चना सिरागे
वाँचे हावय ढुरू ढुरू"

गीत समाप्त होते ही चिकारा को एक किनारे रखकर बोम फाड़कर उसने रोना शुरू कर दिया, "मैं का करि डारेंव लोक कला। सब सइतानाश होगे दाई ओ-येहें हें... हें..."

आसपास खड़े लोग हंसने लगे। उन्हें लगा कि यह भी नौट्ंकी का ही एक हिस्सा है मगर चिकरहा का रुदन जब रुका ही नहीं तो पंडितजी को खबर दी गयी।

"चिकरहा को विह्वल होकर रोते देख पंडितजी स्तब्ध रह गये। वे सबको हटाकर चिकरहा के पास गये और उन्हें चुप कराते हुए बोले, "बबा झन रो, नाचबे तहूं हा, झन रो।"

पंडितजी के हाथों को अपने कंधे पर पाकर चिकरहा और जोर-जोर से रोने लगा, "तुमन का करथव ददा हो, लोक कला दाई के तुमन का करथव।"

"छत्तीसगढ़ महतारी तुंहला छिमा नई करय महराज हो ये हें हें हें..."

चिकरहा को चुप कराते-कराते पंडितजी भी आँख पोंछने लगे। उनके सहायक गण भी आ गये। चिकरहा को उठाकर पास ही बने लोक कला कुटीर की ओर ले गये। पंडितजी ने आश्वासन दिया कि घंटे भर बाद वे आकर स्वयं मिलेंगे।

इस बीच शहर के पत्रकारों को खबर लग गयी कि कोई चिकरहा सजते हुए मंच के करीब जाकर कुछ इस तरह धुन बजा गया कि बड़े-बड़ों को अपनी धुन पर नचानेवाले पंडित प्रसन्नदास वैष्णव भी अपना राग कुछ क्षण के लिए भूल गये।

लोक कला कुटीर में पत्रकारों को चिकरहा से मिलवाया गया। चिकरहा ने उन्हें पूछने पर धीरे-धीरे सब बता दिया कि वह विगत तीन बरसों से लोक कला मेले में अपनी लोक कला का प्रदर्शन करना चाहता है मगर उसे अवसर ही नहीं मिलता। वह नकटा साज का भाई चिकरहा है। अब नकटा साज समाप्त हो गया है और उसी के साथ चिकरहा का भी सबकुछ खत्म हो गया है।

पत्रकारों को यह जानकर आश्चर्य हुआ कि लगातार बीस बरसों से खेती-बाड़ी घर-द्वार को दांव पर लगाकर उमेंदी मंडल ने एक लोक कला मंत्र को न केवल खड़ा किया था बल्कि उसे गतिशील बनाये रखने के लिए अपना सब कुछ न्यौछावर कर दिया था।

वह अपने नकटा साज का मैनेजर चिकरहा और गम्मातिहा भी था। एक जुनून में जीने वाले लोक कलाकार की बरबादी की करुण कहानी में शासन की कृपा की कथा भी जुड़ी हुई मिली।

उमेंदी ने जमीन बेच-बेचकर समय-समय पर अपने साज को नये वाद्ययंत्र ही नहीं दिये बल्कि समय के साथ चलकर दूर-दराज के गाँवों से नचकाहारिन को अपने खर्चे पर साज से जोड़ा।

नचकाहारिन के आ जाने पर उसकी पत्नी ने उसे केवल सुनाया ही नहीं बल्कि अपने दो बच्चों के साथ अपने मायके ही चली गयी।

फिर वापस नहीं आयी। चिकरहा ने घर, घरनी सबसे बैर मोल लेकर जब साज को खड़ा किया तो शासन के नुमायंदों की नजर लग गयी। कलाप्रेमी

सरकार के गुर्गों ने साधक चिकरहा के कुछ कलाकारों को फोड़कर राजधानियों की ओर मोड़ दिया। प्रांत की राजधानी से होते हुए कलाकार देश की राजधानी तक जा निकले और जैसे गये थे वैसे ही कुछ बरसों के बाद लुटे-पिटे हुए फिर अँधियारे गाँव की ओर लौटा दिये गये। तब तक चिकरहा बैइहा मंडल के रूप में चर्चित हो गये थे, न उन्हें खाने की सुध थी न पहनने की। खाली चिकरा लेकर गली-गली रेतते रहते और लोगों को देखकर बड़बड़ाने लगते— "देखो जी देखो
सरकार का खेल,
छोड़ो कलाकारी
अऊ धर लो तेल

फिर अचानक राग निकालकर गाने लगते—

"दइया मइया के धरइया
लउठी मां कला ला पिटइया
शासन चारे दिन तपले तहूं रे।"

लोग अर्थ और पीड़ा तो साफ समझ लेते मगर अपनी परेशानियों में मरते-खपते लोगों को भला लोक कला की परेशानी से क्या लेना-देना हो सकता था। सब तो चिकरहा मंडल की तरह लोक कला के लिए सर्वस्व न्यौछावर कर गली-गली घूमने से रहे।

"गली-गली पंडित प्रसन्नदास वैष्णव भी लोक कला के लिए ही घूमते हैं मगर पैदल नहीं, टी. ए. डी. ए. लेकर शानदार गाड़ियों में। सर्राटे से निकलती गाड़ी में काला चश्मा चढ़ाये पंडित जी जब लोक कला की गतिशीलता के लिए चिंतन करते हैं तो दूर खड़े हमजोली और हमपेशा लोगों के मुंह से बेशाख्ता निकल जाता है—वाह रे लोक कला सेवक बासी रखने के लिए फ्रिज चाहते हैं ! और मंचों पर तियासी को परोसते हैं।

मगर ऐसी आलोचना तो होती ही रहती है। आलोचना पर ध्यान दें तो हो गयी लोक कला की सेवा।

लोक कला पर सेमिनार, लोक कलाकारों का सम्मान, लोक शिल्प पर चर्चा, सकल करम तो करना पड़ता है।

चिकरहा, डंगचगहा के लिए अगर चिंता करने बैठ जाये तो शासन के शक्तिशाली कला सचिव की चिंता कौन करेगा। बस यहीं पर पंडितजी अपने क्षेत्र के लोक कलाकारों से चिढ़ जाते हैं। वे कभी-कभी गुस्से में कह भी देते हैं, "अरे मर गये लोक कला के कितने सेवक चिकरहा, तबलहा, कोई जानता तक नहीं उन्हें। पहले शासन को साधना है। मुझे यह रुतबा लोक कलाकारों ने नहीं शासन ने दिया है। इसलिए मुझे किनकी चिंता होनी चाहिए, मैं खूब समझता हूं।"

मगर ऐसी बात वे मंच पर नहीं कहते। यह उन्हीं का कमाल है कि वे मंच पर लोक कला की बात करते-करते फफकने भी लगते हैं और अपने हितों पर आँच आते देखकर लोक कला की ऐसी-तैसी भी करने पर आमादा हो जाते हैं। डायनिंग टेबल पर बैठकर विशेष अवसरों पर बोरे बासी खाते हैं और सफारी सूट लगाकर चुरुट दबाये हुए राजधानी की ओर उसी तन्मयता से पयान भी करते हैं।

वे कला सचिव से लेकर चिकरहा तक समान रूप से लोकप्रिय हैं। वे महिला कलाकारों के अधिष्ठाता हैं। लोक साहित्यकारों के कलागुरु और लोक कला के युगपुरुष हैं। शासन की नीतियों के अनुरूप लोक कला और लोक शिल्प को ढालने का साधिकार हुक्म देने वाले हाकिम हैं।

वे तारना और मारना जानते हैं। मोहन, मारन, उच्चाटन मंत्रों के निष्णात साधक हैं। हँसते हैं तो लगता है लोक कला का चेहरा खिल गया है और रोते हैं तो लगता है जैसे लोक कला पर आये सारे संकटों को वे अश्वत्थामा द्वारा फेंके गये ब्रह्मास्त्र को अपने ऊपर झेल लेनेवाले कृष्ण की तरह झेलकर जर्जर हो गये हैं। वे कलाकार हैं इसीलिए सुविधानुसार हँस-रो लेते हैं।

मगर चिकरहा के पास ऐसा संयम कहाँ ! वह तो कलाकार भी नहीं माना जाता। अगर माना जाता तो बाकायदा पंडितजी उसे भी कांट्रेक्ट फार्म देते, जीप भिजवाते और भोजन की व्यवस्था तो खैर कूपनधारी त्रिवेदी जी करते हैं। वे भी लोक कला सेवक हैं इसीलिए उन्हें हर बरस लोक कला भोग का प्रबंधक बनाया जाता है। वे पंडितजी के चचेरे भाई हैं, पंडितजी के

फुफेरे भाई, माइक सँभालते हैं और साढू भाई प्रचार-व्यवस्था।

दो पत्रकार जो आये थे उनमें से एक उनके साढू के छोटे भाई थे, इसलिए कोई चिंता नहीं थी। क्या पिद्दी और क्या पिद्दी का सोरबा! बइहा चिकरहा आखिर क्या कर लेगा, क्या गा-बजा लेगा। वे जब जान चुके कि लोक कला पर हो रहे सेमिनार की अध्यक्षता सचिव करने के लिए राजी हो गये और अंतिम दिन के लिए स्वयं मुख्यमंत्री ने समय दे दिया है तब उन्होंने एक गिलास पानी माँगा, "अरे चतरू अब ला न रे पानी। मोर दरी पानी बूढ़े नई बाँचय। अब पियाहूँ पानी सारे दुस्मन मन ला। सब के पानी न उतार दंव ते बाम्हण के बिंद नहीं।" चतरू उनका भृत्य है। मुँहलगा कलाकार भी। उन्हीं के लिखे गीतों को गाता था इसलिए एक दिन बड़े साहब से कहकर उन्होंने चतरू को एन. एम. आर. में रखवा दिया और अब चतरू का रुतबा किसी जूनियर मैनेजर से कम नहीं है। महाराज जी के मुँह से कुछ निकला कि चतरू कहने लगता है, वाह महाराज जी क्या बात कह गये। और महाराज जी इसी तरह तुकों की कड़ियाँ पानी-सानी, आनी-बानी जोड़ते हुए पवन दीवान की तरह अंत में अट्टहास करने लग जाते हैं।

पानी पीकर अट्टहास कर चुके तब उन्हें बताया गया कि चिकरहा आपकी राह देख रहा है।

पंडितजी सुनते ही बिगड़ गये, "चोरहा सारे हो, भगवान चिकरहाला। इहाँ मुख्यमंत्री अब सचिव के चक्कर हे अऊ कहाँ चिकरहा के रोग आगे।"

इतना सुनना था कि चतरू एंड पार्टी ने चिकरहा को लोक कला कुँदरा से तत्काल निकालने का हुक्म दिया। चिकरहा हक्का-बक्का रह गया। पत्रकार तो जा ही चुके थे। चिकरहा ने केवल इतना ही कहा, "दू दिन के खाय नइ अब दादा हो। खाना भले झन दव बजाय गाए के मौका तो दव। महूं नाच लेतेंव भैया।"

चतरू को उसकी जिद्द पर बड़ा गुस्सा आया। उसने हाथ पकड़कर चेचकारते हुए कहा, "लोखन के तहीं बजइया अप सुन्ना नई परे ये छत्तीसगढ़ माँ जा भाग।"

चिकरहा को वे खदेड़ते हुए बहुत दूर तक ले गये।

ठीक नौ बजे महोत्सव होने वाला था। पत्रकार लाल गद्देदार कुर्सियों में बैठकर ठंडे पेयों का लुत्फ ले रहे थे। पंडितजी के साढ़ू उन्हें सँभाले हुए थे। घोषणाएँ हो रही थीं कि आदरणीय मुख्य अतिथि बस आ ही रहे हैं। आया ही चाहते हैं। 'ददा दाई हो भाई बहिनी हों,' जैसे कुछ चुटीले संबोधन भी उछाले जा रहे थे।

कुछ विशिष्ट श्रोता जो लोक कला का क ख ग घ नहीं जानते थे, ठीक पत्रकारों के बाद बिठाये गये थे। बिल्कुल सामने बीस भारी भरकम कुर्सियाँ बड़े अधिकारियों के लिए लगी थीं। पुलिस के कुछ अधिकारी आकर विराज चुके थे। उन्हें दौड़-दौड़कर पान-तंबाकू पेय दिया जा रहा था। अधिकारीगण वहीं लोक कला कलशों के इर्द-गिर्द पूरी ताकत से पीक को मुँह से पिचकारी की तरह बाहर फेंक रहे थे। और लोक कला संयोजक उनकी इस अदा पर मुग्ध हो रहे थे।

एक युवा महिला लोक कलाकार जो इन दिनों देश-विदेशों में चर्चित हैं, उन्हें विशेष रूप से बड़े अधिकारियों को पान परोसने के काम में लगाया गया था।

वह पान पेश कर धन्य हो रही थी। हाकिम एक पान उठाता और भरपूर नजर लोक कलाकार पर डालकर मुस्कराने लगता।

अधिकारियों के परिवार के लोग आ चुके थे। कुछ गाड़ियाँ कुछ अधिकारियों के बच्चों को लाने के लिए गयी थीं। वे भी अब प्रायः आ गयी थीं। उधर बहुत दूर साहित्यकारों की कुर्सियाँ थीं।

जनता जनार्दन के लिए खुला मैदान था घास का। गाँवों से आये लोग घास पर बैठे थे। बीच-बीच में वैष्णवजी माइक तक सपाटे से आते और हाथ झुलझुलाकर कविसम्मेलनी अदा फेंकते हुए कहते, "दाई बहिनी और ददा हो–हरी घास पर क्षण भर बैठिए और लीजिए आनंद लोक कला का। लोक कलाकार महान होता है बिना कार का होता है मगर लोक उसी के दम पर चला करता है।" ऐसा कहकर वे चुप हो जाते इस आशा में कि लोग ताली पीटकर हँसेंगे मगर लोगों के चेहरे पर कोई खुशी नहीं पाकर वे आगे बढ़ जाते। फिर कुछ देर बाद सपाटे से माइक के पास आते और कहते, "आप लोगों के लिए पपची लड़ुवा और चौंसला सोहारी जैसे लोक

व्यंजन भी स्टाल में रखा गया है जरूर लेकर घर जायें। कुछ लोक साहित्य भी है उसे भी अवश्य खरीदें।"

घास पर बैठे श्रोता इस तरह की घोषणाओं से और उकताते। पंडितजी बड़े अधिकारियों और उपस्थित पत्रकारों का नाम ले-लेकर कहते कि महान लोग सामने की कुर्सी में विद्यमान हैं। उनकी धर्मपत्नियों और सपूतों का भी इस लोक कला मेला में हम स्वागत करते हैं।

अभी वे कुछ और कहते कि उद्घाटन कर्ता हाकिम की गाड़ी मेला स्थल में आ लगी। भागमभाग मच गयी। लोक कला मेला के तमाम सेवक भर भर भर भर इधर-उधर भागकर सब व्यवस्था को दुरुस्त करने लगे। गुलदस्ते धरे कलाकार पंक्तिबद्ध खड़े हो गये। पहले अधिकारी की बीवी उतरी स्लीवलेस ब्लाऊज और अपनी भूतपूर्व सुंदर और पृथल शरीर को लहराती हुई, फिर उनके लाड़ले उतरे। बाद में हाकिम। पंडितजी ने दौड़कर उन्हें नमस्कार किया।

हाकिम ने ऐनक ठीक करते हुए 'अच्छा है अच्छा है' कहकर उनका उत्साहवर्धन किया। पंडितजी और झुक गये। लगभग बिछ गये।

धीरे-धीरे सपत्नीक हाकिम मंच पर आ गये। उनसे दीये जलवाये गये। लोक कलाकारों के द्वारा स्वागत हुआ।

फिर लोक कलाकार सर झुकाकर मंच पर कुर्सी के किनारे खड़े हो गये। पंडितजी ने काव्यमय लोक कलात्मक उद्बोधन दिया। फिर मुख्य अतिथि ने राम राम कहकर ताली पिटवाने का खेल दिखाया। लोक कला मेला के लिए राम राम कह देने मात्र से पंडितजी गद्गद हो गये और आधे घंटे तक उन्होंने इस राम राम के लिए उन्हें धन्यवाद दिया। फिर मुख्य अतिथि को सादर मंच से उतारकर भव्यतम कुर्सी पर बैठाया गया, उनकी पत्नी को भी। और लोक कला मेला प्रारंभ हो गया झमाझम। उद्घोषिका ने कहा, "पहला कार्यक्रम हमारे निर्देशक के कलाकार भृत्य और लोक गायक चतरू के गीत का है, जिसे लिखा है निर्देशक महोदय पंडित प्रसन्नदास वैष्णव ने।"

"दूसर के नचई कुदई
ते चतरू के मटकई"

और इसके साथ ही चतरू दल का मटकना शुरू हो गया। अभी चतरू ने आलाप ही लिया था, 'अरे मोर··· ' तभी दर्शक दीर्घा से एक आदमी तूफान की तरह उठा और सारी बाधाओं को फोड़कर मंच पर चढ़ गया।

भगदड़ मच गयी।

वैष्णव जी ने भी देखा, एक बावला-सा आदमी चिकारा हाथ में लिये माइक पर आ डटा था और आते ही उसने कहना प्रारंभ कर दिया :

"बहुत मोर मोर हो गया
अब तोर नहीं चलने देंगे"

पंडितजी भागे-भागे मंच पर चढ़ आये। उनके साढू भी मुस्तैदी दिखाने लगे चतरू सारी चतुराई भूल हक्के-बक्के हो गये। तबला-ढोलक-मजीरा सब थम गये।

और जब तक कोई कुछ कहता, चिकरहा लोकधुन पर थिरकने लगा। हल्ला-गुल्ला थम गया। ध्वनि-विस्तारक यंत्रों से पचास हजार श्रोताओं तक चिकारा से निकले लोकधुन पर थिरकते उमेंदी का लंबा आलाप पहुँचने लगा। अभी वह शुरू ही हुआ था कि माइक पर घोषणा हो गयी—यह एक पागल चिकरहा है, जबरदस्ती चढ़ आया है इसे अभी हटाकर अपना कार्यक्रम शुरू करवाते हैं।

तभी हजारों श्रोताओं ने एक स्वर में हाथ उठाकर कहा, "नहीं, इसे अपना प्रोग्राम देने दीजिए नहीं तो कार्यक्रम नहीं होने देंगे।" उनके साथ बचे हुए लोग भी चिल्लाने लगे, "देने दो कार्यक्रम। चिकरहा जरूर देगा कार्यक्रम। पंडितजी हट जाइए मंच से। मंच पर चतरू नहीं चिकरहा रहेगा।"

चारों तरफ से आ रही आवाज से निर्देशक पंडित प्रसन्नदास वैष्णव पहली बार भयभीत और पराजित महसूस कर रहे थे।

इतने वर्षों की विजय यात्रा में यह पहला अवसर था, जब उनकी योजना के विरुद्ध एक आहत कलाकार उठ खड़ा हुआ, और मंच पर आ चढ़ा था और लोक समर्थन पाकर अजेय हो गया था।

चिकरहा को मंच सौंपकर वे थके-थके भव्य मंच की सीढ़ियाँ उतरने लगे।

निदान

एस. आई. नरेन्द्र कुमार की पहली नियुक्ति थाना अगिनकछार में हुई। वे साहित्य के गंभीर अध्येता ही नहीं, बल्कि एक सृजनशील कवि भी हैं। आप उनकी रचनाएँ स्थानीय अखबारों के रविवारीय अंकों में देखते ही हैं। वे पुलिस में रहकर भी अपनी संवेदनशीलता पर आँच नहीं आने देना चाहते। यद्यपि आँच आने की संभावना रोज-ब-रोज बढ़ रही है, मगर विगत दस माह से तो वे अपने को भरपूर सँभाले हुए हैं। कुछ तो उन्होंने खुद ही खुद को सँभाल लिया है और कुछ कमाल अगिनकछार का भी है। नरेंद्र जी हर नुक्ते पर संजीदगी से विचारने के आदी हैं। उन्होंने अपने थाने के नाम पर भी खूब विचार किया। थाना अगिनकछार गाँव के नाम पर ही है। उन्होंने खूब शोध किया। अंत में इस नतीजें पर पहुँचे कि कछार में अगिन याने कगार की आग—बड़ा अच्छा लगा—यह नाम। जिसकी कगार में आग हो ऐसा स्थान। कभी-कभी तो वे लॉकअप में बंद अपराधियों को भी अगिनकछार शब्द की व्याख्या सुनाते हुए कहते हैं कि, "दोस्तो, अगर गाँव बोल सकता तो बताता कि कछार की आग होती क्या है। गरीबी, भुखमरी, असमानता, लाचारी की आग है जो अभी कगार पर है, कल यह बीच कछार में आ सकती है। धीरे-धीरे पूरा देश ही अगिनकछार हो जाएगा अगर इसी तरह हम गलती करते रहे तो सँभलने का सबसे जरूरी समय यही है जिसमें हम जी रहे हैं। सँभलो !"

मगर गाँव, कछार भला क्या बोल सकता है ?

"बोले नहीं रे भुइयां, ग। बोले नहीं रे आकास
अपन मरम ल फूल नी बोले, बोले नहीं रे सुवास
आग और गंध भला क्यों बोले। उनका चरित्र बोलता है।"

नरेन्द्र कुमार ऐसी बातें कहते हुए अभिभूत हो जाते हैं, क्योंकि उन्हें लगता है कि कहीं-न-कहीं वह भी अगिनकछार की तरह है। मूक, लाचार मगर अगिन को दबाए हुए। उन्हें उम्मीद है कि उनका भी चरित्र देर-सबेर बोलेगा। पेट की खातिर पुलिस में एस. आई. हो गए मगर रुचि के हाथों मजबूर भीतर के कवि को दुलारने से बाज भी नहीं आते। बाज तो खैर उनके बड़े अधिकारी भी नहीं आते जो नरेन्द्र को गाहे-बगाहे नसीहत देते हैं, "कविता ही करनी थी तो मास्टरी कर लेते। पुलिस में आने के बाद दो चीजों से रिश्तेदारी तोड़ देनी पड़ती है–संवेदनशीलता और भावुकता। ये दोनों चीजें बड़ी खतरनाक हैं। अच्छे-अच्छों को बरबाद कर देती हैं। पुलिस के लिए तो यह सर्वनाश का बायस बन जाती हैं।"

मगर नरेन्द्र कुमार इन नसीहतों से कभी सहमत नहीं पाए गए। वे अपने ढंग के युवा अफसर हैं। अपने तरीके से सोचते हैं। वे कहते हैं कि संवेदनशीलता ही तो उनकी असली पूँजी है। मरते मर जाएँगे मगर इस पर आँच नहीं आने देंगे। वे अपने प्रयास में विगत दस माह से सफल रहे, मगर पिछले पंद्रह दिनों की घटनाओं ने उन्हें हिलाकर रख दिया है। अभी तो पुलिस की नौकरी की शुरुआत ही है। दस माह में तो प्रोबेसन पीरियड ही खत्म नहीं होता। प्रोबेसनरी अफसर के साथ जो सलूक सीनियर अफसर करते हैं उसे देखकर नरेंद्र कुमार को कभी अच्छा भी लगता है कभी बहुत बुरा। उसे यूँ लगता है जैसे डाकुओं के गिरोह में नए-नए आए हुए सदस्य को जिस तरह संदेह की नजर से देखा जाता है और जिस तरह उसे हत्या और डाके के लिए उकसाया जाता है, ठीक उसी तरह पुराने खुर्राट अफसर भी भविष्य की शानदार नींव रख देने के लिए बेचैन-से रहते हैं। नरेन्द्र कुमार को कभी-कभी लगता है कि नया अफसर हाईस्कूल से कॉलेज में जाकर रैगिंग का शिकार बन जाने वाला विद्यार्थी-सा होता है जिसे सीनियर छात्र जी भर तंग करते हैं और मजा लेते हैं। फिर नरेन्द्र कुमार का तो स्वभाव ही पुलिस और वर्दी के प्रतिकूल है। फिर भी वे अपने ढंग से आगे

बढ़ रहे थे। धीरे-धीरे उनका एक अपना स्थान भी इस क्षेत्र में बन रहा था कि अगिनकछार गाँव की घटना ने उनकी योग्यता पर प्रश्नचिह्न लगा दिया। वे पुनः साहित्य और वर्दी के बीच धक्का खाने को मजबूर हो गए। उन्हें दस बात सुननी पड़ी सो अलग। फिर वही नसीहत दस बार दस तरह से उनके सीनियर अफसरों ने दी। एक तरह से कह ही दिया गया कि, "नौकरी करनी है तो विभाग के तौर-तरीकों को जल्दी अपनाओ। कलम या केन में एक को चुनो। मान्यवर और श्रीमान् जी एक ही तरह के दो शब्द होते हुए भी अपना अलग अस्तित्व क्यों रखते हैं सोचो।"

"कविता की डायरी और रोजनामचे में, कुर्ता-पाजामा और खाकी वर्दी में, कल्पना और हकीकत में इसी तरह बँटे रहे तो न खुद सुखी रहोगे न हमें खुश रख सकोगे।" बात थी भी सही। इस बार बातें बहुत बुरी नहीं लगीं। नरेन्द्र कुमार ने दस माह बाद पहली बार मन से स्वीकार किया कि वाकई रहीम ने ठीक ही कहा है।

"जहाँ काम आये सुई कहा करे तलवार"

युक्ति हर काम में जरूरी है। नरेन्द्र जी सोचने लगे कि नदी किनारे के गाँव में जन्मा हूँ और तैरना सीख नहीं पा रहा यह ठीक नहीं है। दूसरों की छोड़ो, खुद को बचाने के लिए तो तैराक होना जरूरी है।

उनका ऐसा सोचना जरूरी भी है। उस घटना में तो वे फाँदा में माँगरी मछली की तरह जा फँसे थे। छटपटा कर रह गए थे। अगर टी. आई. शर्मा जी उदारता न बरतते तो नरेन्द्र कुमार तो चीं बोल गए थे। सब गड़बड़ा गया था। नेतागण तो न उसकी मिन्नत पर पिघल रहे थे न उनकी शालीनता को महत्त्व दे रहे थे। वो तो अच्छा हुआ कि शर्मा जी ऐन मौके पर आ गए और उसकी आबरू बच गई। वरना वे साहित्य के बल से नेताओं को काबू में नहीं कर सकते थे। भला हो शर्मा जी का जो उन्होंने कविता को हारते देख केन को सक्रिय कर दिया और काव्य-डायरी से अधिक महत्त्वपूर्ण रोजनामचे की पूँजी है। यह सिद्ध भी कर दिया।

हुआ यूँ कि अगिनकछार में पिछड़ों और अगड़ों के बीच तनातनी हो गई। बात कुछ थी नहीं मगर गाँव में तनाव हो गया। जँवारा पाख था। गाँव में दो दल हैं जस गीत गाने वालों के एक में ऊँची जाति के

लोग कर्ता-धर्ता हैं, दूसरे दल में सरकारी रिकार्ड में पिछड़े घोषित किए गए लोगों का बाहुल्य है। एक तरह से दोनों दल अलग-अलग जातियों के दल हैं। देवी माता का जस तो गाते हैं मगर अपनी जातीयता को हर पल याद करते हुए। माह भर पहले गाँव के शीतला मंदिर में जोत जलाया गया। सेवा करनेवाले नियमित आते रहे। जोत को ऊँचे लोगों ने जलाया था। मगर माता-सेवा का अधिकार सबको है यह सोचकर पिछड़ों का दल भी पहुँच गया गाते हुए–

पियर पियर तोर अंग के कपड़ा
पियर कान के ढारे
पियर है तोर नाक के नथली
रहे होंठ पर छाए हो माता
पांचों रंग माता के सिंगारे न !

अभी दल ने गायन करना प्रारंभ ही किया था कि ऊँचे दल के लोग विरोध करने पहुँच गए। उन्होंने साफ कह दिया कि, "जोत हमर ये, हम गाबो, तुम मत करव सेवा।"

कहा-सुनी हो गई। कुछ जात-पाँत की बात भी हो गई। ले-दे मच गया। माता-सेवा बंद कर लोग लाठी की सेवा पर उतर आए। दो लोगों का मूड़ फूट गया। दो-तीन जनों के हाथ-गोड़ चलक गए। मगर अंततः एस. आई. नरेन्द्र कुमार ने गाँव पहुँचकर प्रेमपूर्वक सबको समझा दिया और बात आई-गई हो गई। टी. आई. शर्माजी ने तब भी नरेन्द्र को डाँटा था कि, "समाजसेवक का बाना मत पहनो कल यही लोग मूड़ में मूतेंगे। न इसके रहोगे न उसके। पुलिस में हो तो पुलिस वाले की तरह समस्या का निदान किया करो। आयुर्वेदरत्न होकर सर्जरी करने भिड़ जाने वाले वैद्य अलकरहा धँस जाते हैं। खुद मरते हैं, मरीज को भी मारते हैं। तुम भी वही कर रहे हो।" नरेन्द्र शर्माजी को बड़े भाई की तरह मानते हैं। भाई की तरह नहीं बल्कि गुरु की तरह। सब तो नरेन्द्र ने शर्माजी से ही सीखा। वे उसे स्नेह भी देते हैं। घाघ व्यक्ति को सरल लोग प्रिय लगते हैं और सरल व्यक्ति घाघ मनुष्य के प्रति सम्मोहित होता है। यह प्राकृतिक और स्वाभाविक आकर्षण होता है। यही गणित शर्माजी और नरेन्द्र के बीच फिट

हो रहा था।

बहरहाल, अगिनकछार शांत हो गया और नरेन्द्र अपनी दिनचर्या के कारण घटना को भूल गए। थाना अगिनकछार में मजे की शांति थी। गर्मी के दिन थे। नवतपा चल रहा था। नरेन्द्र ने सिपाही रतनलाल को ठंडा पानी लाने का हुकुम दिया। रतनलाल ने नरेन्द्र के क्वार्टर से ठंडा पानी लाकर दिया, साथ में नाश्ता भी। नरेन्द्र ने नाश्ता-पानी से फारिग होते हुए लोटा- गिलास क्वार्टर पहुँचाने कहकर उठ ही रहे थे कि अगिनकछार के चार लोग थाने में आते दिखे। नरेन्द्र ने उन्हें आग्रहपूर्वक बिठाया और रतनलाल को लोटा पहुँचाकर जल्दी आने को कहा। चारों लोग पिछड़ों के दल से थे। उन्होंने कुर्सी पर बैठते हुए कहा, "आप तो पानी पी चुके साहब, हमें भी पिलवाइए।"

नरेन्द्र ने तत्काल रतनलाल को कहा, "रतन भाई इन्हें पानी पिलाओ।"

रतनलाल ने कहा, "किन्हें साहब ?"

"इन्हें और किन्हें !"

"जी, ठीक है," कहते हुए रतन ने थाने में रखे लाल मटके से साफ और ठंडा पानी निकालते हुए कहा, "लीजिए साहब, रेड मटकी का कोल्ड वाटर पेश है।" उसकी इस उक्ति पर नरेन्द्र मुस्कराने लगे मगर पिछड़े नेताओं की त्यौरियाँ चढ़ गईं। उन्होंने कहा, "हम अछूत हैं क्या ?"

एक सन्नाटा खिंच गया।

नरेन्द्र ने कहा, "क्या बात है भाई। पानी तो पूरे सम्मान से दिया जा रहा है। आप नाराज क्यों हो गए।"

"सम्मान रखिए अपने पास। बनावटी सम्मान और दिखावटी संबोधन से पिछले सौ बरस से हमें छला जा रहा है।"

"कैसा छल ?"

"देख तो रहे हैं। ठगों ने क्या हाल कर दिया है। मलाई खाते हैं और हमें मही पिलाकर अहसान करते हैं। आप भी साहब दुहरा चरित्र दिखा रहे हैं।"

"कैसे ?"

"ऐसे कि खुद तो पानी घर से मँगवाकर पीते हैं और हमें यहाँ का

पानी पिलाते हैं।"

"तो यहाँ के पानी में क्या खराबी है ?"

"तो आप क्यों घर का पीते हैं।"

"संयोग है वर्ना मैं भी यहीं का पीता हूँ।"

"सब संयोग हमारे ही साथ घट रहा है। इस देश में चालीस बरस से।"

"आप तो बेकार में बात को खींच रहे हैं।"

"और आप क्या कर रहे हैं। खींच तो आप रहे हैं।"

"मैं आपका सम्मान करता हूँ। आप गाँव के नेता हैं। सारी बिरादरी का सुख-दुख देखते हैं। मैं तो इज्जत क़रता हूँ आपकी।"

"इज्जत करके ही तो हमें लूटा है लोगों ने।"

"पहेली मत बुझाइए।"

"पहेली आप बुझा रहे हैं।"

"मैंने क्या किया।"

"पानी पिया आपने !"

"तो मनाही है ?"

"हमें तो है।"

"कैसे ?"

"थाने का पानी हमारे लिए, घर का आपके लिए।"

"तो आप भी घर का पी लीजिए," कहते हुए उन्होंने रतनलाल से कहा, "रतनलाल यार घर से लाकर नेताजी और साथियों को पानी पिला दो।"

रतनलाल इस पूरी बातचीत से बिफर-सा गया था। उसे नरेन्द्र साहब की यही बात अच्छी नहीं लगती। पुलिस का रुतबा तो जानते ही नहीं। जाने किस शब्दावली में बात करते हैं। आदर, सम्मान, इज्जत। नरेन्द्र साहब किसी दिन मरवाकर ही मानेंगे, ऐसा रतन के सभी साथी सिपाही गाहे-ब-गाहे कह देते हैं। बल्कि अवसर देखकर नरेन्द्र के सामने ही कह देते हैं। रतन जब कहने पर भी थाने की मटकी का पानी लेकर उसी तरह डटा रहा तब पुनः नरेन्द्र ने कहा—"यार जाकर घर का पानी ले आओ। नेताजी का

आदेश है भई।"

अब रतनलाल से रहा न गया। पानी लोटे सहित वापस रखते हुए उसने कहा, "साहब, सिपाही हूँ इसलिए अपने एस. आई. की खिदमत करता हूँ। मैं कोई इनका नौकर नहीं हूँ। ये तो चढ़ते ही जा रहे हैं। वर्दी न हो तो इनके हाथ का पानी भी हम न पिएँ। साहब देना तो दूर की बात। आप माफ कीजिए हमें। पीना है तो यही पानी पिएँ नहीं तो अपनी ऐसी-तैसी कराएँ। प्यास थी तो बाहर से पीकर आते, यहाँ क्यों आ गए मरने के लिए।"

नरेन्द्र ने डाँटकर कहा, "रतनलाल पानी भले मत लाओ मगर गाली तो मत दो। बदतमीजी से बाज आओ रतन।"

नरेन्द्र की डाँट से रतनलाल चुप हो गया।

मगर नेताजी चुप न रह सके। वे गुस्से से थर-थर काँपने लगे। उनमें से एक कुछ अधिक चंट से दिखने वाले जवान व्यक्ति ने टेबल पर हाथ मारते हुए कहा, "अब तो लड़ाई होकर रहेगी साहब, सब आपकी मिलीभगत का नतीजा है। आप ड्रामा कर रहे हैं। वर्ना सिपाही की हिम्मत कि थाने में हमें गाली दे दे। अगिनकछार में आकर आपने मारपीट के दिन चिकनी-चुपड़ी कर हमें मना लिया मगर अब हम मानेंगे नहीं। ऊपर शिकायत करेंगे, पेपर में देंगे।"

नरेन्द्र को काटो तो खून नहीं। 'आए थे हरिभजन को ओटन लगे कपास' की हालत हो गई। नरेन्द्र को मैथिलीशरण गुप्त की पंचवटी मुखाग्र याद थी। उसे व्यावहारिक चार पंक्तियाँ याद हो आईं...

"पंचायत करने आई थी, अब प्रपंच में क्यों न पड़ो
खुद का भी खोना पड़ता है यदि औरों के लिए लड़ो।"

वह भीतर ही भीतर कुढ़ रहा था कि नेताजी ने फिर जोर देकर कहा, "चलो यारो चलें। कवि टाइप पुलिस वाले से तो थाने का सिपाही भी नहीं सँभलता दूसरों को क्या सँभालेगा। अब ईंट से ईंट बजाकर हम दिखाएँगे। आई. जी. से करेंगे शिकायत और भैया को भी लिखकर देंगे कि थाने में जातिवाद का जहर बोया जा रहा है।

अभी नेता बड़बड़ाते हुए थाने से निकल ही रहा था कि थानेदार शर्मा

जी का बुलेट धकधकाते हुए आकर रुका।

नरेन्द्र को तो जैसे किनारा ही मिल गया। वह शर्मा जी को याद कर ही रहा था। शर्मा जी को नरेन्द्र ने सेल्यूट किया और नेताओं ने नमस्कार। नेताओं से शर्मा ने पूछा, "क्यों ? कैसे आए थे।"

चंट नेता ने कहा, "साहब यूँ ही घूमने-मिलने।"

शर्मा जी ने घूरकर देखते हुए भारी आवाज में कहा, "थाना तफरी की जगह है। नेतागिरी गाँव में किया करो। यहाँ घूमने आने की ज़रूरत नहीं है। काम हो तब आया करो, समझे।"

"जी हाँ, जी हाँ महाराज जी। गलती हो गई···" कहते हुए वे वहाँ से खिसकने लगे। तभी नरेन्द्र ने कुछ देर पहले के वाकये को बताया! शर्मा ने नरेन्द्र को डाँटा दो सिपाहियों को लौट रहे नेताओं को लाने के लिए भेजा। शर्मा का व्यावहारिक पुलिसिया दिमाग सक्रिय हो गया। सिपाहियों के साथ चारों लोग आ गए। थाने में अभी वे घुसे ही थे कि शर्मा ने नरेन्द्र को कहा, "बंद कर दो सबको।"

नरेन्द्र हक्का-बक्का देखता रह गया।

शर्मा ने आदेशात्मक लहजे में फिर कहा, "नरेन्द्र बंद करो सालों को।"

नेताओं के हाथों के तोते उड़ गए। चारों में से एक नेता ने अपने दूसरे साथी को को हिनियाते हुए खीझकर कहा, "आंजत, आंजत कानी होगे साले हा।"

साथी ने आश्वस्त किया, "सब जमही ड्रामा ताय"

लेकिन यह ड्रामा नहीं था। शर्मा जी ने यूँ ही झूठ नहीं कहा था। यह पूरी जिम्मेदारीपूर्वक दिया हुआ हुकुम था, यह उस पर हुई त्वरित कार्रवाई से जाहिर हो गया।

नरेन्द्र ने कुछ कहना भी चाहा तो शर्मा ने डाँटते हुए कहा, "तुम्हें जो कहा गया करो। बातें बाद में होंगी।" नरेन्द्र ने हवलदार और सिपाहियों से कह दिया कि इन्हें बंद कर दिया जाय। सिपाही और हवलदार तो मानों इस आदेश की प्रतीक्षा में युग-युगों से बुढ़ा रहे थे। जब से नरेन्द्र साहब आए थे थाना अगिनकछार में उनका रुतबा ही खत्म-सा हो गया था। जुड़े हुए हाथ और चेहरे से टपकती शालीनता लिये हर ऐरे-गैरे से नरेन्द्र साहब

जब मिलते तो सिपाहियों को इतना गुस्सा आता कि उनका बस चलता तो नरेन्द्र सहित वे एकमई सबको बंद कर देते। मगर पद और पावर तो नरेन्द्र के पास था। मरता क्या न करता। बिचारे शालीन व्यवहार करने को मजबूर हो जाते। पुराने वजनदार शब्दों से वे थाने के बाहर ही मुखसफाई करते। हवलदार रामचलित्तर तो रोज नियमपूर्वक अपने खास सिपाहियों के साथ थाने के बाहर खड़े छतनार नीम के पेड़ के नीचे चैतन्यचूर्ण चपकते हुए गालियों का नवीनीकरण कार्यक्रम चलाते। काफी दिनों के बाद सिपाहियों को नैसर्गिक सद्कर्म निष्पाद्ति करने का ऐतिहासिक अवसर हाथ लगा था।

हवलदार ने नेताओं को धकियाते और गरियाते हुए अंदर कर दिया। नरेन्द्र की स्थिति उस गरीब किसान की तरह हो गई थी जो कर्जदार होने के कारण अपने सामने ही बैंक वालों के द्वारा बैलों को खोलकर ले जाते देखता है मगर कर कुछ नहीं सकता।

नेतागण मानसिक तैयारी कर ही चुके थे। वे बिना हुज्जत थाने के लॉक-अप रूम में प्रस्थान कर गए। सिपाहियों के हाथ काफी दिनों बाद मूँछों पर फिरे। उनकी स्थिति नरेन्द्र के कारण खराब होती गई थी। शादी-ब्याह में शहरी बैंड बाजा वालों के जलवे कारण किनारे खड़े होकर चुप बाजा लटकाए देखते रहने वाले देहाती गँड़वा बाजदारों की तरह सिपाही भी दुखी थे। शर्माजी ने जब उन्हें कहा कि चलो बंद कर दो सालों को तो लगा जैसे मछंदरों को प्रतिबंधित तालाब में जाल फेंकने का लाइसेंस मिल गया हो। हवलदार सिपाही सब प्रसन्न मन बाहर खड़े होकर बतियाने लगे। नरेन्द्र को उदास देखकर शर्मा ने कहा, "नरेन्द्र अब तुम हवलदार को साथ लेकर अगिनकछार जाओ और अगड़ों के चार चुटकुरुं नेताओं को पकड़ लाओ।"

"क्यों, सर ?" नरेन्द्र ने भरे गले से पूछा।

"तुम्हारे हाथों पिटवाने के लिए और क्यों ?" शर्मा ने विनोद करते हुए आगे कहा, "यार नरेन्द्र जो कह रहा हूँ करो तो भाई, मैं भी आदमी हूँ। सब सँभालते हुए करूँगा। अहिंसक आदमी के साथ बैठकर मुर्गा मटम-उड़ाने वाला बेवकूफ मैं नहीं हूँ। थाना अगिनकछार में तुम हो यह अहसास है मुझे। जाओ ले तो आओ। निपटेंगे प्रेम से, जाओ लाओ जल्दी।"

अब नरेन्द्र आश्वस्त होकर निकल गया। आधे घंटे में चार चटधौला किस्म के बतकट्टू टूरा टाइप नेताओं को लेकर लौट भी आया। शर्मा ने उनका स्वागत करते हुए कहा, "भई तनाव की आशंका है। अगिनकछार में अब पुराना जातीय संघर्ष सर उठा रहा है। थाने तक में लोग जातीयता के अहसास से मरे ज़ाते हैं। पानी पीने के मसले को भी जाति से जोड़ते हैं अतः आप लोगों को भी गिरफ्तार कर हम बंद करने के लिए मजबूर हैं।" अगड़े नेताओं की हवा गुम हो गई। वे शर्मा को जानते थे। जितना ही तर्क करोगे शर्मा उतना ही कठोर होते जाते हैं। झुकने पर शर्मा मोम हो जाते हैं, तनने में चट्टान।

एक नेता ने अपने साथी से कहा, "अंधौर के आगू झुक जाना भला।" तय हो गया कि शर्मा जो चाहे करें। सहमते हुए एक नेता ने इतना भर कहा, "सहातू मारबे साहेब, जल्दी छोड़ देबे।"

शर्मा को हँसी आ गई। कहने वाले का मकसद पूरा हो गया था। अगड़ों को भी अंदर करने का आदेश हुआ। वर्षों की साधना के बाद जुड़वा बच्चा पा जाने वाले निरवंशी दंपति की तरह आज सिपाही आह्लादित थे। सब काम निपट गया। दोनों पक्ष के धुरंधर बंद कर दिए गए। गाँव में खबर फैल गई। कुछ मध्यस्थ लोग नीम के पेड़ के नीचे डरे सहमे से एक होने लगे। पड़ोसी गाँव चिंगरी मालगुजार चुरामन का लड़का रामाधार अपने स्कूटर में आ धमका। वह गत कुछ वर्षों से सरपंच बनने के लिए जमीन तैयार कर रहा था। ऐसे मौकों पर बिना बुलाए आना उसका फर्ज था। बाप के पास माड़ी भर धन और उसके पास असीमित उत्साह। इलाके में जनसेवा करने के लिए वह आगे-आगे ही रहता। साक्षरता अभियान के चलते जब पिछले साल तहसीलदार चिंगरी आए थे तो रामाधार ने ही कार्यक्रम का सारा खर्च उठाया था। ये बात और है कि उसने अपने निरक्षर नौकरों को डाँटकर कक्षा में जाने से हमेशा रोका। उसके बीस नौकरों में बीसों आज भी निरक्षर हैं मगर वह जागृति केंद्र संयोजक के रूप में पिछले बरस सम्मानित हो चुका है। गाँव में स्वयं अगड़ों-पिछड़ों के बीच खाई खोदने का काम रामाधार स्वयं करता है, मगर थाना आया था। सांप्रदायिक सद्भाव के अग्रदूत के रूप में। वह सीधे गया शर्मा के पास।

शर्मा घाघ पुलिस अफसर था। उसने रुखाई से पूछा, "कहिए ?"

रामाधार ने कहा, "बैठने तक नहीं कह रहे हैं महाराज।"

"मैं यहाँ न महाराज हूँ न आप मालगुजार। न ही यह बैठने और तफरी करने की जगह है।"

"मैं बैठने नहीं आया हूँ साहब, अपने मोतीलाल वोरा जी बन गए हैं उत्तर प्रदेश के राज्यपाल तो उन्हें ही टेलीफोन से बधाई देकर लौटा ही था कि कुछ लोग घर पहुँच गए रोना लेकर।"

"भई रोना लेकर तो हम भी बैठे हैं। क्या करें। किसे किसे चुप कराइएगा आप।"

"वो क्या है शर्माजी मैं पिछले दिनों विद्या भैया से यह कहने गया था कि चिंगरी और अगिनकछार के बीच पुल जरूरी है..." बीच में ही टोकते हुए शर्मा ने कहा, "आप अपनी ताकत भर बात किया करें। बहुत बड़े लोगों के चक्कर में न रहा करें। हम तो भई छोटे से थानेदार हैं। कहाँ-कहाँ की खबर आप ला रहे हैं।"

"नहीं साहब, आप कहाँ छोटे हैं।"

"मैं न सही, तुम तो छोटे हो। नेता बने फिर रहे हो। क्या थाना गप्पबाजी की जगह है। कर दूँ तुम्हें भी अंदर कि भागते तो तुरंत।"

अब रामाधार की सिट्टी-पिट्टी गुम हो गई। उसके साथ दो लोग और थे। रामाधार एक नेता के रूप में इलाके में उभर रहा था। वह मन ही मन सोचने लगा कि जरूर विरोधियों ने शर्मा से कहा होगा कि मौका लगे तो हत्थे चढ़ा दो तभी यह गरज रहा है। अवसर देखकर वह अपमान का विष चुपचाप पीकर वहीं खड़ा रहा।

शर्मा ने अब कहा, "बैठ जाओ अगर बात करनी है मुद्दे पर तो। अपनी हैसियत में रहकर बात करो। तुम और हम यहाँ हैं तो फिर बड़े लोगों का नाम यहाँ क्यों उचार रहे हो।"

रामाधार इस प्रेमपूर्ण बदले हुए व्यवहार से रुआँसा-सा हो गया। उसे लगा कि जाते-जाते इज्जत बच गई। कुर्सी पर सँभलकर बैठते हुए उसने कहा, "सर, मैं आया हूँ इन लोगों को छुड़ाने की प्रार्थना लेकर। कृपा कर दीजिए। मैं आपकी सेवा में तो खैर हाजिर हूँ ही।"

अब शर्मा सामान्य हुआ। उसने रामाधार के कंधे पर हाथ रखकर मुँह में बताशा घुलाते हुए कहा, "यार रामाधार, तुम हमारे छोटे भाई की तरह हो इसलिए डाँट भी देते हैं। हम चाहते हैं कि तुम स्वयं बड़े नेता बनो इसलिए सिखाते हैं। अब सुनो ये लोग छूट तो खैर जाएंगे मगर एक कागज पर साफ लिखवाकर दस्तखत करवाकर दो हमें कि हम भविष्य में गाँव में कोई सांप्रदायिक बवाल नहीं होने देंगे। प्यार से रहेंगे।"

रामाधार ने कहा, "जो चाहो लिखा लो न महाराज। बस छोड़ भर दो।"

शर्मा ने कहा, "अब तुम जाओ बाजार और लाओ दो किलो कलाकंद और पान, सुपारी, जाओ।"

आदेश पाकर रामाधार ऐसा उड़ा जैसे लक्ष्मण के लिए संजीवनी बूटी लाने हनुमान उड़कर जा रहे हों।

इधर एकांत पाकर शर्मा ने नरेन्द्र को पास बुलाकर समझाया, "देखो नरेन्द्र, तुम अब सिर्फ कवि रहकर काम नहीं कर सकते। यहाँ हर कोई जो है वैसा ही नहीं जीता। देख रहे हो जिले भर के कवि, लेखक साहित्य के समारोहों में आई. जी., कलेक्टर को मूड़ में मुतवा रहे हैं।"

"अरे साहब, उन्होंने तो साहबों को साहित्यकार ही घोषित कर दिया। अजीब बात है। पढ़ता था कि निराला जी राजा तक को अपने से छोटा मानकर फटकार देते थे। यहाँ तो लेखक लोग अफसरों की एक उड़ती-सी मुस्कान के लिए मरे जा रहे हैं।"

"चुप भी करो यार, केवल विश्लेषण करते हो समझते नहीं। इसीलिए तुम साहित्य में हो न पुलिस महकमे में। अपनी स्थिति ठीक ही नहीं कर पा रहे तुम।"

"नहीं सर, मैं तो साहित्यकारों के स्वाभिमानहीन आचरण पर सोच रहा था।"

"सोचो मगर ठिकाने से। साहित्यकार, अफसर, पुलिसमैन, व्यापारी भी तो आदमी ही हैं। सबको इस दुनिया में पहचान बनाकर थोड़ी-सी सुविधा के साथ जीने की ललक होती है। इसीलिए अफसर भी चलते-चलते साहित्यकार, पत्रकार को पुचकार देता है और ये भी उन्हें कंधा दे देते हैं।"

"कंधा सर।"

"हाँ भई कंधा ही। दुनिया में कोई किसी को नहीं पूछता। पूछ उपयोगिता की होती है। सब अर्थशास्त्र के सिद्धांतों के हिसाब से चलते हैं।"

"मैं तो सर आपकी व्याख्या का कायल हो जाता हूँ।"

"अगर अब न सँभले तो घायल हो जाओगे।"

"क्यों सर ?"

"अरे यार, तुम क्या कर रहे थे। ये अभी भीतर बैठकर भजन गा रहे हैं न यही लोग गाँव जाकर तुम पर सांप्रदायिकता का इल्जाम लगा देते और यही साला रामाधार जो मिठाई लेने गया है तुम्हें तेल लेने भिजवा देता हा हा हा…"

शर्माजी की हँसी से नरेन्द्र खीज तो गया मगर बात उसकी समझ में आ रही थी। वह चमत्कृत हो गया। उसने शर्मा जी के प्रति आभार व्यक्त करते हुए कहा, "सर, वाकई मैं तो परेशान हो जाता।"

"जी हाँ, आप परेशान हो जाते। इसीलिए तो कहता हूँ कि कोई तुम्हें परेशान करे इसके पहले से धर लो। पुलिस वाले हो तो उसी तरह समस्याओं से निपटो अन्यथा समस्याएँ तुम्हें निपटा देंगी।"

"जी।"

"और सुनो। एक बात और समझ लो। केवल भावना से काम नहीं चलता कुछ कार्य कारण संबंधों को भी समझकर चला करो।"

"जी।"

"तो अब जाओ और उन्हें इसी थाने का पानी ऑफर करो।"

"यस सर, कहते हुए नरेन्द्र ने सिपाही से कहा, "कातिकराम, दोनों दलों को घड़े का पानी पिलाओ, काफी समय से प्यास के मारे मर रहे होंगे।"

इस बार कातिकराम ज्यों हीं मग गिलास लेकर गया–पिछड़ों ने गटागट पानी पी लिया, फिर अगड़ों ने भी उसी तरह गला तर किया। शर्मा जी इस शालीनता पर प्रतिक्रियास्वरूप मंद-मंद मुस्कराने लगे और नरेन्द्र आँख नीची कर मुस्कराते हुए बहुत सलीके से खिसक गया।

अभी वह गेट पर पहुँचा ही था कि रामाधार मिठाई लेकर आ गया। नीम के पेड़ के पास खड़े लोगों सहित थाने भर के लोगों का मुँह मीठा

हुआ। अँगोठा-दस्तखत के बाद दोनों दलों के लोग छूट गए।

सबने शर्मा जी को नमस्कार किया। शर्मा जी ठीक है, ठीक है, जाइए, ठिकाने से रहिए। कहते हुए कुर्सी पर ऐंठते हुए बैठे रहे।

नरेन्द्र जाते हुए लोगों से हाथ मिलाने के लिए उठ ही रहा था कि शर्मा ने उसे टोका, "नरेन्द्र ?"

"यस सर !"

"बैठ जाओ !"

अब नरेन्द्र कुछ सँभला।

शर्मा ने उसके कान में फुसफुसाते हुए कहा, "बेवकूफ छटे हुए बदमाशों से पुलिस अफसर होकर हाथ मिलाने बढ़ रहे थे। सुधर जाओ।

इस फटकार की चमत्कारिक प्रतिक्रिया हुई। आते-जाते नरेन्द्र से हाथ मिलाने का इस क्षेत्र के लोगों को अच्छा अभ्यास हो गया था। इसलिए इस बार भी लोग इसी पुण्य कार्य की प्रतीक्षा में खड़े थे कि नरेन्द्र जी हाथ मिला लें तो विदाई हो। नरेन्द्र शर्मा जी से आदेश प्राप्त कर बाहर आया। उसे देखकर दलों के लोग उसकी ओर हाथ मिलाने लपके मगर नरेन्द्र ने कठोर रुख अपनाते हुए सबसे भारी आवाज में कहा, "ठीक है, ठीक है अब और नाटक मत करो। जाओ और ठिकाने से रहो। बहुत हो चुका सद्‌भाव और भाईचारा। चलते बनो।"

नरेन्द्र अभी लोगों से निपटकर पीछे मुड़ा तो उसने शर्मा जी को मुस्कराते हुए पाया शर्मा जी ने कहा, "नरेन्द्र पुलिस महकमे में आज से तुम्हारा स्वागत है जीते रहो। फूलो फलो और इसी तरह जल्दी आगे बढ़ो।"

ऋण

फिरंता और भागीरथी साहब पचीसों बरस से संस्थान में कार्यरत हैं। वे यहाँ चाकरी में आये तो एक ही बरस मगर भागीरथी साहब बाबू से अफसर बन गये और फिरंता चपरासी ही रह गया।

फिरंता भागीरथी साहब के पिताश्री के खेतों में काम करता था। एक ही गाँव के दोनों जवान थे। चौथी तक तो फिरंता भी भागीरथी साहब के साथ ही पढ़ा था। गुल्ली-डंडा, सूर और कबड्डी में भागीरथी पर बीस ही पड़ता था फिरंता।

मगर फिरंता का बाप मजदूर था इसलिए वह चपरासी हो गया और भागीरथी के पिताश्री गाँव के बड़े दाऊ थे इसलिए मैट्रिक तक पढ़-लिखकर वे बाबू से शुरुआत करने में सफल हो गये। और यहीं से शुरू हुई सफलता-असफलता की रामकहानी। भागीरथी और फिरंता में पचीस बरस पहले बहुत छोटा-सा अंतर था मगर आज वह अंतर बढ़ते-बढ़ते इतना बढ़ गया है जैसे चूहे और हाथी का अंतर। भागीरथी तरक्की करते-करते छोटा साहब हो गया और अपनी भजन मंडली के बल पर, गीत-गानों के जोर से बड़ा साहब होने को है जबकि फिरंता भी अच्छा खासा गवइया-बजइया है मगर अधमरा होकर रह गया है। फिरंता अपनी रामकथा सुनाने में बहुत रस लेता है। रामकथा सुनाने की भी एक कला होती है यह फिरंता को घंटों सुनने के बाद ही कोई जान सकता है–शुरुआत हमेशा इस पंक्ति से करता है फिरंता, "साहब, वो गीत है कि नहीं, चारों मुड़ा ले धंधागेव विधाता…" बस वही घानी के बैल की तरह है साहेब फिरंता की ज़िंदगी।

मैं साहेब ऐसा नहीं था पहले। ये जो आप चढ़ी आँख और ताव वाला फिरंता देख रहे हैं साहब वो तो अभी चार-पाँच साल पहले का फिरंता है। पहले आप चलिए तो बीस बरस पीछे साहेब···

मैं तब ड्रामा कहाँ जानता था साहेब। गाँव में भागीरथी साहेब के बाप का नौकर था। नये-नये कल-कारखाने खुले तो आस-पास के लड़के भागे उस ओर। भागीरथी भी पढ़ाई छोड़कर यहीं आ लगे। पढ़ाई तो भला क्या छोड़ी, अक्कल का दुश्मन तो शुरू से ही था। लीला-मंडली में लक्ष्मण बनता था। मैं बनता था हनुमान। गाँव में साहेब इतना अंतर नहीं रहता जितना यहाँ आकर हो जाता है। भागीरथी का नाटक तो यहीं से शुरू हुआ। खासकर अभी सात-आठ बरस से।

तो साहेब भागीरथी यहाँ लगा तो मैं भी आ गया। पहले ट्रक में कुछ दिन हमाली किये फिर लग गये साहेब चपरासी में। चौथी हिंदी पढ़कर अफीसर तो बन नहीं सकता था। अरे भागीरथी भी सीधे अफीसर थोड़े ही बना जी, बाबू बना फिर कुछ गाना-बजाना, नाच-कीर्तन करता हुआ अफीसर बन गया। और जलता है मुझसे। मैं भी साहेब कम नहीं हूँ गाना बजाना सब जानता हूँ। मगर वह कुछ ऊँचा राग जानता है मैं वैसा राग नहीं साध सकता, मगर साहेब मैं भी सब जान गया हूँ। सब साले ठग हैं। मुझे बरबाद करके रख दिये साहेब। उस लंबे उद्‌बोधन के बाद फिरंता चुप होकर सुनने वालों की प्रतिक्रिया जानना चाहता है।

बरबाद फिरंता का प्रिय शब्द है, बरबाद और खतरनाक।

दो-तीन वाक्य बोलने के बाद फिरंता अचानक कहने लगता है, 'बहुत खतरनाक आदमी हूँ साहेब, सब समझता हूँ। बरबाद हो गया तो क्या···'

पहले फिरंता सिधवा था—गऊ की तरह। भागीरथी और उस जैसे कुछ होशियार लोगों ने आज से दस बरस पहले एक संगठन बनाया। 'चिकारा संघ'। उसका प्रतीक चिह्न था चिकारा। हर दो-तीन माह में हाथों में चिकारा लेकर सड़कों पर एक फेरी कुछ दीवानों की लगती थी। तरह-तरह के नारे होते थे। जिसका अर्थ होता था संस्थान हमारी जमीन पर है इसलिए केवल हम यहाँ राज करेंगे बाकी सब लौट जायें अपने-अपने इलाके में। अब यहाँ

केवल चिकारा बजेगा।

चिकारा दल का प्रभाव धीरे-धीरे बहुत बढ़ गया। फिरंता चिकारा दल में जा फँसा। रात-दिन एक ही सुर में चिकारा रेतते-रेतते फिरंता पर न जाने क्या असर हुआ कि वह उन्मादी हो गया। एकदम अधपगला।

उसके दल के और लोग तो धीरे-धीरे अपने-अपने हिसाब से पद-सुविधा पदोन्नति आदि के लिए चिकारा को सीढ़ी की तरह इस्तेमाल करने लगे, मगर फिरंता था मूरख। उसे लगता था कि चिकारा दल के जोर से सब पर विजय मिल जायेगी। एक छोटा अखबार भी दल ने निकाला–

"हाय रे मोर चिकारा
दुनिया ले तैं नियारा"

यह मुख्य पंक्ति उस दैनिक पत्र में अवश्य होती। अखबार को संस्थान से काफी विज्ञापन मिलने लगा। जिससे संपादक ने तीन-चार दुकानें बना लीं। होते-होते दल का प्रभाव इतना बढ़ा कि संस्थान के बड़े-बड़े हाकिम भी चिकारा दल के सदस्यों से घबराने लगे। नेता-मंत्री तक चिकारा को दुलारने लगे और उसका राग पसंद करने लगे। अंचल के बड़े-बड़े कवियों, जोगियों, लिखैया-पढ़ैया लोगों का जुड़ाव भी चिकारा दल से हुआ और फिरंता एक नये नशे में झूमने लगा।

उसे अपने हर सपने चिकारा दल के चलते पूरे होते दिखे।

वह शुरू-शुरू में चपरासी का काम छोड़कर भीतर का काम करने की कोशिश भी करता रहा मगर 'चिकारादल' के अभ्युदय के बाद कहने लगा, 'इस विभाग से न हटना है न चपरासीगिरी छोड़ना है।'

विभाग उसका है भी चमत्कारी।

रोज पचीस-पचास का जुगाड़ हो जाता है। पहले फिरंता लुचपत-रिश्वत को महापाप समझता था। कुछ डरता भी था लेकिन जब से चिकारादल का सक्रिय सदस्य हुआ और उसे अपनी शक्ति का भान हुआ तब से वह बेखौफ रिश्वत वसूलने लगा।

वह शुरू-शुरू में अपने अफीसरों को ही-ही, दादी करते देखकर आँख फेर लेता था। मगर धीरे-धीरे 'चिकारा दल' के आश्वासन और सहयोग से खुद रिश्वत के समंदर में उतरता चला गया। पैसा आया तो अधपगले

फिरंता का जोश कुछ और बढ़ गया। 'रे कहन थपरा' का हिसाब हो गया आये दिन। किसी से सीधे मुँह बात करना वह अपनी तौहीन समझने लगा। अफसरों से झगड़ा कर वह चिकारादल का बड़ा झंडाबरदार सिद्ध हो चुका था। शहर भर में उसका नाम चल निकला था। 'हमरे देश मा आये हैं सारे भुखमरमिन' यह फिरंता का बहुचर्चित तकिया कलाम हो गया। जब कोई अफसर अनजाने में उसे आँख दिखाने लगता और उस पर रौब गालिब करता तो… वह ऐसे अवसर पर बोल भी देता, 'अरे सब मोर है, चिकारा दल के आदमी बैंइठे हैं सब तरी ऊपर, कुछु नई बिगड़य। कमाहूं अऊ इहें रइहंव।'

फिरंता तबादले के कारण एक बार हाकिम के सामने ही रेजर से अपनी बाँह की नस काटने का नाटक कर चुका है। तर तर तर तर बहते खून को देखकर स्वयं हाकिम ने एंबुलेंस बुलवाया और कसम खाकर कहा–कि मैं भले तबादला करवा लूँ मगर फिरंता को नहीं हटाऊँगा। तब से फिरंता को कोई छूता नहीं। वह तबादले के मसले पर बावला हो जाता है। फिरंता विभाग को कामधेनु कहता है। इस कामधेनु के कारण ही फिरंता, फिरंताराम है। छोटे-मोटे अफसर से अधिक सुविधासंपन्न है फिरंता। घर-दुवार, टी. वी., कूलर सब है उसके पास। रोज पड़ोसियों की ओर देखकर खखारकर थूक लेता है तब फिरंता दफ्तर जाता है। उसका नियम है घर से खाली हाथ चलना और शाम को चार-पाँच दस्सी लेकर झूमते हुए घर पहुँचना। 'अरे चील के चाहे मरी नई मरय'। फिरंता इस तकिया कलाम को उछालते हुए घर में प्रवेश करता है।

फिरंता एक साधक चपरासी है। वार और बचाव दोनों में पूरा उस्ताद। हर दाँव में पका हुआ।

फिरंता जानता है कि दाँव तो दाँव है। कभी नहीं भी लगता मगर अकसर लग जाता है। नहीं लगता तो दाँव बदल देता है फिरंता। चिकारा दल के लोगों से पूछकर रणनीति तय करता है।

मगर परेशानी यही है कि अकेले वही दाँवबाज नहीं है। वह कहता भी है–'संसार सेर ला सवासेर मिल्ही जाये जी।' और ऐसा अक्सर होता है कभी फिरंता सवा सेर सिद्ध होता है कभी हाकिम और दूसरे लोग। दूसरे

यानी नगाड़ा दल, खंजेरी दल के लोग। चिकारा दल की उपलब्धि के बाद इस तरह के काफी दल बन चुके हैं। दलों के कारण फिरंता पर हर दो तीन बरस में यह परेशानी आती है। बड़ी मुश्किलों से अपनी बड़े साहब को फिरंता समझा पाता है। साहब धीरे-धीरे प्रशिक्षित हो ही जाता है। और रोना किस बात का है। फिरंता बड़े कलात्मक ढंग से साहब को समझा-बुझाकर जब रास्ते पर ले आता है तो साहब के तबादले का नंबर लग जाता है, दो तीन बरस में। ज्यादा-से-ज्यादा चार बरस में, उससे अधिक माह भर भी नहीं। नगाड़ा और खंजेरीदल के अभ्युदय के बाद फिरंता कुछ कमजोर तो हुआ है मगर एकदम शक्तिहीन भी नहीं। फिरंता कहता भी है, "अरे हमारे चिकारा ला देख के सब सीखे हव कर लव कम्लेन" अपने लोगों को जरखेज विभाग में फिट करने के लिए नगाड़ा दल के लोग फिरंता का तबादला अक्सर करवा देते दबाव डालकर। फिर भी फिरंता अपने स्थान पर डटा रहता। पाँच बरस पहले ही उसे पचीस साल सेवा के एवज में घड़ी मिल चुकी है। इन पचीस बरस में घूम-फिरकर बात वहीं आती रही है, तबादले और वापसी।

फिरंता के बड़े साहब की बदली दूसरे विभाग में हो जाती है और नये हाकिम के साथ पुराने हथकंडे को नये सिरे से फिरंता फिर-फिर आजमाता है इस आजमाइश में फिरंता परेशान होता है और लहूलुहान भी।

संस्थान में चपरासी बहुत कम रह गये हैं, यह फिरंता जानता है। ज्यादा बात बिगड़ती है तो फिरंता गोहार मार कर कह देता है, "अरे हव हव जांनथन अफीसर बहुत मिल ही, डौका चपरासी नई मिलय झार रांडी डौकी बांच गे हैं।" अफसर भी जानते हैं कि फिरंता ठीक कहता है। संस्थान में पंद्रह बरस से चपरासियों की भर्ती बंद है। कुछ तो सेवा-मुक्त हो गये और कुछ फिरंता जैसे कर्मवीर बचे हैं जो बुढ़ा गये हैं। जिनकी उम्मीद अब यही रहती है कि साहब ही उन्हें खुश रखें। चिकारा बजाते हुए वह इत्मीनान की जिंदगी बिताना चाहता है। है तो चपरासी ही मगर अफीसरों को भी झक मारकर बात फिरंता की ही माननी पड़ती है।

संस्थान में काम करते हुए गुजर गये कर्मियों की विधवाओं को ही अब भृत्य का काम दिया जाता है। विशेषकर अशिक्षित और निम्न तबके

के सदस्यों की बेवा को।

और इस तरह संस्थान में होते-होते प्रायः हर बड़े दफ्तर के बाहर विधवा महिलाओं का स्टूल लग गया है, जिनमें ज्यादातर क्षेत्रीय महिलाएँ हैं। सफेद साड़ी और हाथ में चाँदी का पटा झुलाती उदास और असुरक्षित।

दीगर प्रांत की महिलाएँ प्रायः मैट्रिक तक शिक्षित होती हैं इसलिए दफ्तर के भीतर काम के योग्य निकल आती हैं। फिरंता को बहुत खराब लगता है यह सब वह कहता भी है—अरे पढ़-लिख के बाबू बनव का चपरासी न बनके इज्जत खराब करथौ। चिकारा दल के नाव ला बोरथव।

मगर फिरंता के कहने भर से तो पढ़ाई-लिखाई नहीं हो जायेगी। खुद फिरंता नहीं पढ़ सका। दूसरों को नसीहत देने और मूँछ पर ताव देकर ललकारने के अतिरिक्त दिन भर दफ्तर में अपने चपरासी-जीवन का संस्मरण सुनाना और नये बाबुओं से चाय पीना फिरंता की जगजाहिर दिनचर्या है। विशेषकर चिकारा दल में जाने के बाद तो उसका काम यही रह गया है।

न साहब उसे सुधार सके। न फिरंता स्वयं सुधरने का नाम लेता है।

अब तो फिरंता के कारण दफ्तर की ख्याति बढ़ गयी है। फिरंता के नाम से दफ्तर का नाम चल निकला है, 'फिरंता बिल्डिंग'। अफसर भी फिरंता बिल्डिंग में पदस्थ होने से घबराते हैं।

अफसरों को दूसरा चपरासी मिलता नहीं और फिरंता बाज आता नहीं। राई घटे न तिल बढ़े। ऐसा भी नहीं है कि साहब लोग फिरंता को बदल नहीं सके। बदले, मगर फिर वही ढाक के तीन पात, फिरंता जिस विभाग के कोटे में भर्ती हुआ है अंततः घूम-फिरकर वहीं भेज दिया जाता है। नगाड़ा दल और अफसरों की सारी कोशिशों के बावजूद।

भूमि विभाग का फिरंता आता है आखिर भूमि विभाग में। विभाग दर विभाग उसे टरकाया गया मगर उसने कुछ ही दिनों में ऐसा नाक में दम कर दिया कि उसके साहबों ने उससे मुक्ति के लिए हाथ-पाँव मारना शुरू कर दिया। और ऐसा कई बार हुआ कि फिरंता तीन-चार माह बाद खाकी पैंट-कमीज और बड़े-बड़े से सजाधजा मूँछ उमेठता हुआ भूमि विभाग के पहले तले में स्थित दफ्तर में आ धमका। आते ही हमेशा वह चिल्लाकर

कहता है–सब को सुनाते हुए–अरे कहाँ भेजहूँ जमीन के आदमी आही जमीने में और बीड़ी निकालकर दो फूँक मारने की तैयारी साहब–साहबिनों के सामने ही करने लगता है फिर कहता है–चिकारा दल के सदस्य आँव, झन तपव, खप जाहूँ।

बीड़ी और गाँजा के गंध के कारण किसी अधिकारी ने अगर फिरंता को टोकना भी चाहा तो फिरंता ने उल्टा उसे निरुत्तर कर दिया, "साहेब आप पीते हैं सिगरेट, शराब, चरस और हेरोइन, सकल करम बड़े लोग करते हैं क्लब में बिना कपड़े आप लोग नाच करते हैं और गरीब जानकर आँख दिखाते हैं हमें। मैं किसी की बहन-बेटी पर नहीं चढ़ रहा हूँ। अपनी कमाई का पीता हूँ। शान से कहता हूँ। करना है ट्रांसफर तो कर दीजिए।" कहने को तो कह देता है झोंक में मगर फिरंता सबसे ज्यादा घबराता है तो केवल तबादले से।

कभी ऐसा भी हुआ कि कोई कड़क साहब उसकी नौकरी खा जाने पर तुल गया। मगर ऐसा अवसर कम ही आया है। जब आया है तो फिरंता का ड्रामा और बढ़ गया है।

एक दक्षिण भारतीय बड़े साहब को उसका रंग-ढंग नहीं पचा और उसने उठाकर उसे सस्पेंड कर दिया। फिरंता भागा-भागा चिकारा दल के मुखिया के पास गया और सोच-समझकर एक रणनीति उसने तय कर ली।

साहब दिन भर काम करने के बाद थका थकाया घर पहुँचा तो देखा कि फिरंता उसकी पत्नी के पैरों में गिरकर दहाड़ मारकर रो रहा है, "बचा दे दाई साहब से बचाव दे। मोर नान नान लड़का भूखा मर जाही।" साहब की पत्नी भी फिरंता के साथ सुबक रही थी। साहब ने डाँटना चाहा मगर दृश्य देखकर सहम गया।

दूसरे दिन फिरंता का सस्पेंशन ऑर्डर कैंसिल हो गया। यह भी चिकारा दल की कार्यपद्धति की जीत थी।

फिरंता के साथियों ने नाटक के बारे में सुना तो फिरंता को आड़े हाथों लिया कि साहिबिन के पाँव में क्यों गिर गया। मगर फिरंता ने सबको तर्क से चुप करा दिया। उसने रहस्यमय ढंग से फुसफुसाते हुए कहा, "अंधऊर के आगू छाती झन तान, झुके माँ नई बिगड़य नीति है।"

कोई भला क्या कहता, नीति की दुहाई तो केवल फिरंता ही दे सकता है। फिरंता का मूल विभाग ही ऐसा है कि उसे छोड़ते नहीं बनता। घर चलाने का सवाल न होता तो शायद वह छोड़ भी देता मगर घर उसे छोड़े तब। गिरही का टुकड़ा बुरा कहता भी है, "सब तो डउकी लइका के लिए हे जी, बाल्मीकि से लेकर मुकर्जी साहब तक सब तो खट रहे हैं उसी के लिए। मैं भी अगर कुछ चमका-धमकाकर अपनी कला दिखाकर दो पैसा बना लेता हूँ तो क्या राजधानी खरीदने के लिए। नेता हाकिम मिनिस्टर फिनिस्टर तो लगे हैं अपने-अपने हक का खाने में। जिसकी जितनी हैसियत है उतनी ही तो खायेगा। मैं चपरासी हूँ तो तोला भर नोचता हूँ। वो हाकिम है तो सेर भर। बाकी भइया नोचना सबको है। जिसका जितना बड़ा पंजा होगा उतना उसका हक। चिकरा दल में ट्रेनिंग मिलती है।"

उसकी बड़बड़ाहट से दफ्तर का वातावरण कभी-कभी गर्मा भी जाता है विशेषकर मुकर्जी साहब तो आपे से बाहर हो जाते हैं।

मुकर्जी साहब बहुत बड़े साहब नहीं हैं। हैं तो विभाग के एक अदने से अफसर मगर चटर्जी साहब जबसे संस्थान के कर्ताधर्ता बने हैं, उनकी गुड्डी चढ़ निकली है।

मुकर्जी साहब दो बरस में ही कहीं से कहीं पहुँच गये। होते-होते विभाग प्रमुख भी हो गये। यहाँ ऐसा हमेशा होता है। चटर्जी साहब के आने पर जिस तरह मुकर्जी साहब की गुड्डी चढ़ी उसी तरह प्रतापसिंह साहब आये तो प्रयागदत्त शुक्ला और काशीनाथ सिंह साहब छुट्टे घूमने लगे।

सरदार कुलदीप सिंह जी आये तो त्रिलोकसिंह आहलूवालिया का और होतवानी साहब आये तो वातवाणी जी के पौ बारह हो गये। गरज ये कि संस्थान प्रमुख जब भी बदलता है प्रांत और जाति के समीकरण बदल जाते हैं।

और इसी मुद्दे पर फिरंता बिफर उठता है। 'न कोनों सारे हमर बड़े कारोबार अऊ हमीमन फकीर अंधरै है रे, फिरंता, चिकारा दल के दिन आही सारे मन ला गोली मार देबे।'

फिरंता अपने ही किस्म का चिंतक है। झुग्गी-झोपड़ियों को लेकर घंटों चर्चा करता है। वह जब कोई बात कहता है तो इस अंदाज में कि

कोई विरोध ही नहीं कर सकता। मस्ती में आने पर कहने लगता है–झोपड़पट्टी में तो दादाजी अंधेर है। आदमी सब बाहरी अऊ डऊकी सब ये देश के। एक डऊकी उंकर गाँव में अऊ एक काम चलाये बर इहों। सारे मन उहां निगोट छोड़ के आये हैं। दू दू साल इहां रिथैं और लड़का होथे देश में "और दे ठहाका…"

कभी-कभी उसकी चढ़ा ऊपरी से लोग परेशान होकर उलझ भी जाते हैं मगर होता ऐसा कम है। कोई आदमी जो उसे नहीं जानता वही उलझता है। मगर एक बार बदकिस्मती से भागीरथी साहब ही उससे उलझ गये। प्यास लगी थी। भागीरथी मुकर्जी साहब से मिलने आये थे। कुछ दफ्तरी काम था जिसके सिलसिले में आना हुआ। फिरंता से पानी माँग बैठे। फिरंता ने साफ इनकार कर दिया, "पानी पियाबर नई लगे अंव साहेब फाइल धरे बर लगे हंव। तहूं चिकारा महूं चिकारा दूनो हवन नियारा, ये गाँव नोहय, इहाँ नई चलय।" भागीरथी भी आपे से बाहर हो गये, "तुम्हें पाठ पढ़ाना ही पड़ेगा फिरंता बहुत जल्दी।"

"हाँ-हाँ–पढ़ाबे पहली पढ़ तो ले कोदो दे के साहेब बने हच।"

"चुप रहो बदूतमीज, पागल कहीं के, अपने इलाके का समझ के छोड़ देता हूँ तो और सिर चढ़ रहा है, चिकारा फिकारा सब घुसाड़ दूँगा।"

"तमीज तैं सीख, रकम रकम के गाना बनाथस अऊ हमला तमीज सिखोतस, मैं सीख पहली। सकलकर्मी, रंगबाज। तैं चिकरहा, तैं भजनहा।"

और बात खत्म यहीं हो गयी। भागीरथी साहब ने हथियार डाल दिये। तब से चिकारा दल से फिरंता भी कुछ अलग हो गया। चिकारा दल से भागीरथी साहब पहले ही अलग हो गये थे। भागीरथी साहब अवसर देखकर चाल चलते हैं। उनकी मुकर्जी साहब से कभी नहीं बनी। भागीरथी साहब को अपने हथकंडों पर गुमान था और मुकर्जी साहब को चटर्जी साहब पर। मगर काम तो अपने ही हथकंडे आते हैं। चटर्जी साहब ये भी कितने दिन के। आये भी और गये भी। इस बीच भागीरथी साहब बड़े परेशान रहे। गाना-बजाना भी कुछ कम हो गया। उनकी अपनी एक संगीत समिति है। ढोलमाऊदरिया, चनेनी सबकी तर्ज पर वह आधुनिक जीवन की विसंगति पर गीत लिख लेते हैं। पुराने में नया और नये में पुराना कर लेते हैं।

भागीरथी साहब के लिए सब संभव है। अपने कौशल पर उन्हें भरोसा भी बहुत है। वे फिरंता पर बहुत दिन से नजर गड़ाये हुए थे। दुधारी तलवार चलाने के लिए फिरंता को भी गाने-बजाने का कुछ शौक रहा है। उसकी अपनी भी लोक कला मंडली है। पिछले बरस उसकी टोली ने मंच लूट लिया था। भागीरथी साहब तब से चौकन्ने थे। भागीरथी साहब ऐसे अवसरों पर बहुत सतर्क हो जाते हैं। प्रेम और प्रतिकार में वे पारंगत हैं।

भागीरथी साहब ने एक दिन इसी उधेड़बुन में फिरंता को आखिर बुलवा ही लिया।

"फिरंता, नाराज तो नई अस ?"

"नहीं साहेब, नमस्ते।"

"क्या कर रहे हो ?"

"ठट्ठा झन करो साहब। मछरी मुकर्जी साहब उड़ा रहे हैं मैं तो भात भर का हूँ।"

"मुकर्जी तो मछरी फाँसता भी है।"

"हव साहेब, गरी वाले आदमी हैं। बड़े-छोटे सब फसावें।"

"तुम खुश हो ?"

"कोई नृप होय हमें का हानी। आप भी थे तो राज हमें नहीं मिला। मुकर्जी साहब हैं तो भी 'अपने मछरी अपने पेट, चाट रे साहेब लेटे लेट'।"

"बात तुम बढ़िया करते हो।"

"कामों करथन साहेब देखइया नइए किये नहीं–मोर पेट मां बाबूच बाबू फेर का करंव..."

"हाना जोड़ने में तो तुम नंबर एक हो फिरंता। गाना और हाना खूब है।"

"सब कुछ जोड़ देता हूँ साहेब। तुहर चार के आसिरबाद से फिरंता के पास सब दाँव है।"

"लगता है मुकर्जी से पटरी बैठ गयी है।"

"नहीं साहेब, एकदम गलत बात है। फिरंता किसी से पटरी नई बिठाता। कोई फिरंता से भले पटरी बैठाये। मैं आपके पास नहीं आया। आप खुद बुलाये हैं। ना काहू से दोस्ती न काहू से बैर, फिरंता साहेब, अपने मन

का राजा है। बजरंगबली का भक्त मैं तो कहता हूँ साहेब कि हे बजरंगबली ! गदा और भुजा का सहारा तो दुनिया को दे मुझे तो केवल लंगूर की हवा चाहिए बस। पूँछ भर हुआ दो लाल लंगोटी वाले जय बजरंगबली।"

"ये क्या फिरंता तुम तो बस हनुमान चालीसा पढ़ने लगते हो। मैं बुलाया हूँ क्यों, यह जानते हो ?"

"मुरलीधर जानेगा साहेब। साहेब सुभा के मन का खेल गोबरधन धारण करने वाला भी शायद न जाने। मैं क्या जानूँगा।"

"मैं जना देता हूँ। चिकारा दल को फिर खड़ा करना है वर्ना हम कमजोर हो जायेंगे। समझे कि नहीं ?"

"समझाइये तो साहेब।"

"पहले तुम बताओ कि मुकर्जी साहब दफ्तर में बैठकर शराब पीते हैं कि नहीं ?"

"साहेब की बात ? दफ्तर में ही तो सकल करम होता है सबका। घर में भला कोई साहेब कुछ खेला करता है। आप भी क्या पूछते हैं साहेब।"

"अरे फिर वही, मैं पूछता हूँ खिड़की से बोतलें पहुँचती हैं कि नहीं ? और दादा नेता लोग सब कहीं, बैठकर शराब पीते हैं कि नहीं ?"

"साहेब पता कहाँ चलता है कि कौन नेता है और कौन गुंडा, सब तो बराबर हैं।"

"मूरख हो जी, मैं पूछता हूँ कि रोज बोतल की सील टूटती है कि नहीं ?"

"सील तो साहब कई तरह की टूटती है। हम क्या छिपायें। रात आठ-नौ बजे तक तो मैं भी दफ्तर में रहता हूँ, सब जानता हूँ, टूटती क्यों नहीं साहेब। मगर आप यह सब क्यों पूछ रहे हैं ? आप कुछ कम हैं क्या ?"

"तुम तो यार आधे पगले हो। सुनते हो नहीं बस··· "

"हाँ साहेब, आधा पागल हूँ। आप लोग पूरा बनाने पर तुले हैं। तो साहब चलूँ क्या, कि पूरा बनाकर छोड़ेंगे।"

"अरे बैठो-बैठो, तुम्हारी बातें फिरंता बड़ी मजेदार रहती हैं और देखो किसी चपरासी को हम मुँह लगाते हैं क्या ?"

"साहेब फिरंता भी किसी साहेब को मुँह नहीं लगाता।"

"सो तो है भई, मैं कुछ तुम पर ज्यादा अधिकार रखता हूँ फिरंता। एक जगह के तो हैं भई अपन लोग।"

"क्या साहेब, जगह जाति सब तो खेल है। आप साहेब हैं, हम चपरासी। जगह से क्या होगा। और रोना भी तो जगह का है। यहाँ का आदमी कहीं है भी। है भी तो दबा दबा सा। न नेतागिरी में, न पेपरबाजी में, न खेल में, न अफसरी में, कहीं हैं साहेब यहाँ के लोग ?"

"हाँ, अब बोले भई कोई बात। तो साला यह जो मुकर्जी है उसी सीट पर और यह हटेगा तब जब यह मरेगा।"

"तो साहब मैं क्या कर सकता हूँ। मुझे नहीं मरना है बस यह जानता हूँ।"

"मैं भी तो यही कह रहा हूँ मरना नहीं है, मारना है।"

"सो कैसे ?"

"ऐसे कि तुम बस शाम को किसी दिन जब वहाँ बोतल खुल जाय और महफिल जम जाय तो मुझे टेलीफोन कर दो। मैं पत्रकार और बड़े हाकिमों को पटाकर भेज दूँगा और हो गयी छुट्टी। बस पकड़वाना है रंगे हाथों मुकर्जी को जय चिकारा।"

"तो साहेब इससे लाभ ?"

"लाभ, पागल कहीं का। लाभ ही लाभ तो है। यह कुर्सी एक है, दावेदार हैं दो। मैं चाहता हूँ मुकर्जी हटे तो मैं आऊँ। मुकर्जी मर भले ही जाय हटेगा नहीं। तो मारना पड़ेगा न।"

"आप मारो साहेब मुझे मत उलझाओ।"

"चिकारा दल की ओर से यह एक बड़ा काम है फिरंता। सब साले बाहरी आदमी कब्जा कर रहे हैं। हमें आगे बढ़ना है तो हथकंडों को अपनाना होगा।"

"धोखा है साहेब यह।"

"धोखेबाजों से तो धोखा करना ही पड़ता है।"

"इससे मुझे क्या लाभ होगा साहेब ?"

"तुम्हें, मुझे, चिकारा दल को और इस धरती को सबको लाभ है।

'परित्राणाय साधूर्नामविनाशाय च दुष्कृताम्' चिकारा दल का उदय तो इसीलिए हुआ है। माटी महतारी के परिमाण के लिए जान हथेली में रखकर जो तुम अफसरों से लड़ते हो और पीछे से हम लोग तुम्हें सँभालते हैं। पागलों का चोला पहनकर जो तुम हमारा और दल का काम कर रहे हो वह क्या डरने के लिए। और जो कमा रहे हो रोज वह ?"

"अब साहेब बहुत हो गया। देख रहा हूँ कि आप लोग चिकारा बजाते-बजाते कहाँ से कहाँ पहुँच गये। और मैं यहीं पागल आदमी का स्वांग भरता हुआ चिकारा बजाता रह गया।"

"तुम्हें तो कई बार आगे ले जाने के लिए बोले हम लोग। लेकिन तुमको तो यहाँ रोज बीस-पचीस घूस ही नहीं छोड़ते बनता।"

"सो तो है साहेब। बाल-बच्चे अब सुख के आदी हो गये हैं। और साहब अब तो आराम खोजता है यह शरीर !"

"तो करो भाई आराम। मगर यह चिकारा दल का ऐतिहासिक अंतिम कार्य जरूर करो। भले ही उसमें तुम्हें कुछ तकलीफ हो।"

"साहब बहुत तकलीफ सह लिया अब घबराता हूँ। मगर महतारी का कर्ज साहब जरूर उतारूँगा। चिकारा दल के लिए तो सब तकलीफ सह लूँगा।"

"हाँ भई, महतारी के लिए किसने क्या नहीं दिया। वह कहानी नहीं है जी, 'गढ़आला पर सिंह गेला' वही तो बात है। दिया नहीं पन्ना धाय ने अपना बच्चा देश को। तुमको तो केवल थोड़ी-सी सतर्कता बरतकर अपने साहेब के मयखाने की खबर भर देना है। अरे भई यह खबर मिलेगी तब तो मरेगा रावण रूपी मुकर्जी। वह मरेगा तब यह चिकरहा बैठेगा उसकी कुर्सी पर। माटी का एक पुत्र इस तगड़ी कुर्सी पर बैठे तब तो होगा माँ के ऋण से कुछ उबार फिरंता। तुम इसी बहाने माटी महतारी का ऋण उतार लो और अपना भविष्य सुधार लो। आजीवन रहो फिर उसी विभाग में। मैं जब पहुँच गया तो बात तो सैंया भये कोतवाल की हो गयी। कमाओ और खाओ।"

"ऋण तो साहब जरूरी उतारूँगा तब। भले ही पकड़ा जाऊँ। पीछे आप लोग तो हैं ही। अलग कमरे से टेलीफोन ही तो करना है। फिर आप

धर दबोचना हो गई छुट्टी, रोज ही तो होता है खेल, खुलते हैं बोतल।"

"तो रही बात पक्की ?"

"पक्की साहब, राई घटे न तिल बढ़े।"

उसके बाद दोनों ने जोर से विख्यात दो पंक्तियों को उन्मादियों की तरह गाया :

हाय रे मोर चिकारा
दुनिया ले तैं नियारा

और नयी योजना पर अमल करने के लिए उठ खड़े हुए।

भागीरथी साहब आश्वस्त थे कि फिरंता के ऊपर चिकारा दल की बड़ी जिम्मेदारी है, जिसे वह जरूर पूरी करेगा।

फिरंता भी जानता था कि चिकारा दल है तो शक्ति है। और शक्ति है तो विभाग में उसकी स्थिति है और यथास्थिति को बनाये रखने के लिए भागीरथी साहब के इशारों पर चलना आवश्यक है।

मगर दोनों ही नहीं जानते थे कि मुकर्जी साहब ऋण मुक्ति के लिए इतनी जल्दी अवसर प्रदान कर देंगे।

महीने का आखिरी सप्ताह तो वैसे भी सूखा जाता है, मगर मुकर्जी साहब तो मुकर्जी साहब थे। इसलिए इतनी जल्दी ही ऋणमुक्ति की शाम दफ्तर में आ झुकी।

चिकारा दल के कल्पनाशील संयोजक, सुप्रसिद्ध गायक और प्रसिद्ध अफसर भागीरथी साहब का आदेश था और शाम का समय।

मुकर्जी साहब के कमरे में बोतलें खोली जा चुकी थीं। कुछ बंदूकधारी बुलट पर सवारी गांठने वाले मुछियल लोग मुकर्जी साहब के केबिन में जम चुके थे। तीन लोग अभी-अभी चमचमाती मारुति से उतरकर लगभग दौड़ते हुए भीतर प्रविष्ट हुए थे। महफिल जम गयी थी।

मुकर्जी साहब का अट्टहास निरंतर बढ़ रहा था।

छतफाड़ ठहाके थमने को नहीं आ रहे थे।

भुने हुए काजू और चिकनचिलि के पैकेट्स भव्य टेबल पर निकल आये थे।

पूर्वनिर्धारित योजना के अनुसार फिरंता जानता था कि भागीरथी साहब

पत्रकार और विजिलेंस के लोगों के साथ उसके टेलिफोन की प्रतीक्षा कर रहे होंगे।

एक उचटती नजर फिरंता ने भव्य टेबल पर सजी चीजों पर फेंकी और आहिस्ता से दरवाजा बंद कर दिया। वह बहुत तेजी के साथ दूसरे कमरे में रखे टेलीफोन की ओर बढ़ चला। कमरे में पहुँचकर फिरंता को लगा जैसे वह मीलों भागकर आया हो। वह कुछ क्षण टेलीफोन को घूरता हुआ खड़ा रहा फिर काले चोगे को थरथराते हाथों से उसने उठा लिया और अंततः काँप रहीं उँगलियों से फिरंता ने नंबर मिलाना शुरू कर दिया...

पुल

कद काठी और शारीरिक बल में काका आज भी पैंतालीस की उमर में मुझपर भारी हैं। वे चाहते तो वहीं मेरी लाठी का भरपूर जवाब उलटकर दे सकते थे, लेकिन उन्होंने पीठ पर लाठी झेलते हुए केवल इतना पूछा--'कौन थे रे।' और लाठी से पीटते हुए मेरे मुँह से भी जवाब निकल गया, "काका मैं दीनदयाल।"

उन्होंने उठते हुए धीरे से कहा, "जा बेटा भाग जा शिव दयाल सुनही ते झगरा बाढ़ जाही। जल्दी भाग।" और इसके बाद मुझसे कुछ कहते नहीं बना। मैं इस तरह अकस्मात् काका से परास्त हो जाऊँगा यह तो मैंने सोचा ही नहीं था। आपे में मैं तीन दिन से नहीं था। बाबू से तीनों दिन लड़ता रहा था। लड़ने को तो मैं बाबू से हमेशा ही लड़ता हूँ, न उन्हें मेरी बात पचती है न मुझे उनकी। दुनिया भर की चिंताओं में बाबू डूबे रहते हैं। किसी ने जमीन ली तो रजिस्ट्री करने बाबू दुर्ग की ओर चले--किसी को गंभीर बीमारी हो गई तो बाबू डी. के. अस्पताल रायपुर में डट गए। रात-रात भर जागते हुए मरीज के घर वाले शांति लाभ करते हुए दूधाधारी मठ, देख रहे हैं। संग्रहालय में घूम रहे हैं, बूढ़ा तालाब में नौका विहार कर रहे हैं और बाबूजी डी. के. अस्पताल में तीमारदारी करते जाग रहे हैं।

किसी का बैल बीमार हुआ तो खाना-पीना छोड़कर देसी दवाओं के नुस्खे तैयार कर रहे हैं। और तो और, झगड़ा-टंटा में भी बीच-बचाव करते हुए कई बार लपेटे में आ जाते हैं। मुझे उनका यही खटराग कभी पचा नहीं। मगर बाबू की आदतों से काका को कोई तकलीफ कभी नहीं हुई।

वे जब भी अपने रेजीमेंट से दो माह की छुट्टी में आते, मस्त रहते। उन्हें मैं बताने लगता कि बाबू को आप समझा दिया कीजिए मैं गाँव में पोल्ट्रीफार्म और खेतीबाड़ी सब सँभाल रहा हूँ। उन्हें कुछ करने की जरूरत नहीं मगर वे कुछ न कुछ टंटा खड़ा कर लेते हैं। मैं कहता हूँ कि आमदनी वाले खटराग में आप पड़िए तो केवल 'घर फूँक तमाशा देख' का नारा साधते हैं। मैं अब पंच भी हो गया हूँ। अपने मुहल्ले का सरपंच और पटवारी से मिलकर आठ एकड़ घास-जमीन को कुछ कौशल से और कुछ छलबल से अपने नाम भी करवाया है। मगर नहीं बाबू उसे कब्जा ही नहीं करने देना चाहते। कहते हैं कि बाप-दादा की दी हुई जमीन ने तो तुम्हारे काका को गाँव में पाला-पोसा नहीं। यह झटके की जमीन से भला किसका कल्याण होगा ?

काका चुप सुनते रहे फिर बोले—यार दीनू, तुम हो जुगाड़येण्ट वाले जवान। तुम भैया को नहीं समझ सकोगे। भैया पंद्रह बरस के थे जब तुम्हारे दादा जी मरे, मैं सिर्फ साल भर का हुआ था। इसलिए मैं उन्हें भाई नहीं बाप ही मानता हूँ। तुम तो बेटा बहुत बकबका लेते हो उनके सामने मगर फौजी होकर भी मुझे जुबान खोलने की हिम्मत नहीं होती। और फिर मुझे तो उनका हर काम नेक लगता है। दूसरों के लिए जीना ही तो जीना है। मुझे देखो मैं तो खुश हूँ। इस बरस रिटायरमेंट लेकर आ पाया हूँ। पूरे बीस वर्ष बाद। इस बीच पता नहीं चला कि चिंता क्या है। देखो दीगर बातों को भी समझो, मैं जब फौज में भरती हुआ था तब केवल अट्ठारह बरस का था। शादी तो दो बरस बाद हो गई। तुम्हारी चाची केवल पाँच बरस पीस स्टेशनों पर साथ रहीं। शिवदयाल और शंकरदयाल तो लखनऊ में हुए, दुर्गा और ललिता इसी गाँव में। बच्चों को यहाँ छोड़कर मैं कहाँ-कहाँ निश्‍चिंत घूमता रहा। मुझे कभी तकलीफ नहीं हुई। तुम तो नाहक भैया से परेशान रहते हो। तुम्हारे लिए सुंदर घर की बहू ला दिये। सब तुम्हें सौंप दिये। मगर तुम्हें चैन नहीं। मैं भी तुम्हारे कहने पर पिछले बरस भैया से अलग हुआ। तुम्हीं बार-बार खेत खार अलग करने की बात करते थे। उधर शिव और शंकर भी तुम्हारी तरह बिगड़ैल हैं। उन्हें संतोष ही नहीं। पता नहीं तुम लोगों को क्या चाहिए। वे मुझसे असंतुष्ट हैं और तुम भैया

से। यार तुम्हारी नई पीढ़ी आखिर इतनी बेसब्र क्यों है।

काका यहीं लाकर हर बार बात को छोड़ देते। मैं निरुत्तर होना तो जानता ही नहीं, मगर मुझे हर बार लगता है कि कहीं न कहीं काका और बाबू मुझसे हर मायने में भारी हैं। मैं तमाम दंदफंद और अधिक चिंताओं में पड़ा रहता हूँ। कभी गाँव में धनकुट्टी लगाने के बारे में सोचता हूँ, कभी डेयरी चलाने के बारे में। पिछले बरस तो ईंट और फर्सी पत्थर ही बेचता रहा, मगर फिर भी चैन नहीं। पैसे को काका और बाबू जीवन भर कभी महत्त्व नहीं दिये लेकिन मुझे पैसे के सिवाय सब कुछ महत्त्वहीन लगता है। इसीलिए अपने आर्थिक हितों पर जरा सी भी खरोंच आई नहीं कि असहिष्णु हो जाता हूँ। बी. काम. करने के बाद चाहता तो नौकरी भी कर लेता मगर गाँव में राजनीति और लाठी के बल पर दबदबा और पैसा बनाने वाले सरपंच फूफा ने मुझे ऐसा करने नहीं दिया। बाबू से ज्यादा तो मेरी योग्यता को सरपंच फूफा ने पहचाना। वे तो दो-एक गिलास चढ़ाने के बाद अक्सर मुझसे कहते भी हैं–"दीनदयाल तै मोर बेटा होतेन तो बॉंडा मा सोन के घंटी बाँधतेव। देवकुमार हा भकला है। कमाय खाय ला नई जानिस।" और मैं भी उन्हीं की तरह सोचता हूँ कि ऐसा क्यों होता है। देव कुमार सरपंच फूफा के इकलौते सुपुत्र हैं; मगर देव भैया हिंदी के व्याख्याता होकर बाल बच्चों सहित वर्धा में दस बरस से डटे हैं। न उन्हें पचास एकड़ की खेती का मोह है न ट्रेक्टर का चावल-दाल ले जाते हैं यहाँ से। फिर भी वहाँ अपनी कमाई का संग्रह नहीं करते। कभी किसी स्कूल को दान दे देंगे। कभी किसी मेधावी छात्र को पढ़ाने का खर्च देंगे। पान तक से परहेज है। फूफा जैसे दुनियादार पिता के यहाँ देवलू भैया और बाबू जैसे सिधवा के यहाँ मैं।

फिर भी कुछ कमियों को तो अपने ढंग से पूरना पड़ता है। मैं काका और बाबू से अधिक फूफा की नेक सलाह मानता हूँ। उसी में मेरा कल्याण भी दिखता है।

काका जब से रिटायर होकर आये हैं तब से फूफा की चिंता और बढ़ गई है। काका को शासन की ओर से दस एकड़ जमीन स्वीकृत हो गई। फूफा ने बताया कि गाँव में नाले के किनारे केवल बारह एकड़ जमीन

है जिसमें से आठ एकड़ तो मैं नाजायज कब्जा कर चुका था–फूफा की कृपा से। लेकिन काका को भी दस एकड़ बाकायदा शासन की ओर से दे दी गई थी। और इस तरह मुझसे जमीन छिन गई। मैं पहली बार तब काका से जा उलझा खुल्लम खुल्ला। मुझे होश ही नहीं रहा कि मैंने क्या कुछ नहीं कह दिया। काका केवल चुप कराते रहे। समझाते रहे मगर मैं बकता रहा, "आप बहुत चालाक हैं। जीवन भर मेरे बाप को बेवकूफ बनाते रहे। उनसे अपना परिवार पलवाते रहे और खुद रुपया कमाते रहे। और अब मेरे कब्जे की जमीन को आपने अपने नाम करवा लिया। मैं भी देख लूँगा कि कैसे आपके लौंडे उस पर कब्जा करते हैं।" मुझे इस तरह उग्र होते देख शंकर और शिवदयाल भी आ डटे। अभी वे उलझना ही चाहते थे कि काका उनके सामने लाठी लेकर जा खड़े हुए और गरजते हुए बोले, "सालों दीनदयाल तुम्हारा बड़ा भाई है। वो बात मुझसे कर रहा है। तुम लोगों को बीच में पड़ने की क्या जरूरत, भागो यहाँ से नहीं तो ठीक कर दूँगा।"

शिव और शंकर अपना-सा मुँह लेकर रह गये। मगर मैं भी टिक नहीं सका, सीधे घर चला आया। बाबू ने सुना तो आगबबूला हो गए, "तुम दो अक्षर पढ़ क्या लिए और अपने फूफा के साथ थोड़ा-सा गुर क्या सीख लिये कि अपने बाप बराबर काका से जा उलझे। हमारे खानदान में आज तक ऐसा नहीं हुआ। यही हमारी शक्ति है और यही हमारा धन। तुमने दीनदयाल पहली बार हमें कंगाल बना दिया। तुम्हें तकलीफ थी तो मुझसे कहते। मर्यादा भी कोई चीज है। अरे सरकार फौजी होने के नाते नंदू को दस एकड़ जमीन दे रही है। तुम तो खुद चोर हो। दाबे बैठे हो नाले किनारे की जमीन। तुम्हारे फूफाजी जैसे हैं वैसे ही तुम भी–हुँह, राज करेंगे।" मैं प्रायः बाबू के तर्कों का जवाब नहीं देता। जवाब दे भी नहीं सकता क्योंकि वे इतने निर्मम और आक्रामक हो जाते हैं कि मैं बिल्कुल नंगा होकर रह जाता हूँ। हूँ तो इकलौता मगर पता नहीं बाबू किस मिट्टी के बने हैं उन्हें दया नहीं आती। अगर मैं कुछ कर-करा रहा हूँ जमीन दाब रहा हूँ तो हूँ तो उन्हीं का लड़का। भाई और मुझमें उन्हें कौन करीबी लगना चाहिए। मगर नहीं, काका के बदले अगर कोई दूसरा भी व्यक्ति एलाटमेंट ले लेता

तो वे उसका साथ देते।

मैं कहता हूँ कि बाबू को तो सौ साल पहले पैदा होना था। आज के जमाने में बेकार ही आप धर्मराज हैं।

काका के पक्ष में जब बाबू बोल चुके थे, मैंने केवल दबे स्वर में इतना ही कहा, "बाबू नाले के किनारे मैं फार्म खोलना चाहता हूँ इसलिए सरकार से मिल-भिड़कर आठ एकड़ रोक रखा हूँ, बाद में अपने नाम करवा लूँगा। काका को भी यही जमीन दिखी। उधर चपला खार में जमीन है भरी, वहाँ करवा देते हैं, मगर नहीं वे तो मेरा हक मारना चाहते हैं–मुझे तरक्की करते देखना ही नहीं चाहते। शिव और शंकर के लिए बना छोड़ना चाहते हैं और एक आप हैं कि बस मेरी सहायता करने के बदले उल्टे पीछे पड़ जाते हैं। बाबू को इलाके में बड़े-बड़े लोग हाजिर जवाबी के कारण वकीलमंडल कहते हैं। मैं भला किस खेत की मूली हूँ। फिर उनकी मान्यता के विरुद्ध रहकर तो भगवान भी पार नहीं पा सकते। उन्होंने आखिरी हुक्म सुनाते हुए कहा, "तुम ही नहीं नंदू भी मेरा बेटा है। तुम तो आए दिन जुबान लड़ा लेते हो ओ बिचारा गऊ कभी सामने भी आकर खड़ा हो पाता है ? फौज में रहकर उसे दो बार मेडल मिले हैं। एक बार नेफा में, एक बार बँगला देश में। लड़ाई में शत्रुओं के आगे अडिग रहने के कारण ऐसा बहादुर आदमी ही झुकने की ताकत रखता है। तुम क्या समझते हो कि वह मुझसे कमजोर है जो झुका-झुका रहता है। यह मर्यादा का बोध ही तो है जिसके भार से झुकता हुआ आदमी बदसलूकी में तने हुए आदमी पर हमेशा भारी पड़ता है। और वह सरकार की ओर से जमीन पाने का हकदार है। तुम क्यों मरे जा रहे हो। तुम्हारे पास तो काफी है बच्चा। धीर में खीर है सब्र तो करो। धन की कोई सीमा तो होती नहीं तुम्हीं हट जाओ वहाँ से।"

मगर मैं नहीं हटा। काका तो खैर पट्टाधारी थे ही। दस दिन बाद काका अपनी आबंटित जमीन पर बाड़ लगाने लगे। मैंने सुना तो जलभुनकर राख हो गया। मुझे कुछ सूझा ही नहीं। काका अब मुझे दुनिया के सबसे बड़े बैरी लगने लगे। मैं स्वयं को बहुत सँभालता कि काका की बड़ी कृपा रही है मुझ पर। उनके कहने पर ही बाबू ने मैट्रिक के बाद पढ़ने के लिए

रायपुर भेजा। काका ने मुझे सर चढ़ाकर रखा। गाँव में मैं अगर उम्र की कोई गलती कर बैठता तो काका तुरंत मेरे साथ हो लेते और मेरा बचाव करते। बाबू किसी भी गलती को अक्षम्य मानते मगर काका कहते लड़कपन में आदमी अगर गलतियाँ न करेगा तो क्या बुढ़ापे में सीखेगा। हमसे भी इस उम्र में गलतियाँ हुई हैं।"

काका ने ही मुझे शरीर बनाने के लिए डंड बैठक तथा लाठी संचालन का गुर सिखाया। गाँव के लोग हमेशा कहते कि नंदू तुम फौज में हो इसलिए महीने-दो महीने आकर भतीजे से दोस्ती निभा जाते हो। गाँव भर के काका भतीजों में चलने वाली किचकिच तुम्हारे बीच भी चल पड़ेगी। अगर गाँव में आ बसो।

मुझे ऐसी बातें बहुत बुरी लगतीं। मैं काका के सामने ही सौगंध खाने लगता कि काका सूरज भले पश्चिम से उग सकता है मैं कभी आपसे कोई गुस्ताखी नहीं करूँगा। काका हँस कर रह जाते। वे कभी दावा नहीं करते। मेरे भावुकता पूर्ण दावे को सुनते तो कभी इतना कहते, "बेटा, वक्त आने पर जो खरा उतर जाय वही तो मनुष्य है। अच्छे समय में भला क्या दावा करना।"

मुझे अपने दावे याद रहे मगर जमीन पर काका ने जैसे ही दावा किया मैं नियंत्रण खो बैठा। सरपंच फूफा ने भी रही सही को पूर दिया, "दीनू तुम अपने काका को नहीं जानते। काम बने के लिए वह तुम्हारे बाप से झुका-झुका रहा। अब देखो तो सही तुम्हारी जमीन को एलाट करवा लिया तो तुम्हें चिढ़ाने के लिए अब दो दिन भी नहीं रुका। वह जानता है कि तुम तो हो कमजोर और तुम्हारा बाप जो है सो धर्मराज हइये हैं। अब तो तुम्हारे काका के पौ बारह। अभी जमीन हड़पी है फिर तुम्हारे संन्यासी पिता का घर भी हड़प लेगा। और देखो मैंने साफ सुना है, कह रहा था कल तालाब में कि दीनू को अब दो-चार डंडा जमाना ही पड़ेगा। दिखाना ही पड़ेगा फौज का अस्त्र लागव।" मुझे लगा कि तुरंत उठकर जाऊँ और मुझे मारने की योजना बनाने वाले काका पर अपने गिरोह के छोकरों के साथ मिलकर बरसा दूँ लाठी। मुझे दो दिनों तक बेचैनी रही। अम्मा ने पूछा तो मैंने सब बता दिया। अम्मा ने केवल इतना कहा, "बेटा, मैं केवल

इतना जानती हूँ कि तुम्हारा जीवन तुम्हारे काका का दिया हुआ है। तुम जब एक बरस के थे तो तुम्हें निमोनिया हो गया था। तुम्हारे काका उफनते बरसते खरखरा नखा को पार कर रातोरात अगर तुम्हारी दवा लेकर न आये होते तो तुम बच ही नहीं सकते थे इसलिए… ”

मैं और कुछ सुन न सका मैंने साफ कह दिया, “माँ, बस तुम दोनों का एक ही राग है कि काका देवता हैं और मैं उन्हें पूजूँ। आज खेत पर कब्जा किया है कल घर पर करेंगे। मैं आज कुछ हिसाब चुकता करूँगा।” मैं अपने साथियों के साथ योजनानुसार उसी रात ऊपर के कमरे में सो गया। घर के लोग नीचे सो रहे थे। अनजान।

हमारे और काका के घर के बीच केवल एक दीवार है। जो मेरी जिद्द के कारण खड़ी हो गई है। मैं झिकझिक पसंद नहीं करता बिल्कुल साफ हिसाब। न ऊधो का लेना न माधो का देना। प्रेम अपनी जगह, हिसाब अपनी जगह। अपनी-अपनी हदों में रहने का मैं बहुत आग्रही हूँ।

काका और बाबू की चलती तो दीवार भी न बनाई जा सकती। दीवार के उस ओर काका का घर इस ओर हमारा। साथियों के साथ मिलकर पहले गिलास-गिलास सोमरस का आस्वादन हुआ फिर तैयारी चली।

मैंने तय किया जब तक संकट न आये साथी छत पर ही रहें। कुछ ऐसा अवसर मिले कि मैं ही काका को ठिकाने लगा दूँ। न पता चले न टंटा हो। साँप मरे, न लाठी टूटे।

मुझे काका की कथाएँ याद आ जातीं और मैं कमजोर-सा हो जाता तो आधा गिलास और डालकर पी जाता, हिम्मत के लिए गाँव में जड़काले के दिन और लंबे हो जाते हैं। धान मिजाई का काम जोरों पर था। काका भोजन करते ही सो गये। एक झपकी लेने के बाद ही अक्सर घर से निकलते और पेशाब कर फिर सोते। यह उनकी दिनचर्या थी इसलिए मैं भी आश्वस्त था।

साथी सब बेचैन थे। अभी ग्यारह बजने में दस मिनट शेष थे कि काका कुटिया का दरवाजा खोलकर बाहर आये। मैं लाठी लेकर चुपके से उतरने लगा। साथी सब चौकन्ने थे। अवसर और इशारे पर कूद पड़ते।

काका ज्योंही पेशाब करने बैठे कि मैंने अपनी लाठी को पूरे कौशल

पूर्वक घुमाकर उनकी पीठ पर धर दिया। चाहता तो था पूरी ताकत से मारना मगर पूरी तैयारी के बावजूद पता नहीं क्यों मेरे हाथों में ताकत ही नहीं आन पाई। बावलेपन में ही मैंने दो-तीन लाठी और जड़ दी। बिना देखे सुने। लाठी खाकर काका ने कड़ककर पूछा, "कौन है बे ?"

और मेरे मुँह से सदा की तरह ही जवाब निकल गया–"मैं तो हूँ काका दीनू।" काका ने तुरंत कहा, "बेटा घर में शिवदयाल और शंकर सो रहे हैं। मूरख हैं बखेड़ा खड़ा कर देंगे। तू जल्दी भाग जा और जाकर सो जा, जा जल्दी भाग।

मैं घर की छत पर हाँफता हुआ पहुँचा। साथी भी हक्के-बक्के सुन रहे थे वे भी हक्के बक्के थे। मेरी तो रुलाई ही छूट रही थी। इधर काका को काफी देर होते देख काकी बाहर निकल आई। काका को सिर थामे देख घबरा गई। हम सबने सुना काका कह रहे थे, "कुछ नहीं पेशाब करने बैठा तो सँभल न पाया गिर पड़ा। थोड़ी चोट आ गई।"

सुबह शिव और शंकर ने बावेला मचा दिया। काका के सिर में पट्टी देखकर वे दोनों बिफर उठे। काका लाख समझाते मगर वे गाँव भर में फैली अफवाह के आधार पर सही अंदाजा लगाने लगे।

काका उन्हें डाँटते रहे और वे काका को पूछ-पूछ कर परेशान करते रहे। दूसरे दिन पटवारी ने आकर बताया कि काका ने आबंटित जमीन को छोड़ दिया है।

शिव और शंकर तो जैसे पगला ही गये। अब उन्हें कोई संदेह न रहा। वे जान गये कि लाठी के मार के पीछे कहीं-न-कहीं मैं ही हूँ। वे जोर-जोर से चिल्ला-चिल्ला कर दीवार के उस ओर से धमकियाँ देने लगे कि फिर अचानक काका की बुलंद आवाज में गूँज उठी, "हरामखोरो, चुप हो जाओ।"

शिव और शंकर की बोलती बंद हो गई। वे सोचते थे कि इस अवसर पर तो काका उन्हें नहीं रोकेंगे। शिव ने कहा–बाबू मुझे सब पता चल गया है आपके लाड़ले भतीजे ने आप पर लाठी का जोर दिखाया है। हम बदला लेकर रहेंगे··· अभी शिव कुछ और कहता कि तड़ाक की आवाज़ हुई।

हम सब अब अपने घर में न रह सके। बाबू, मैं और अम्मा सब

भागे-भागे काका के घर गये। करीब चार माह बाद हम काका के आँगन में पहुँचे थे। मेरी जिद्द के कारण बाबू भी उनके आँगन में नहीं जाते थे। हमें वहाँ देखकर सब हक्के-बक्के रह गये। शिव गाल सहलाते हुए एक किनारे में सहमा सा खड़ा था। काकी शंकर को सँभाल रही थी।

बाबू ने खा जाने वाली नजरों से मुझे देखते हुए चिल्लाकर कहा, "नालायक, यही पोथी पढ़कर ज्ञान पाये तुम। सौ जन्म लेकर बैल की तरह खटोगे तो भी तुम्हारा पाप नहीं धुलेगा। पापी नहीं तो तुम्हारा नाम आखिर आया कैसे इस किस्से में ? क्या सचमुच तुमने यह पाप किया ? अगर ऐसा है तो तुम मेरी लाश को भी हाथ नहीं लगा सकते…"

काका ने कहा, "नहीं भैया शिव तो मूर्ख है मैं गिर गया था रात को… शायद काका कुछ और कहते कि मेरे विलाप में उनकी आवाज खो गई। मैं अपनी तुनकमिजाजी और जिद्द में औरों को रुलाने में माहिर पहली बार औरतों की तरह रो रहा था। बाबू भी स्तब्ध रह गये। काका ने ही बढ़कर मुझे चुप कराते हुए कहा, "बेटा, अगर बच्चा अपने बाप के साथ खेलकूद और झगड़ा-लड़ाई न करेगा तो सीखेगा कैसे। दुनिया से लड़ने के लिए अभ्यास जरूरी है दीनू, तू तो बहादुर बच्चा है रोता क्यों है…

और मुझे चुप कराने की कोशिश में मेरे फौजी काका भी सुबकने लगे।

दोगला

झब्बू शरीर और बुद्धि दोनों ही दृष्टि से असाधारण निकला। बमुश्किल वह सात दिन का रहा होगा जब, सोनू ने मुझसे आकर अधीर होते हुए कहा--बाबू पड़ोस की आंटीजी हमको भी एक दे देंगी।

मैं अपने काम में उलझा हुआ था। सहसा कुछ समझ में नहीं आया कि सोनू किस चीज की बात कर रहा है। मुझे चुप देखकर उसने फिर कहा, "बाबू हम पालेंगे।"

"क्या बेटा ? क्या पालोगे।" मैंने पूछा।

"कुत्ता। आंटीजी दे रही हैं।" सोनू ने कहा।

"आंटी जी कुत्ता दे रही हैं ?" मैंने सोनू की बात को यूँ ही मजाक में उड़ाते हुए आगे कहा, "क्या मुसीबत है यार, साफ कहो न।" सोनू तो इस मजाक से रुआँसा हो गया। मगर उसकी माँ ने बात की डोर सँभालते हुए आगे बढ़कर जवाब दिया, "तुम्हें तो बस मजाक सूझता है। आंटी जी कुत्ता दे नहीं रही हैं, सोनू माँग रहा है। पड़ोस की मिसेज नायर के यहाँ नहीं है एक अलसेसियन, सफेद कुतिया ! उसके तीन बच्चे हुए हैं। हमारा सोनू रोज तंग करता है कि हमें भी पालना है कुत्ता।" मुझे मनाने की गरज से सोनू की माँ ने समझाते हुए आगे और जोड़ दिया, "अकेला है बिचारा न भाई न बहन। तुम चले जाते हो दफ्तर, और घर में भी रहते हो तो अपने में डूबे हुए। पाल लेने दो न, गुर्राये रहते हो हमेशा। कभी तो बात माना करो।"

"मैं गुर्राये रहता हूँ तो फिर एक और गुर्राने वाले को पालने की

जरूरत क्या है।" मैंने मुस्कराते हुए कहा–सोनू का चेहरा भी इस मजाक से खिल गया। उसकी माँ तो खैर खुश हुई ही। मगर इस मजाक के कारण ही मैं फँस गया। सोनू मेरे तने हुए चेहरे को देखकर अक्सर मन की बात भी व्यक्त नहीं करता। हमेशा डरा-सहमा रहता है।

पेंसिल तक मँगानी हो तो माँ के मार्फत बात मुझ तक आती है। मैं स्वयं प्रयत्न करता कि अपने इकलौते बेटे से इस तरह दूरियाँ बनाकर न चलूँ मगर कुछ तो संस्कार और कुछ लिखने-पढ़ने की रुचि। दूरियाँ कुछ बन ही गईं। दूरियों का आलम कुछ ऐसा है कि कयामत से कयामत तक पिक्चर नई टाकीज में लगकर धूम मचा रही थी और सोनू उसकी खूब तारीफ अपने मित्रों से सुन-सुनकर बेताब भी हो रहा था मगर हमारे खौफ से कह नहीं पाता था। एक दिन इतवार की शाम फ्री होने के कारण मैं टी. वी. पर फिल्म देख रहा था। परिवार के साथ ही सोनू ने धीरे से कहा–बाबू, सिनेमाहाल में देखने पर कोई फिल्म कितनी अच्छी लगती है न, बड़े परदे पर।

मैं तत्काल समझ गया कि सोनू कहना क्या चाहता है। मुझे अपने आप पर गुस्सा भी आया। मैंने अपने अपराध बोध को दबाते हुए उत्साह पूर्वक कहा, "बेटे सोनू, तू है यार सत्रह साल का। मगर बातें करता है बच्चों की तरह। अगले बरस कालेज में चला जायेगा तू। अनुशासन का यह मतलब तो नहीं कि डरकर जियो। देख आया करो न पिक्चर भई हाल में।

सोनू ने लजाते हुए कहा, "बाबू, मेरा यह मतलब नहीं था। फिर हम अभी तक शहर के नए सिनेमा हाल में भी तो नहीं गए। सुनते हैं कि बहुत अच्छा बना है। चार-पाँच माह बने हो गए मगर हम गए नहीं।"

मैंने कहा, "बेटाजी, साफ कहो न कि फिल्म देखनी है। बनो मत। अच्छा चलेंगे कल छुट्टी लेकर।" और वाकई मैं उस नये सिनेमा हाल में सोनू के कारण गया।

कुछ इस तरह सोनू सांकेतिक भाषा में काम चलाता गया था तब। अब सोनू को देखकर कोई सोच भी नहीं सकता कि यह कल का वही सोनू है जो मेरे सामने दुबका-सा रहता था और हर बात समय और मूड

देखकर सहमते हुए कहता था। उस दिन मुझे प्रसन्न देखकर ही सोनू ने कुछ जोर डालते हुए कहा कि उसे हर हाल में एक कुत्ता पालना ही है।

उसके स्वर के सधाव और संकल्प को देखकर मैं अंततः मान गया। स्वर से ही मनुष्य के भीतरी संकल्प और आत्मज्ञान का प्रमाण मिलता है। इसीलिए स्वर व्यक्तित्व का विशिष्ट अंग माना जाता है। उस दिन सोनू ने कुछ इस ढंग से कहा कि हमेशा का कुत्ता-विरोधी होकर भी मैं विरोध न कर सका। वरना कुत्ता पालने वालों तक से मैं बिदकता हूँ। पता नहीं कैसे लोग दो-दो तीन-तीन और कई लोग तो दर्जनों कुत्ते पाल लेते हैं। मुझे हमेशा लगता कि मनुष्यों से मिली अस्वीकृति या आदमियों से बनी हुई दूरी के संत्रास से बचने के लिए ही लोग कुत्ता प्रेमी हो जाते हैं। यद्यपि खोजने वालों को कुत्ते में गुण ही गुण नजर आते हैं। मगर मैं हमेशा थोड़ी-सी सुविधा या एक टुकड़ा प्राप्त करते ी कुकुवाने वाले उस जीव से नफरत करता रहा हूँ। एक और कारण है। हमारे खानदान में बाबाजी के जमाने में एक कुत्ता था। उसे बाबाजी ने बहुत प्यार से पाला। कुत्ता था भी फरमाबरदार। मगर पता नहीं एक दिन कैसे उसका दिमाग फिरा कि वह लगा दौड़कर काटने। उससे हमारे गाँव के चार-पाँच लोग आहत हो गए। उसके बाद उस कुत्ते को बाँधकर मारा गया।

उस दिन घर में खाना नहीं बना। हम सब बच्चे मरे हुए कुत्ते को याद कर हफ्तों दुखी होते रहे।

तब से कुत्तों पर से मेरा विश्वास उठ गया। लगता यही था कि अच्छी परवरिश और देखभाल से कुत्ते का दिमाग फिर जाता है। मैं तो किसी दंभी और पाखंडी आदमी तक को देखकर यही दावा करता था कि कहीं-न-कहीं उसके भीतर कुत्तेगिरी का ऐब है कि सुविधा और संरक्षण पाते ही काटने दौड़ने लगता है।

मगर जब सोनू ने मुझे इस तरह बहुत आजिजी से कहा कि बाबू, पालना ही है तो मैं मना न कर सका। और मेरे हाँ करते ही सोनू कुछ इस तरह प्रसन्न हुआ जैसे बोनस की घोषणा सुनकर कारखाने के श्रमिक प्रमुदित हो जाते हैं। और दूसरे दिन झब्बू हमारे घर का चौथा सदस्य बनकर आ धमका।

झब्बू तब मात्र एक सप्ताह का था। नामकरण उसका करीब छः माह बाद तब हुआ जब अच्छी खिलाई-पिलाई से उसके कद के साथ बाल भी निकल आये। खूब बड़े-बड़े। उसके सारे शरीर में लंबे-लंबे बालों को देखकर ही सोनू ने बाद में उसका नाम झब्बू रखा।

पहले दिन तो वह दूध तक पीने में असमर्थ रहा। सोनू की माँ ने चिंतित होकर कहा कि बेटा नायर आंटी से महीने भर बाद माँग लाना अभी नहीं सँभलेगा। मगर सोनू को लगता था कि अगर इस अवसर पर वह चूक गया तो फिर जाने बाबू उसे अनुमति दें कि नहीं।

जिसके प्रति मन आश्वस्त नहीं रहता उसकी सहमति भी स्थाई नहीं लगती। सोनू को मैंने आश्वस्त भी किया मगर वह माना नहीं। उसने गोद में झब्बू को बिठाकर निप्पल से दूध पिलाया। कुछ देर की ना-नुकुर के बाद झब्बू ने निप्पल से दूध पीना शुरू भी कर दिया। झब्बू की आँखें भी खुल नहीं पाई थीं। सोनू उसे अपने साथ ही सुलाने ले गया। कुछ देर काँ-कूं करने के बाद पहले ही दिन वह सोनू के साथ निश्चिंत हो गया।

धीरे-धीरे झब्बू की आँखें खुलीं। वह सँभलकर चलने लगा। सुबह क्वार्टर के बाहर सड़क पर भी टहलने लगा। सोनू उसे कंधे पर उठाकर बड़ी शान से घूमता, जैसे अपने छोटे भाई को गोद में लेकर चल रहा हो।

कुछ दिनों बाद झब्बू ने बहुत धीमी आवाज में भौंकना सीख लिया। सोनू उसे निर्देश देता तो वह निर्देशित दिशा में भूँ-भूँ कर दौड़ पड़ता। कुछ और बड़ा हुआ तो दो पाँवों पर खड़े होकर नमस्ते करने का उसे अभ्यास हो गया। सोनू खेल-खेल में स्केल-पेन लाने को कहता तो झब्बू बखूबी दौड़कर ले आता। मैं स्वयं धीरे-धीरे झब्बू की ओर आकर्षित होने लगा। एक दिन झब्बू के लिए सोलह रुपये खर्च कर विशेष स्नान के लिए पावडर का पैकेट ले आया। सोनू को उस दिन बहुत खुशी हुई।

समय पर हर तरह की दवा झब्बू को दी गई और वह दिन प्रतिदिन विकसित होने लगा। डी. ओमिंग के लिए इन्जेक्शन लगा। वाइमराल दवा झब्बू के बालों के लिए मैं ले आया।

धीरे-धीरे सोनू के साथ ही मैं भी झब्बू से जुड़ता चला गया। और ठीक उसी तरह झब्बू भी मेरे करीब पहुँचने लगा। मैं आफिस से घर पहुँचता

तो सोनू भले ही अपने काम में मशगूल रहने के कारण घंटों नहीं मिल पाता मगर झब्बू कुछ इस तरह बेताब होकर मिलता जैसे दिन भर मेरी ही प्रतीक्षा करता रहा हो।

सोनू तो झब्बू के बढ़ते प्रभाव को देखकर कभी अपनी माँ से कहता भी कि माँ, लाया तो मैं हूँ झब्बू को मगर बाबू से ज्यादा जमती है उसकी। उसकी माँ हँसकर जवाब दे देती–

"सोनू, तू जवान छोकरा है, तुझे शाम को घूमने जाना है, खेलना है। झब्बू के लिए तू समय नहीं दे पाता। मगर तुम्हारे बाबू दफ्तर से आने के बाद उसके साथ खेलते हैं खूब। जानवर भी विशेष स्नेह के आगे नतमस्तक हो जाता है। सुविधाएँ नहीं बल्कि हार्दिक प्रेम ही एक जीव को दूसरे से जोड़ता है।" सोनू को माँ की लंबी-चौड़ी व्याख्या से बोरियत होती। मगर वह खुश जरूर होता कि कुत्ता विरोधी उसके पिता अंततः कुत्ते के होकर रह गए।

मगर इसमें केवल मेरे स्नेह के कारण ही हमारे संबंधों में प्रगाढ़ता नहीं आई। वस्तुतः झब्बू का अति उत्साह और प्रेम ही ऐसा था कि मैं उसकी ओर खिंचता चला गया। सोनू की माँ मेरे बढ़ते स्नेह के ग्राफ को देखकर कुछ चिंतित जरूर हुई, मेरी आदत के कारण। वह जानती है कि मैं या तो किसी को जी भर स्नेह दूँगा और किसी भी सीमा तक बढ़ चलूँगा। मगर साथ ही हल्का-सा झटका मिला नहीं कि मैं विद्वेष से भर भी जाऊँगा। मित्र संबंधियों तक से संबंध निर्वाह का मेरा यही जाहिर समीकरण रहा है तो बिचारे झब्बू की क्या बिसात। वह कहती भी कि तुम्हारे अतिप्रेम से झब्बू के भविष्य को लेकर मुझे चिंता हो जाती है।

"क्यों ?" मैं पूछता।

"तुम्हारी आदत के कारण।"

"कैसी आदत ?"

"अति वाली आदतें। या तो किसी को जी जान से चाहोगे। उसकी गुलामी तक कुबूल करने में सुख अनुभव करोगे, या फिर उसकी शकल ही देखना गवारा नहीं करोगे। थोड़ी-सी ठोकर लगी कि लगे बिलबिलाने।"

पत्नी की व्याख्या से मुझे हँसी आ जाती। व्यक्ति मर्यादा या विवशता

के कारण जब अपने मन की व्यथा सीधे ढंग से नहीं रख पाता तो अन्य अवसरों का भरपूर लाभ लेकर हल्का होना चाहता है।

झब्बू के बहाने सोनू की माँ अपने घावों को ही सहला रही थी। मैंने उसे आश्वस्त करते हुए कहा था आदमी की और बात है। स्वार्थ, अवसरवादिता और महत्त्वाकांक्षा की बीमारी लेकर चलता है आदमी। कुत्ते को लेकर इस तरह की तुम्हारी चिंता बेमानी है।

लगता था कि वह भी हुज्जत करने के लिए कमर कसे बैठी थी। उसने जवाब देते हुए कहा, "आदमी और कुत्ते की बात नहीं है, बात है अपने मन की बनावट की। चोट खानेवाले तो कहीं भी चोट खा जाते हैं। और सँभलनेवाले भी एक छोटा-सा आसरा पाकर सँभल जाते हैं। कुत्ता भी गलती कर सकता है। तुम्हें नाराज होने के लिए तो छोटा-सा कारण भी पर्याप्त से कहीं अधिक होता है।" वाकई उस दिन मैं निरुत्तर हो गया। मगर झब्बू के प्रति मेरे प्रेम में सतत विकास होता चला गया। वह और हिल गया। धीरे-धीरे झब्बू की आदतें बदलने लगीं।

मैं सोच रहा था कि अलसेसियन माँ-बाप की पैदाइश है झब्बू। मगर उसके झब्बूपने से जब मुझे संदेह हुआ, देहयष्टि और झबरीले बालों के कारण तब ज्ञात हुआ कि झब्बू क्रासब्रीड है। दोगला है। अलसेसियन माँ और सड़क छाप कुत्ते के मेल से जन्मा एक दोगला। मुझे यह जानकर बहुत दुःख हुआ। पाला भी पड़ा तो दोगले से। मैंने लंबी साँस खींचते हुए सोनू की माँ से कहा, मगर विवश था। तब तक मैं उस दोगले के प्रेम में डूब चुका था। इतने दिनों में ही झब्बू ने हम सबको इतना मोह लिया था कि वह अपने स्वभाव के कारण हमारी आँखों का तारा ही बना रहा। उसके गुण के कारण मैं भूल सा गया कि वह एक दोगली नस्ल का कुत्ता है।

नस्ल से गुण को जोड़ना बेमानी है यह मैंने धीरे-धीरे समझा। झब्बू के सारे गुण प्रशंसनीय थे। आज्ञाकारी, समझदार, बुद्धिमानी और विश्वसनीय था झब्बू।

कद के साथ उसके भीतरी गुणों में भी इजाफा हुआ। दहाड़ता था तो लगता था जैसे जंगल में शेर ललकार रहा हो। उसकी थूथन का रंग एकदम लाल था। काली और चमकती आँखें थीं। स्नेह और क्रोध को

अभिव्यक्त करने के लिए किस तरह झब्बू अपनी आँखों का त्वरित और चमत्कारिक इस्तेमाल छुटपन में ही करता था, यह देखने की चीज थी। विरोध और समर्थन का जिस तरह अपनी आंगिक प्रतिक्रियाओं से वह प्रदर्शन करता था उसे देखकर मैं हतप्रभ रह जाता था।

हम झब्बू की चुस्ती, सक्रियता और हिम्मत से इतने आश्वस्त हो गए थे कि उसके भरोसे घर खुला छोड़कर चार-छः घंटों के लिए कहीं भी चले जाते और आकर घर को हर तरह से जस का तस पाते। एक अवसर पर तो हम बारह घंटे बाहर रहे उसके कंधों पर घर का भार छोड़कर।

इधर सोनू इन तीन बरसों में पी. ई. टी. में सफलता प्राप्त कर रायपुर के इंजीनियरिंग कालेज में चला गया। वहीं हास्टल में रहने लगा। छुट्टियों में आता तो झब्बू से लिटलिटाता। वहाँ से पत्र भी लिखता कि झब्बू की बहुत याद आती है। मैं उसकी माँ को पत्र पाकर कहता भी कि माँ-बाप गए चूल्हे में झब्बू की याद करने बैठ जाता है। उसकी माँ कहती कि झब्बू को याद करता है हम तो वैसे ही उसके मन-प्राण में बसे हैं। मैंने कहा—मन-प्राण में हमारे वो बसा है। हम क्यों बसने लगे बस यही तो ममता है, श्रीमती जी। जो तुम्हारे मन में है उसी को बेटे के मन में माने लेती हो। सोनू बेटा है माँ नहीं। उसकी माँ तर्कों से परास्त होकर चुप हो जाती।

दूसरे वर्ष तक तो सब ठीक चला मगर ज्यों ही सोनू ने तीसरे वर्ष में प्रवेश किया उसकी अपनी निजी सक्रियता बढ़ने लगी। वह घर भी कम आने लगा। उसकी माँ चिंतित होती तो मैं कह देता कि इंजीनियरिंग की पढ़ाई है समय नहीं मिलता।

बीच-बीच में वह आता भी मगर एक दिन रुक कर चला जाता। इस तरह वह पाँचवें वर्ष में चला गया। पढ़ाई में तो तेज-तर्रार था ही। इधर झब्बू को बाकायदा समय-समय पर मैं हर तरह की गोलियाँ देता रहा। उसका ख्याल सोनू की तरह रखता था। पौरुष विरोध के लिए इंजेक्शन का प्रभाव जहाँ खत्म होता कि झब्बू मस्तियाने लगता। मैं हर हाल में झब्बू को सड़क छाप नहीं बनने देना चाहता था। मैंने हमेशा प्रयास किया कि झब्बू सँभलकर रहे। इधर-उधर मुँह मत मारे।

मैं बहुत सतर्क था। उस दिन घर में आकर बिगड़ा भी कि क्या

हो रहा है झब्बू को। खा-पीकर मस्तिया रहा है। दवा-पानी के बावजूद कूद फाँद रहा है।

शाम को मैं झब्बू को लेकर निकल ही रहा था कि सोनू पाँच-छः साथियों के साथ आ गया। उस दल में दो लड़कियाँ भी थीं। उसी के कालेज के विद्यार्थी थे सब-सहपाठी। सोनू की माँ ने सबको जलपान करवाया। मुझसे भी परिचय हुआ।

मैं झब्बू को लेकर निकल रहा था तो पीछे से एक लड़की ने सोनू के साथियों को फुसफुसाते हुए कहा–यार, सोनू के डैडी तो बहुत स्मार्ट हैं, एकदम यंग। सोनू के दोस्त ने कहा–तुम भी हद करती हो, अगर सोनू के डैडी यंग हैं तो फिर बिचारा सोनू तो अभी जवान ही नहीं हुआ।

इस डायलाग पर सभी लोगों ने जी भर कर ठहाका लगाया। सोनू की हँसी को मैंने साफ सुना। मुझे अच्छा लगा कि सोनू निरंतर आगे बढ़ रहा है और बुरा भी लगा कि इस माहौल में विकसित हो रहा है। मगर इसके लिए सोनू कहाँ दोषी था। अपने दौर की भलाई-बुराई से तो उसे भी जुड़ना ही था। मैंने टिप्पणियों को और खुले दहकहों को स्वाभाविक रूप में ही लिया।

झब्बू के साथ मैं घंटे भर बाद वापस आया। तब तक वे मैत्रीबाग देखने के लिए चले गये। सोनू की माँ ने बताया कि वहाँ से वे सीधे रायपुर चले जायेंगे। मैंने लंबी साँस खींचते हुए सोनू की माँ से कहा–अब लगने लगा कि मैं जवान नहीं रहा।

"क्यों ? क्या बात हो गई। लड़के तो आपको स्मार्ट कह रहे थे साथ ही आपकी येजदी चलाने की आदत पर भी उन्हें आपकी जवानी का प्रमाण मिल रहा था।"

"ये तो है। येजदी मर्दों की गाड़ी। स्कूटर तो लड़कियाँ भी चलाती हैं। किंतु येजदी सिर्फ मर्द ही चलाते हैं।"

"तो फिर बुढ़ापे का शौक क्यों ?

"इसलिए कि सोनू अब जवान हो गया है।"

"उसके जवान होने का कोई प्रमाण हाथ लग गया क्या ?"

"लगेगा क्या खाक। बेटा अपना है। अनुशासित और विशेष आज्ञाकारी

नस्ल का।"

"आप मगर आज्ञाकारी नहीं रहे कभी, फिर नस्ल की बात भी फालतू है।"

"तुम नासमझ हो। तुम्हें ये ऊँची बातें समझ में आयेंगी नहीं।"

"मैं नासमझ जरूर हूँ मगर नस्लवादी नहीं।"

"यही तो नासमझी है।"

"नासमझी भली। नस्लवाद भला नहीं।" उसने हँसते हुए कहा।

आगे बहस बढ़ती कि झब्बू आ गया, लाड़ दिखाने। मैंने झब्बू को दुलारते हुए कहा–तू तो यार दोगला है फिर भी है शानदार। और रहना हमेशा शानदार। झब्बू जैसे बात को समझ भी रहा था। वह कूँ-कूँ कर और प्यार जताने लगा। तभी सामने गेट पर एक कुतिया दिखी। कुछ देर तक देखने के बाद मैंने बाहर खड़ी कुतिया को एक पत्थर से मारकर भगा दिया। झब्बू बहुत देर तक उधर ही ताकता रहा जिधर कुतिया भाग गई थी। मुझे चिंता हुई। इंजेक्शन के बावजूद झब्बू का इस तरह शृंगार रस में डूबना-उतराना कुछ जमा नहीं।

मैंने यह चिंता सोते समय सोनू की माँ के आगे यूँ ही रख दिया। मगर वह तो जैसे तैयार ही बैठी थी। उसने कहा, "प्रकृति के विरुद्ध कितना आप उसे तंग करेंगे।"

"कितना का मतलब !" मैंने गुस्से में कहा।

"मतलब यही कि यह भी जीव है। कामनाएँ उसकी भी हैं। आप उसे खिलौना बनाकर कब तक रखेंगे।"

"इंजेक्शन के कारण तो उसकी सारी कामनाएँ खत्म हो जाती हैं।

"खत्म हो जाती हैं तब फिर कुतिया को देखकर कुंकुवाता क्यों है ?

"यही तो मैं समझ नहीं पा रहा।"

"किसी दिन जब अवसर पा जायेगा तो आपके सारे इंजेक्शनों पर पानी फेर देगा झब्बू।"

"सो तो दिख ही रहा है।" मैंने हथियार डालते हुए कहा और इसी चिंता में मैं सो गया। दूसरे दिन मैं दफ्तर चला गया।

शाम को आया तो पता चला कि दिन भर वह कुतिया घर के आगे

मँडराती रही। जब झब्बू की बेताबी बढ़ गई तो उसे पिछवाड़े में ले जाकर बाँध दिया गया। मगर वह वहाँ भी छटपटाता रहा।

मुझे बहुत चिंता हुई। मैंने डाक्टर से पूछा। उन्होंने आश्वस्त किया। मुझे सोनू पर गुस्सा भी आया कि बार-बार मना करने पर भी उसने जिद्द करके कुत्ते को पाल ही लिया और खुद तो मुक्त हो गया, हमें फँसा गया। लाता तो सही नस्ल का लाता, दोगले को उठा लाया, दोगला है तो कभी-न-कभी तो दगा करेगा ही।

सुबह झब्बू को मैं रोज जंजीर खोलकर घुमाने ले जाता। आज्ञाकारी झब्बू इशारों पर चलता था किसी प्रशिक्षित कुत्ते की तरह। मैं घर से उस दिन अभी चार कदम दूर ही गया था कि एक अस्पष्ट सीटी मिश्रित ध्वनि सुनाई पड़ी। मैं अभी सतर्क होता कि झब्बू सरपट ध्वनि की ओर दौड़ चला। मैं दुखी मन खाली हाथ घर लौटा।

"शुद्ध अलसेसियन रहता तो कभी गुस्ताखी न करता। पत्नी ने कहा–गुस्ताखी के लिए शुद्ध-अशुद्ध का प्रमाण पत्र कभी कारगर नहीं सिद्ध होता। प्रकृति का नियम छोटे-बड़े, दोगले-सच्चे सबके लिए समान ही है। आप गलतफहमी में हैं। पढ़े-लिखे होकर भी बेकार की बातों में विश्वास करते हैं।

मैंने जोर देकर कहा, "तुम हो जाहिल। गुण का संबंध नस्ल से रहता है। इसलिए तो दुनिया आज तक टिकी हुई है। चार वर्ग हैं। गोरा-काला है, अमीर-गरीब है। देखती नहीं हो।"

"देखती हूँ इसीलिए जोर दे रही हूँ कि सब बेकार की बातें हैं। यह सब कृत्रिम और बनावटी विभाजन है। अपने अहं की तुष्टि के लिए।"

"तुम तो क्रांतिकारी हो गई हो।"

"मैं नहीं जानती क्रांति क्या बला है। मगर नस्ल से गुण का संबंध नहीं है यह जानती हूँ और एक हिसाब से झब्बू ने कोई दोगलेपन का काम किया भी नहीं।"

"दोगलेपन का काम तो किया ही है। उसे इस तरह पाला जैसे साहबों के कुत्ते पलते हैं, सुविधा में। मगर निकला कृतघ्न। अहसान फरामोश। दिखा दिया न दोगलापन। साला मर जाता क्या, जो कुतिया के पीछे दीवाना

न होता।"

"कुछ दिनों से वह जंजीर में बँधा पल-पल मर ही तो रहा था।"

"तो तुम्हारा मतलब है अब जीने का प्रमाण देने गया है! पत्नी को इस वाक्य का क्या उत्तर नहीं सूझा।" उसे चुप पाकर मैंने कहा, "एक बात कहे देता हूँ कि अब वह इस घर में नहीं आ सकता। चाहे साला मरे कहीं।

पत्नी ने आश्चर्य से पूछा, "यह क्या मजाक है। बच्चे की तरह पाला और एक गलती से एकदम अलग कर देंगे।"

"तो क्या गले से लगायेंगे। दोगलों के लिए इस घर में कोई जगह नहीं।" दिन भर हम दोनों तनाव में रहे।

पत्नी ने भोजन परोसते हुए चुप्पी तोड़ने की गरज से पूछा, "झब्बू गायब हुआ तो गायब ही हो गया?"

मैं चुपचाप खाना खाने लगा। कुछ देर बाद उसने फिर कहा, "चला गया ठीक है। मगर इतना बेदर्द हो गया। लौटकर देखा भी नहीं।

यद्यपि तमाम विरोध के बावजूद याद तो मुझे भी सता रही थी झब्बू की। मगर पत्नी की बात से मुझे पता नहीं क्यों गुस्सा आ गया। मैंने पुनः घोषित कर दिया—मैं तुम्हें साफ बताये देता हूँ, कमीना अगर दुबारा आये भी तो फटकने न देना। वह समझ गई कि मैं झब्बू की बेरुखी से अपमानित महसूस कर रहा हूँ। पूरे दो दिन की मस्ती के बाद झब्बू प्रकट हुआ अचानक।

मैं तब दफ्तर जाने के लिए जल्दी-जल्दी तैयारी कर रहा था कि बाहर झब्बू की विशिष्ट कुंकुवाहट से चौंक गया।

पत्नी भी बाहर आ गई। हम दोनों को देखकर वह गेट के बाहर मारे खुशी के उछलने लगा। उसे भीतर आकर लाड़ दिखाने की बेताबी थी। मैंने पत्नी से कहा कि बिल्कुल तरजीह न दे, गद्दार को। पत्नी तो गेट खोल भी रही थी मगर मैंने रोक दिया। मैंने हाथ में डंडा लेकर गेट के इस ओर से ही झब्बू को दुत्कारते हुए कहा, "भाग साले नालायक जहाँ मस्ती करने गया था वहीं मर।"

झब्बू विस्फारित आँखों से देखता हुआ चुप हो गया। उसका सारा उत्साह खत्म हो गया। मैंने पत्नी से कहा—गेट खोलो तो गाड़ी निकालूँ जरा।

उसने गेट खोल दिया अभी मैं मोटरसाइकिल निकालकर स्टार्ट कर ही रहा था कि झब्बू से रहा न गया। तमाम घुड़की के बावजूद वह मेरे पास आकर कुंकुवाने लगा।

मुझे उसकी इस अदा पर और क्रोध आ गया और मैंने एक भरपूर लात लगाई। झब्बू के लिए यह अप्रत्याशित था। लात खाकर बमुश्किल वह सँभला। उसने कूं कांय तक नहीं किया। चुपचाप सिर झुकाए खड़ा रहा।

मैंने पत्नी को गेट बंद कर देने को कहा। उसने बंद भी कर दिया। झब्बू पत्नी की ओर देखता हुआ खड़ा रहा और मैं दफ्तर के लिए निकल गया। शाम को आया तो देखा कि झब्बू गेट के बाहर ही पाँवों में सर रखे बैठा है। पत्नी ने बताया कि वह यहाँ से हटा तक नहीं है। पूछने पर पत्नी ने बताया कि बाहर जाकर उसने खाना भी दिया मगर झब्बू ने आँख उठाकर देखा भी नहीं।

मुझे आश्चर्य तो हुआ मगर मैं अपने निर्णय पर डटा रहा। रात्रि भोजन के बाद मैंने कहा–बाहर जाकर दे दो फिर से भोजन। नालायक को भीतर घुसने मत देना। पत्नी ने गेट को सतर्कता से खोला कि कहीं झब्बू भीतर न आ जाय मगर गेट खुलने पर भी वह भीतर नहीं आया। पड़ा रहा। भोजन देते हुए देखकर उसने पत्नी की ओर सजल नेत्रों से निहारा। पत्नी की आँखें भी भर आईं। भोजन देकर वह पुनः घर में आ गई।

मैं आँगन में गेट के पास खड़ा होकर देख रहा था दो घंटे में भी दिन भर का भूखा झब्बू हिला डुला तक नहीं। भोजन को एक नजर देखता था। फिर दोनों पाँव पर सिर रखकर निढाल पड़ा रहता था।

सुबह उठकर हमने देखा झब्बू उसी तरह अपने स्थान पर पड़ा हुआ था पाँवों पर सर रखे। भोजन भी जस का तस था। पत्नी से देखा न गया। उसने कहा–मर जायेगा। न खाता है न टलता है। मैंने कहा–मर गया, हमारे लिए। बेवफा औरत और कुत्ते के साये से जितनी जल्दी हो आदमी दूर हो जाय। वरना उसका न केवल विनाश हो जाता है बल्कि अंत भी जल्दी ही हो जाता है। पत्नी ने कहा–बिचारे से एक बार गलती हुई है। पुचकार लो। भीतर आ जायेगा तो खाना भी खा लेगा। तुम तो बस 'भांगही

गुर त घराही ढेला' का करतब दिखाते हो, पुचकार भी लिया करो कभी।

"मैं देवीजी हँसने-रोने पर काबू-रखता हूँ। मेरे मुस्कुराने का तुमने गलत अर्थ लगाया है। मैं तो अपनी जीत पर मुस्कुरा रहा हूँ।

"जीत कैसी ?"

"जीत तो है ही। कुत्ते को हमने दुलारा, प्यार किया मगर उसने दगा किया। तुम जानती हो कि जीवन भर मैं किसी भी दगाबाज कुत्ते को माफ नहीं कर सका। जिसने भी मेरे स्नेह और विश्वास का नाजायज फायदा उठाया उससे पल भर में मैं अलग हो गया। कुछ इस तरह जैसे उसका मेरा कभी कुछ लेना देना नहीं था।"

"जानती हूँ मगर तुम्हारे अंतस को भी जानती हूँ। दिल पर पत्थर रखकर प्रियजनों से शत्रुता का स्वांग भरते हो। केवल अहं के लिए ओढ़ी हुई दृढ़ता से नुकसान ही होता है। तुम भीतर से तो झब्बू के लिए तड़पते रहे हो मगर अड़े हुए हो बेकार में।"

"वाह तुम तो मनोवैज्ञानिक हो गई हो।"

"तुम्हारे साथ रहकर कुछ तो विद्या आ ही जायेगी गुरुजी !" उसका इतना कहना था कि मुझे हँसी आ गई। मुझे हँसते देखकर पत्नी का हौसला बढ़ा। उसने कहा—"देखो अब जिद छोड़ो और बुला लो झब्बू राजा को।" मैंने पत्नी की ओर मुस्कराकर देखा और कहा, "कभी-कभी तुम्हारी भी चल जानी चाहिए। एक नेक पति का कर्तव्य-भी निभ जायेगा और झब्बू मरने से भी बच जायेगा।"

उसने खुश होते हुए कहा, "नेकी का प्रमाण-पत्र तुम स्वयं बाँटते हो तुम्हें प्रमाण पत्र की क्या जरूरत। बस पुकार लो झब्बू को। कहते हुए उसने स्वयं बुलाया—झब्बू··· "

पत्नी की आवाज सुनकर झब्बू के कान खड़े हुए। पाँवों पर रखे सर को उसने अहिस्ता से उठाया मगर खड़ा नहीं हुआ। पत्नी ने फिर पुकारा, वह पुनः अपने स्थान पर बैठा रहा।

अब मुझसे रहा नहीं गया मैंने कहा, "झब्बू चल आ जल्दी चल।" मेरा इतना कहना था कि झब्बू फुर्ती से उठ खड़ा हुआ और तेजी से घर के भीतर चला आया। मुझे भी अपने पर काबू न रहा। मैंने उसे अपने

दोनों हाथों से उठा लिया। झब्बू की आँखों से आँसुओं की झड़ी सी लग गई। उसको मैंने नहलाया। अपने हाथ से खाना खिलाया तब जाकर उसकी पुरानी चपलता लौटी।

पत्नी ने उस दिन कहा, "अब सुधर गये हो। बात मान भी जाते हो।"

मैंने कहा, "बात सिद्धांत की है देवी जी ! उसने खाना-पीना छोड़ कर प्रायश्चित किया। मैं पत्थर तो हूँ नहीं।"

"अरे, मुझे तो आज पता चला।" पत्नी ने तीर फेंकते हुए कहा। मैं समझ रहा था कि मेरी रुक्षता, अनुशासनप्रियता और दृढ़ता पर यह अवसर जानकर कटाक्ष कर रही है।

मैंने सोचा मन पर लगे घाव हल्की सी छुवन से रिसने लगते हैं। उनका इलाज यही है कि उचित अवसर पर निदान की स्थिति देखकर पूर्ण उपचार कर दिया जाय। आहत व्यक्ति को जानबूझकर मन हल्का करने का अवसर दिया जाना चाहिए। पत्नी के द्वारा इस अवसर पर किए गए हल्के से प्रहार को मैंने इसीलिए सही कोण से मुस्कुराकर ग्रहण किया।

दिन बीतने लगे। झब्बू मगर उस दिन के बाद एकदम अनुशासित हो गया। इस बीच सोनू की परीक्षाएँ हो गईं। उसने घर आकर बताया कि पंद्रह-बीस लोग घूमने के लिए दक्षिण भारत जा रहे हैं। सब फाइनल इयर के लड़के-लड़कियाँ हैं। एक मिनी बस लेकर सब जा रहे हैं।

मैंने उसे तीन हजार दे दिया कि घूम-घाम आये। सोनू को उसकी माँ ने झब्बू कांड सविस्तार बता दिया। सोनू हँसते-हँसते लोटपोट हो गया। हँसते हुए उसने कहा—बाबू भी बस हद कर देते हैं। इससे आगे कुछ न कह सका मगर मुझे लगा कि इस वाक्य के बहाने उसने बहुत कुछ कह दिया है।

दो दिन बाद वह दक्षिण भारत की यात्रा पर चला गया, लौटा तो बहुत खुश था। उसका परीक्षा परिणाम निकला। उसने सोचा नहीं था कि वह मेरिट में आ जायेगा। उसने बहुत खुश होते हुए भी बताया कि उसके साथ दक्षिण भारत यात्रा पर गई एक लड़की सुधा भी प्रावीण्य सूची में स्थान पा गई है।

मुझे लगा कि अपनी प्रावीण्यता से कहीं अधिक वह सुधा की उपलब्धि से प्रसन्न था। मैंने कहा कुछ नहीं, खुशी का माहौल था। उस दिन झब्बू को उसने मोटरसाइकिल में सामने बिठाकर घुमाया। बाद में पता लगा कि सुधा भी इसी नगर में रहती है। इसी वर्ष उसके पिताजी ने स्वैच्छिक अवकाश लिया है। सोनू की माँ से पता लगा कि लड़की का मूल गाँव केरल के एलप्पी जिले में है। दक्षिण भारत की यात्रा के दौरान ये लोग लड़की के गाँव में भी एक दिन रुके ?

सोनू अक्सर केरल की हरियाली और साक्षरता की बातें करता। मैं उसकी केरल संबंधी प्रतिक्रियाओं को सहज रूप से लेता लेकिन अब जाकर कुछ सतर्क हुआ। सोनू की बातों के महत्त्व को अब मैं विचारने लगा।

सोनू पिछले बरस से ही इडली साँभर और दोसा के बारे में अपनी माँ से बातें करता था। उसी के आग्रह पर मैं पिछले बरस इडली बनाने का साँचा लेने पर मजबूर हुआ था। सोनू कभी कहता कि इडली साँभर हल्के नाश्ते के रूप में लाजवाब हैं, पूरी दुनिया में। मौज में आने पर एक दिन कहने लगा, "पड़ोसी बनाने के लिए बाबू केरलियन लोगों से बढ़कर दूसरा कोई उपयुक्त हो ही नहीं सकता।"

"क्यों ?" मैंने कहा।

"उसने तर्क दिया–"शांति प्रेमी, अपने काम से काम रखनेवाले, साफ सुथरे और सुशिक्षित होते हैं, इसलिए।"

"अच्छा। और क्या-क्या खासियत लगती है तुमको।"

"मितभाषी और विश्वसनीय तो होते ही हैं," उसने सविस्तार बतलाया। साल भर पहले जब वह छुट्टियों में आया था तब बड़ा बनाने के लिए दाल पीसने का बहुत बड़ा पत्थर भी खरीद लाया था। तब मुझे अजीब लगा था। मगर रहस्य अब खुलने लगे थे। मैंने महसूस किया कि सोनू इन वर्षों में कुछ और ही तरह से बड़ा हुआ है। मैं इस सबको फिर भी सामान्य तौर पर ही ले रहा था। इस तरह की बातें थीं भी सामान्य, मगर सोनू की माँ ने जो कुछ बताया उससे मैं पुनः स्तब्ध होकर रह गया।

मुझे बताया गया कि सोनू और सुधा कुछ इस तरह करीब आ गए हैं कि अब हमारी भूमिका केवल आशीर्वाद देने भर की बची है। मैंने सब

कुछ सुनकर कहा, "मैं तो यह भी बर्दाश्त नहीं कर पाता कि स्वजातीय लड़की को भी मेरी सहमति के बगैर वह चुने। मगर यहाँ तो अंतरजातीय और अंतरप्रांतीय खेल तय हो गया।"

"खेल नहीं शादी।"

"शादी है यह। साला, कमीना…" अचानक मेरे मुँह से गुस्से में निकल गया।

"पत्नी ने गुस्साते हुए कहा, "अपने आप को भी तुम कितनी भद्दी गाली देते हो, धिक्कार है।"

"बेटे को धिक्कारो। शर्म है उसे।"

"धिक्कार से लाभ क्या है। आखिर तो टूटना और हारना हमें ही है। तुम्हीं हो जो झब्बू की गुस्ताखी पर पगला गए थे कि उसे तिल-तिल भरते देखकर खुद पटरी पर आ गये।"

मैं चुप रहा। फिर पत्नी ने कहा, "जीवन केवल ऐंठने और दुःखी होने के लिए नहीं है। तुम सोचते अधिक हो मगर सही परिणाम तक नहीं जाते। अब मुझसे रहा न गया। मैंने कहा, "बताओ भला। सिद्ध करो।"

"सिद्ध तो है। तुम चाहते हो कि तुम्हारी अभिलाषाएँ पूरी हों और सब जायें चूल्हे में।"

"इसमें मेरी अभिलाषा की क्या बात है।"

"है ही। अरे अपने आप को खत्म किए दे रहे हो, सुखा रहे हो खुद को। ये भी कोई दुखी होने की बात है। बस झट फतवा दे देते हो, कर लेते हो प्रतिज्ञा। उतना ही बिगड़ो कि सब कुछ न बिगड़ जाय।"

"मैंने टूटते हुए कहा, "तो तुम्हीं बताओ भई क्या करूँ।"

"तुम खुद सोचो ?"

"सोचता हूँ तो और शर्म आती है। कुत्ता तो फिर भी बिचारा शरीर की जरूरत के कारण मेरी अवहेलना करने पर मजबूर हुआ मगर अपने सोनू का मामला तो तन से भी अधिक मन का है। इसे तो पड़ोसी तक बनाने के लिए केरलियन लोग उपयुक्त लगते हैं…।"

इस वाक्य के साथ ही तनाव के बावजूद हम दोनों हँस पड़े। पत्नी ने कहा–उम्र केवल खीझने के लिए नहीं मिली। मैंने उसके हाथों को दबाते

हुए कहा–तो किसलिए मिली है जी जरा वो भी फरमा ही दीजिए। अभी मैं कुछ और कहता कि बाहर सोनू की गाड़ी की आवाज आई। आवाज सुनकर झब्बू उछलने लगा।

सोनू ने हमें प्रणाम किया। फिर गुमसुम-सा कुर्सी पर बैठ गया। मैंने उसकी चिंता और परेशानी को देखकर खुद को अपराधी महसूस किया। अपने आप पर गुस्सा भी आया। मैं इस अवसर को किसी भी तरह गँवाना नहीं चाहता था। एक तरह से प्रायश्चित के लिए मैंने मन ही मन खुद को तैयार ही कर रहा था। या ज्यादा सफाई से स्वीकार करूँ तो यही कि मैं अब जीवन के इस पड़ाव में कोई हारने वाली लड़ाई नहीं छेड़ना चाहता था। झब्बू ने मुझे हिलाकर रख ही दिया था। मैं सोचने लगा कि आखिर तो टूटे संबंधों को जीने के लिए बहानों के सहारे पुनः बनाकर चलता ही हूँ। अच्छा यही है कि समय रहते चेत जाऊँ।

मैं अब उम्र के उस दौर में प्रवेश कर रहा हूँ जहाँ जीत-हार का कोई बहुत महत्त्व नहीं होता। वह भी एक मिथ्या जीत। किसी की हार से अर्जित जीत सबसे बड़ी हार होती है, यह मैंने खूब समझ लिया था।

मिथ्या अहंकार के कारण जीवन भर टूटता भी रहा हूँ मैं। मुझे यह सोचकर भीतर ही भीतर हँसी भी आ रही थी कि एक कुत्ते से तो मैं जीत न सका। भला अपने बेटे से क्या जीत पाऊँगा। सहसा मैंने सोनू को हताशा से उबारते हुए पूछा, "क्या बात है बेटा ? कुछ तकलीफ है तो कहो।"

"'सोनू ने सँभलते हुए कहा, "बाबू मेरी नौकरी एन. टी. पी. सी. कोरबा में लग गई।"

"बड़ी खुशी की बात है।"

"सुधा के माँ बाप केरल जा रहे हैं, वहीं रिटायर्ड लाइफ बितायेंगे।"

"बड़ी खुशी से जायें।"

"आपको माँ ने कुछ नहीं बताया" सोनू ने जोर देकर पूछा।

"अब भी तुम्हारी माँ ही बतायेगी। तुम सीधे नहीं बोल सकते।" मैंने आश्वस्त करते हुए कहा।

"सुधा ने भी बाबू एप्लाई किया था उसका भी वहीं हो गया है।" सोनू ने कहा। मैंने दृढ़तापूर्वक मगर प्रसन्न होकर कहा–तो अच्छा है बेटा।

सुविधा रहेगी। इससे बढ़कर और क्या बात होगी। तुम दोनों खुश रहो। अब हतप्रभ रह जाने की बारी सोनू की थी। उसने मेरे जवाब के रहस्य को समझने की गरज से मेरी ओर पुनः देखा। वह मेरी मुस्कराहट से साफ समझ गया कि मैं कतई अस्वाभाविक अंदाज में यह नहीं कह रहा था।

रही सही उसकी माँ ने पूरी कर दी। उसने हँसते हुए कहा, "सोनू तुम्हारे बाबू को झब्बू ने खूब सिखा दिया बेटा। तुमने उसे पाला उसकी कीमत झब्बू ने अदा कर दी। उसने तुम्हारा मार्ग प्रशस्त कर दिया। इसके विद्रोह से तुम्हारे बाबू ने जो कुछ झेला उससे यह सिद्ध हो गया कि नाहक दुराग्रह पालकर दुःखी होना ठीक नहीं होता। तुम्हारी खुशी हमारी खुशी है।"

सोनू को लगा जैसे किसी देश का राज ही उसे मिल गया हो। प्रतिक्रिया स्वरूप उसने बढ़कर झब्बू को गोद में उठा लिया।

सोनू की गोद में बैठा झब्बू मेरी ओर ही देख रहा था। यद्यपि झब्बू की खुशी भी उसकी आँखों से साफ झलक रही थी मगर मुझे तब भी लग रहा था जैसे उसकी आँखों में शिकायत हो कि बेटे से भिड़ना पड़ा तो शरणागत हो गए। अपनी बारी आते ही जाति और नस्ल के सवाल यूँ हवा हो गए।

गंगा की वापसी

गाँव का नाम सुनते ही चालीस बरस की गंगा इस तरह शरमा गई जैसे उसी के ब्याह की बात पक्की हुई हो ' गंगा को देखकर पचीस बरस की मोटियारी औरतें भी ईर्ष्या करती हैं। उसकी देह, कद-काठी और चुस्ती है ही ऐसी कि उससे पन्द्रह-बीस बरस छोटी होने पर भी गंगा उन पर भारी पड़ती है। काम में, रूप में और बातचीत में भी। कोई गंगा से इसीलिए उलझता नहीं। गंगा का एक ही तकियाकलाम है–'चटकन के का उधार, तैं चार मारबे ते हम एक मारबो।' गंगा सब बर्दाश्त कर लेती है मगर उलाहना उसे बर्दाश्त आज भी नहीं होता। रिश्ते की बड़ी सास ने उसे कई बार कहा, "गंगा, चुप रहना सीख, निते धारे धार बोहा जाबे।" गंगा ने भी हर बार उन्हें यही जवाब दिया, 'माताराम, धार होवय या मझधार, गंगा चलही अपन चाल।"

उसे इसीलिए कोई नसीहत नहीं देता। गंगा जिस पर रीझ गई उसके लिए उसका सर्वस्व हाजिर। जिस पर बीत गई उसका सब कुछ हर लेने पर आमादा। उसके स्वभाव की मधुरता और भड़भड़हीपन को देखकर आश्चर्य व्यक्त करते हुए बुजुर्ग औरतें कहती हैं कि दूसरी कोई होती तो नरबाबौली में छलांग लगा के आपघात कर लेती। मगर वाह रे गंगा, जबर कलेजा है तोर।

यह अतिशयोक्ति भी नहीं है। जो जानते हैं गंगा को, उन्हें आश्चर्य के साथ गर्व भी होता है कि जमाने भर की मुसीबतों को झेलकर भी यह औरत किस तरह हँसती-खिलखिलाती रह लेती है।

गंगा काजरगाँव की बहू और बेटी भी। बहू इसलिए कि वह आज से बीस बरस पहले चूड़ी पहनकर काजरगाँव आई थी, कातिकराम के यहाँ। दो एकड़ खेती का जोतनदार कातिकराम गाँव में सौंजिया (नौकर) लगता था बड़े मालिक के यहाँ। सौंज जोतता और अपने दो एकड़ खेत को जोत-बोकर कोठी में छाब देता। कातिकराम की पहली बिहई (पत्नी) धुंकी (हैजा) में परलोक सिधार गई तो उसने गंगा को चूड़ी पहना लिया। गंगा काजरगाँव में आई अपने बरे बिहाता (पति) को छोड़कर। बरे बिहाता अगिनकछार वाले ठाकुरराम आज भी अखब्बर (गबरू) जवान हैं। हाट-बाजार में कई बार ठाकुरराम ने गंगा को और गंगा ने ठाकुरराम को बिहाती टूट जाने के बाद भी देखा। गंगा की सहेलियाँ कहती भी कि ठाकुरराम आज भी अखब्बर (गबरू) जवान है। ठाकुरराम लंबा-तगड़ा जवान, पाँच हाथ की लाठी लिये, ऐंठ मुरेरी पागा बाँधे जब भी मेला-मड़ाई में दिख जाता तो गंगा की सहेलियाँ यह प्रश्न जरूर दाग देतीं। मगर गंगा हँस कर टाल दिया करती। बहुत पूछने पर गंगा ने खीझकर एक दिन बताया कि अगिनकछार वाले मालिक के यहाँ न खेत की कमी थी न कोठा में गरवा-बछरू (जानवरों) की। बस उसकी एक ही कमी थी अपनी माँ से दबकर रहने की। मैं ब्याह कर गई तो शुरू-शुरू में तो सब अच्छा लगा। मगर एक दिन हमारी सास ने दरपन देखकर बाल सँवारते हुए मुझे देख लिया। बस आग-बबूला हो गई, लड़ने लगी, "रंडी है क्या, जो माँग में फुग्गा निकाल रही है। मेरा बेटा तो सरोतिल (सीधा) है, आँख उठाकर देखता भी नहीं–किसे दिखाने के लिए मटमटा रही है।"

मैं बुढ़िया को जानती थी। मुँह में आगी लगी रहती। मैंने अपने उसी पाँच हाथ की लाठी धरइया गोसइयां को बताया। मगर उसने कह दिया, "रहना है तो दाई की बात सहना होगा। मैं दाई की बात नहीं टाल सकता। अभी तो बोली भर है, कल थपड़िया भी देगी तो मैं कुछ न कहूँगा।"

बस मैं उसी रात भागकर मायके चली गई और दो माह बाद अगिनकछार के बदले इस काजरगाँव की बहू बन गई। बहू बनकर आई तो सब कुछ था। मालिक ने पाँच बरस में सब देकर सब कुछ छीन भी लिया–और इसी के साथ गंगा की आँखें भर आतीं।

गंगा को बस यही दुख सालता है कि उसका कोई नहीं है। काजरगाँव में बहू बनकर आई। दो बरस बाद एक लड़का भी हुआ, मगर साल भर बाद ही चल बसा। पता नहीं, लड़के का सदमा था या कुछ और, छह माह में ही गंगा के हाथ खाली हो गए। जगाजग लाल चूड़ी और माथे में रुपया बराबर टिकली लगाने वाली गंगा का जीवन ही सूना हो गया। तब से गंगा इस गाँव में बेटी बनकर ही रहती है। बड़े दाऊ के यहाँ ही वह भी काम करती है। भीतर-बाहर का हर काम गंगा ही सँभालती है। बड़े दाऊ उसे अपनी बेटी की तरह मान देकर अगर न सँभालते तो गंगा जाने कहाँ बिला जाती।

मयारूक बड़े दाऊ और बड़े गौटनिन ने साफ कह दिया, "गंगा, तुम बहू बनकर काजरगाँव में आई जरूर हो, मगर बेटी बनकर रहो। हमारी एक बेटी है, समता। तुम उससे बड़ी बनकर रहोगी। और ऐसा ही हुआ। जीवन भर गंगा का पति बड़े दाऊ के यहाँ चाकर लगता था, मगर उसके दो एकड़ खेत को दाऊ ही जोत-बो देते थे। इस तरह कोई कमी थी ही नहीं। मगर आदमी के गुजर जाने से गंगा हिल-सी गई थी। बड़ा दाऊ की दस बरस की बेटी समता के साथ वह भी अपना दुख भूलती गई और इस तरह कब वह चालीस की हो गई, पता ही नहीं चला। लोग मानते हैं कि सुख में दिन के बीतने का पता ही नहीं चलता, मगर गंगा ने अपने जीवन को कुछ इस ढंग से जिया कि दुख के बावजूद पता ही नहीं चला कि किस तरह दिन बीतते चले गए। समता का संग उसे क्या मिला, उसके जीवन को एक नया अर्थ ही मिल गया। दाऊ ने गंगा को बेटी क्या बनाया, गंगा ने परिवार को अपना बना लिया। गंगा यूँ भी दुबली-पतली कभी भी नहीं रही, मगर बड़े दाऊ के घर जो उसे आश्रय मिला तो उसका रूप-रंग निखरता चला गया। शरीर भराव से कुछ और भारी और रख-रखाव से चिक्कन दिखने लगा। गाँव की ईर्ष्यालु औरतें ताना भी देतीं, "रांडी मांस ताय अऊ चढ़ही दिनों दिन (विधवा का शरीर है और भरेगा दिनोदिन) ! गंगा इसका जवाब बहुत जरूरी होने पर भरपूर देती, "देखने वाला के आँखी फुटय, अऊ खावो अऊ मोटाबो (देखने वाला अंधा हो जाय, और खायेंगे, मुटाएंगे)।" यह बेफिकरापन न होता तो गंगा कब की ठिकाने लगा दी

जाती। मगर गंगा तो गंगा थी।

समता पढ़ने-लिखने में बहुत तेज नहीं थी। फिर भी बारहवीं तक चढ़ ही गई। बारहवीं चढ़ते ही दाऊ जी ने बात पक्की कर दी। बात भी पक्की हुई तो तड़ाक-फड़ाक पुराने मित्र अगिनकछार वाले गिरधारी दाऊ के लड़के परमेलाल के साथ। माड़ी भर धन था और एक ही लड़का। परमेलाल भी मैट्रिक पढ़ने के बाद खेती-बारी सँभाल रहा था। दाऊ अपने बड़ारी बैलों को फाँदकर घाघरा और घुँघरू बजाते पहुँचे अगिनकछार। शाम तक शादी निश्चित हो गई। दाऊ ने गाड़ी से कूदकर उतरते हुए कहा, "गंगा सुन, समता बाई के बनगे ससुराल अगिनकछार में।"

दाऊ के मुँह से अगिनकछार का नाम सुनकर गंगा इसीलिए शरमा गई। अगिनकछार तो उसका भी ससुराल गाँव था। यद्यपि वह काजरगाँव में चूड़ी पहनकर आई, यहीं रह गई। मगर अगिनकछार को भूल भी न पाई। पहली फल ले फल अऊ पहली डेहरी ले डेहरी। गंगा इसे अच्छी तरह समझती है। वह पहली बार बहू बनकर तो अगिनकछार ही गई थी। इसीलिए उसे शरम आ गई। दाऊ ने उसे वैसे ही सहज होकर बताया था, किंतु गंगा ने उसे अपने ढंग से स्वीकार किया।

सुनने वाला मानसिक स्थिति, संस्कार और समझ के अनुरूप ही बातों का अर्थ लगाता है। इसीलिए कहने वाले को कई बार आश्चर्य होता है कि उसने जो सोचकर कहा, उसका कुछ-का-कुछ अर्थ सुनने वाले ने कैसे लगा लिया। मुँह और कान का यूँ तो अनन्य संबंध है, किंतु अक्सर दोनों में आँकड़ा छत्तीस का बन जाता है। दाऊ ने केवल सूचना के तौर पर अगिनकछार का नाम लिया, किंतु अपने भीतर के आदिम राग के कारण गंगा ने उसे अपने हिसाब से ग्रहण किया।

गंगा को शरमाते देखकर दाऊ सतर्क हुए। उन्होंने पानी लाने को कहा। गंगा एक लोटा पानी लेकर जब आई तब दाऊ ने कहा, "देख गंगा, तुझे ही सब कुछ करना है। और तो और, समता के साथ अगिनकछार दो दिन के लिए लोकड़हिन बनकर भी तुझे जाना है।"

परसराम दाऊ न भी कहते तब भी गंगा अपनी जिम्मेदारी खूब समझ रही थी। उसने समता को छोटी बहिन की तरह पाला था। परसराम दाऊ

तो गंगा को बड़ी बेटी ही कहते थे। समता की शादी बहुत धूमधाम के साथ हुई। समता की शादी में सुर धरकर गंगा ने बिहाव गीत गाया—तेलमाटी चुलमाटी के गीत—"तोला माटी कोड़े ल नई आवय मीत धीरे-धीरे..." से लेकर विदा का गीत भी गंगा ने अपनी सहेलियों के साथ गाया।

और तीसरे दिन समता अगिनकछार के लिए विदा कर दी गई।

सुबकती हुई समता जब विदा होकर गाड़ी में बैठी तो एक जोड़ी लुगरा-पोलका लेकर गंगा भी साथ में दो दिनों के लिए बैठ गई।

लोकड़हिन (साथ जाने वाली स्त्री) जवान-जहान बेटी के साथ मात्र दो ही दिनों के लिए तो भेजी जाती है। गंगा को समझाकर भेजा था दाऊ ने कि दो दिन बाद इसी गाड़ी से गंगा वापिस आ जाय।

काजरगाँव से अगिनकछार की दूरी ढाप भर की थी। जल्दी ही गाड़ी अगिनकछार के नरवा के पास पहुँच गई। नरवा में पानी नहीं था। कुछ देर वहाँ रुकने के बाद गाड़ी लेकर बाराती गाँव की ओर बढ़ गये।

डोला परिछन हुआ। गाँव से लाये जोरन और टिकावन में मिले बरतनों को देखकर अगिनकछार की औरतों की आँखें फटी-की-फटी रह गईं।

गंगा और समता का साथ यहाँ छूटना ही था। समता अपनी सास-ननद के साथ माई के घर में चली गई।

गंगा को अगिनकछार में पाँव धरते ही रोमांच हो गया। वह नहाने के लिए लुगरा दबाये तालाब की ओर बढ़ गई। नया गाँव तो था नहीं अगिनकछार उसके लिए। आखिर वह यहाँ आठ महीना काट चुकी थी। गाँव का हर घर उसका जाना हुआ था। घर में चार कदम पर ही रिश्ते का देवर समारू मिल गया। उसने झट पहचान लिया। हुलसकर स्वागत में विनोद का पट देते हुए पूछा, "भौजी रेहेबर आय हस ते जाय बर ? (भौजी रहने के लिए आई हो कि जाने कि लिए) ?" इसके जवाब में गंगा ने दोनों हाथ जोड़ते हुए कहा, "पाँव परथंव बाबू (पैलगी देवरजी)।" समारू ने जै जोहार भौजी कहते हुए पुनः पूछा. "बने करे भौजी आगेस अपने गाँव। (ठीक कियां भौजी आ गई, अपना गाँव अपना ही होता है)।" गंगा समारू के विनोदी स्वभाव से खूब परिचित थी। उसकी बातों के मर्म को समझते हुई भी नासमझी का प्रदर्शन करना ही उचित समझा। मुस्कुराते हुए गंगा

ने बात को टालने की गरज से कहा, "के झन हे बिलवा तोर लोग लइका (कितने बच्चे हैं तुम्हारे) ?" अब समारू को पहली बार लगा कि गंगा भौजी की उमर भले खसलठल गई है मगर अंदाज तो वही है। बीस बरस पहले वाला। समारू ने बताया कि तीन बेटों की बहुएँ आ गई हैं और दो बेटियाँ ससुराल चली गई हैं। गंगा ने कहा, "सब भगवान के किरपा। काया माया विराजे हे बाबू।"

समारू को जाने की जल्दी थी। गंगा भी तालाब की ओर बढ़ गई। समारू गंगा के पहले पति का खास मित्र था। गंगा आठ माह ही रह पाई थी अगिनकछार में, मगर आठ माह में ही वह समारू के साथ अपने पति ठाकुरराम की दोस्ती को खूब जान गई थी। वह तालाब जाते हुए सोचने लगी कि समारू अब सब काम छोड़कर ठाकुरराम को मेरे आने की खबर जरूर देगा।

तालाब के रास्ते पर बरगद का विशाल वृक्ष मिला। इसे ठाकुरराम ने ही लगाया था। आज बरगद का वह पौधा छतनार वृक्ष ही नहीं बन गया था, बल्कि उसकी विशाल लटें जमीन के भीतर धँस गई थीं। शाखा-प्रशाखाओं को देखकर गंगा को याद आया कि उसने स्वयं ठाकुरराम के साथ पूजा-पाठ के बाद इस बरगद को जमीन में रोपा था। बाकायदा पंडितजी को पाँच रुपया और पाँच काठा धान भी दिया था इस अवसर पर। मगर होनी को कौन टाले।

पेड़ के फैलाव को देखकर गंगा ठगी-सी रह गई। वह धरती में धँसी लटों को छू-छूकर देखती रही। इस बरगद को उसने सैकड़ों घड़ा पानी दिया था। इसे उसने बढ़ते हुए नहीं देखा मगर अचानक उसकी भव्यता देखकर उसे गहरा संतोष हुआ, दिल में हूक-सी भी उठी। अगर वह यहीं रह जाती, सास की सुन लेती तो उसकी शाखा-प्रशाखाएँ भी धरती की भीतर गहराई तक जा समाई होतीं। 'करमगति टारे नाहि टरै', गंगा ने लंबी साँस छोड़ते हुए सोचा और आगे बढ़ गई।

तालाब में अभी वह धँसी ही थी कि अपने सैकड़ों छेरी और पठरू को लेकर तालाब में पानी पिलाने टेन लेकर चरवाहा आ धमका। गंगा ने छाती भर पानी में खड़े होकर ध्यानपूर्वक देखा। उसे पहचानते देर न लगी।

ठाकुरराम ही था। गंगा को रोमांच हो आया। ठाकुरराम कमर में चाकू, हाथ में छोटी कुल्हाड़ी और बगल में बोझा भर बबूल की लंबी-लंबी दातून-छड़ों के साथ ठीक बीस बरस पहले का जवान लग रहा था। छोटी-सी खुमरी सिर में सजाये कमर में अलगोजा खोंसे ठाकुरराम को उसने भर नजर देखा भी न था कि ठाकुरराम की नजर उस पर पड़ गई। दूर से ही पहचान लिया कि पहली बरे बिहई गंगा ही बड़े तरिया में छाती भर पानी में खड़े उसे टक्क लगाकर देख रही थी।

ठाकुरराम को अपनी ओर देखता पाकर गंगा मुड़सुध्धा पानी में डुबकी लगा गई। कुछ देर डुबकइया खेलने के बाद वह पार में आ गई। साथ में लाई साड़ी को उसने पार में खड़े होकर बदला। गीले कपड़ों को साफ करके कंधे पर धरते हुए तालाब के पार में अभी चढ़कर आँवला पेड़ के करीब वह आई ही थी कि पीछे से ठाकुरराम ने उसे सहमते हुए पुकारकर कहा, "गंगा थोरूक सुन तो ले (गंगा सुन तो ले) !" गंगा सामने की ओर देखती रही। उसे रुका हुआ पाकर धीरे से ठाकुरराम ने कहा, "दाउ घर लोकड़हिन आये हच (दाऊ के यहाँ सहयोगी स्त्री बनकर आयी हो) ?"

"हव"—गंगा ने कहा।

समे पाये घर डाहर आके अपन लोग लइका ल देख लेबे (अवकाश मिले तो घर आकर अपने बाल-बच्चों को देख जाना) ठाकुरराम का इतना कहना था कि गंगा कंधे के गीले कपड़े को उतारकर नीचे रखते हुए ठाकुरराम का पाँव दोनों हाथों से झम्मर-झम्मर पड़ने लगी। ठाकुरराम हक्का-बक्का-सा खड़ा रह गया। पाँव पड़ते देख परंपरागत आशीष ठाकुरराम के मुँह से निकल गया, "चूरी अम्मर राहय (सौभाग्यवती रहो)...।" आशीष सुनकर गंगा को हँसी छूट गई। ठाकुरराम को तब लगा कि पहली बिहई गंगा का पति गुजर गया है। इस बात का खयाल न रखते हुए उससे यह क्या अशीर्वाद निकल गया।

दूसरे दिन गंगा गाँव के कई घरों में बैठने गई। मन-ही-मन वह सोचती थी कि ठाकुरराम के घर जाकर बाल-बच्चों के विस्तार को देख आये, मगर हिम्मत ही न पड़े। बात-बात में पता चला कि दो बरस पहले ही ठाकुरराम की दूसरी पत्नी का इंतकाल हो गया।

शाम होने लगी। समता के ससुर ने गंगा को साड़ी देते हुए कहा, "कल बड़े फजर तुम काजरगाँव चली जाना। समधी को बता देनी कि सब राजी-खुशी है।" गंगा ने सिर झुकाकर स्वीकृति देते हुए कहा, "हव दाऊ, चल दुहूँ (हाँ मालिक चल दूँगी)।"

रात भर गंगा छटपिट-छटपिट करती रही। ठाकुरराम के आग्रह के बावजूद उसकी देहरी खूँदे बिना काजरगाँव जाना उसे अच्छा नहीं लग रहा था। सोने की कोशिश करती तो पहली बिहाता ठाकुरराम के साथ अपनी आठ माह की गृहस्थी के दिन-प्रतिदिन का दृश्य आँखों के आगे आने लगता। कितने अच्छे दिन थे वे। तब गाँव इस तरह जगर-मगर नहीं होते थे। डिबरी के उजास में वह शाम होते ही भात राँधना शुरू कर देती। केवल चार परानी का घर था। एक वह, दूसरा ठाकुरराम, तीसरी सास डोकरी और चौथी उसकी तब की टुरेलही अनब्याही ननद चैती। अब तो चैती के भी बड़े-बड़े बाल-बच्चे हैं! गंगा जब बहू बनकर अगिनकछार आई थी, उन्हीं दिनों गाँव में पाँच कंडील लगा था। पाँच कंडील जलाने का जिम्मा बड़े दाऊ ने ठाकुरराम को ही सौंपा था। ठाकुरराम रोज नियम से पाँच कंडील जलाता। गंगा को बीस बरस में हुए परिवर्तन से आश्चर्य होता है। दुनिया के बहुत ऊँच-नीच को गंगा ने देखा है। उसे इस बात से गहरा संतोष हुआ कि पाँच कंडील जलाकर गाँव के अँधेरे को यथाशक्ति भगाने के काम में मुस्तैदी से लगा रहने वाला उसका ठाकुरराम बिल्कुल नहीं बदला।

अब तो जगाजग बिजली-बत्ती लग गई है। इस जगमगाहट में एक-दूसरे की पहचान खो-सी रही है। मगर ठाकुरराम पर इस चमक-दमक का असर नहीं हुआ। उसने अपनी गंगा को बीस बरस बाद भी झट पहचान लिया। गंगा को दो दिनों से यही दुख साल रहा है कि अपनी रटपिट (साफ-साफ) कह देने वाले स्वभाव के कारण उसने कितना कुछ खो दिया।

तनाव के क्षणों में लिया गया तूफानी निर्णय बहुत बुद्धिमतापूर्ण और विकल्पहीन लगता है, मगर समय सिद्ध कर देता है कि व्याकुलता में लिए गये निर्णय प्रायः देर-सबेर दुखदायी ही सिद्ध होते हैं। एक जकड़ से छूटने के लिए पूरी शक्ति से लड़ी गई आकस्मिक और अर्थहीन लड़ाई उससे भी प्रबल पाश और हार का कारण बनती चली जाती है।

गंगा सोचती रही कि, माँ के दुलारे ठाकुरराम को अगर उसने कुछ समय और दिया होता सँभलने के लिए, तो बात शायद बिगड़ न पाती। उन्हीं दिनों दानेश्वर शर्मा की सास के रुआब पर लिखी कविता भी उसे विद्रोह के लिए उकसाती थी। बड़े दाऊ ने छत्तीसगढ़ी कवि सम्मेलन रखवाया था। उसमें कई कवि आये थे। दानेश्वर शर्मा ने हाथ मलका-मलकाकार सुनाया था–जिसमें सास के अत्याचारों का रोमांचक और सही लगने वाला वर्णन था।

कविता सुनकर सब गाँव भर के लोग खुश हुए, मगर गंगा को गुस्सा आ गया। उसे लगा जैसे कविता उसी की सास पर है। लगा कि कवि उसकी तकलीफ को समझ गया है। उसी दिन उसने ठान लिया कि वह ठाकुरराम से सास के अत्याचार पर बात करेगी। प्रतिकार करेगी। और प्रतिकार का परिणाम घर निकाला सिद्ध हुआ। गंगा शर्माजी को भी दोषी मानती है। न गाँव में आकर वह सास पर कविता सुनाते, न वह अगिया-बैताल होती। मगर ठंडे मन से सोचती है तो उसे हँसी भी आती है। बात तो एक ही थी। कुछ उस पर हँसकर मुक्त हो गए और गंगा उसी को पकड़कर अंधे कुएँ में जा उतरी। कवि का सत्य तो परम् सत्य था। हर सास गंगा की सास की तरह थी, मगर हर बहू गंगा की तरह सांयफर्रा (गुस्सैल) न बन पाई। कभी-कभी सह जाना और समय की प्रतीक्षा करता भी समस्या का कारगर निदान सिद्ध होता है। गंगा की सहेलियाँ सहकर आज स्वयं सास बन गईं और वह करवट बदल-बदल कर सुबह का इंतजार करते हुए चालीस बरस की हो चली, मगर चारों ओर एक ही गीत उसे सुनाई देता है–

> "जोड़ी बिना जब लागे सुन्ना हो नई भावय मोला
> सोना चांदी महल अटारी।"
> (पति बिना संसार सूना लगता है
> सोना, चांदी, महल नहीं भाते)

गंगा ने करवट बदलते हुए रात तो काट ली, मगर एक पहर रात रटपटाकर खाट से उठ गई। किसी से पूछे सरेखे बगैर वह घर से सीधे लकर-धकर (शीघ्रता में) निकली और ठाकुरराम के घर की ओर प्रस्थान

कर गई।

ठाकुरराम छो-छो करता हुआ छेरी कोठा के बेंस को खोलने जा ही रहा था कि सामने से आती हुई गंगा उसे दिख गई।

ठाकुरराम ने बेंस को फिर लगा दिया।

घर की बहुएँ तो क्या बेटे तक नहीं जानते थे कि गंगा है कौन ! गंगा जब इस घर से निकल गई तब ठाकुरराम ने दुसरइया बिहाव किया था!

तरी उप्पर लइका-पिचका और घर में अन्न-धन छोड़कर दूसरी पत्नी भी गुजर गई। बीस बरस के बाद बिधना ने गंगा को उसकी सूनी कुटिया में पिछले जनम के पुन्न के कारण भेज दिया। ठाकुरराम को सहसा ऐसा ही लगा। अपनी माँ के कारण ठाकुरराम गंगा के आगे जिस तरह छोटा हुआ था उसके लिए वह खुद को बाद में अपराधी महसूस करता था। "डाल के चूके बेंदरा अउ समे चूके किसान।" सुख-दुख के अवसर पर ठाकुरराम गंगा को बहुत याद करता। जब से उसने सुना था कि गंगा का हाथ काजरगाँव में भी खाली हो गया, तब से तो वह और भी गंगामय हो गया था। लेकिन करे तो क्या करे। वह मितान से कहता–"पथरा तरी हाथ लपकाये है मितान।" पथरा वह अपनी दूसरी पत्नी को मानता। वह अपनी दूसरी पत्नी के साथ कभी सुखी नहीं रहा। वह कंकलहिन मंडलिन के रूप में गाँव में विख्यात थी। "बिना लड़े पाख नई पुरय" कंकलहिन प्रायः सप्ताह में एक बार नियमपूर्वक ठाकुरराम से लड़ लेती। कारण कुछ भी हो सकता था। कभी गंगा से ठाकुरराम को जोड़कर सरापती तो कभी किसी मामले को याद कर लड़ती। नई नवेली बहू से तो वह दो दिन में ही लड़ बैठी। ठाकुरराम ने उसे कई बार समझाया, मारा-पीटा भी, मगर कंकलहिन कभी न सुधरी। अंततः ठाकुरराम ने उससे समझौता कर लिया। मगर गंगा को भूल न सका। ठाकुरराम ने पिछले बरस जब रमायन सीरियल देखा तो राम के सामने धरती में समाती सीता को देखकर उसके मुँह से जोर से निकल गया, "हाय गंगा।"

किसी ने ध्यान नहीं दिया मगर मितान से रहा न गया। उसने कहा, "कब तक गंगा-गंगा करहु जी गंगाबारू। (कब तक गंगा गंगा करोगे मित्र) ?"

"मरत ले (मरते तक) मितान"–ठाकुरराम ने कहा।

अपने जवान लड़के को देखता तभी ठाकुरराम को लगता कि वह बयालीस बरस का हो गया, अन्यथा लाठी चलाने से लेकर मुग्दर भाँजने तक के करिश्मे में जिस तरह आज भी उसकी उस्तादी है, उसे देखते हुए वह अपने को जवानों से कम नहीं समझता। अठारह बरस में ही शादी हो गई। बीस बरस में आ गया बड़ा बेटा समारू। और देखते-ही-देखते ठाकुरराम बाप से बाबा बन गया। सब कुछ है उसके पास, मगर करेजा जलता है सिर्फ पुरानी यादों के कारण। वह तो कई बार यहाँ तक कह चुका है कि अगर गंगा एक बार अपने गाँव से उसके आँगन को खूँद नहीं देगी, उसकी मुक्ति नहीं होगी।

अगिनकछार में इस तरह तालाब में गंगा दिख जायेगी और यूँ उसके घर खुद चली आयेगी यह तो वह सोच भी नहीं सकता था। यद्यपि उसने आग्रह कर दिया था, तालाब में। मगर उसकी अर्जी इस सहजता से उस गंगा को स्वीकार होगी जिसने उसकी जरा-सी चूक से उसे तिनके की तरह मझदार में छोड़ दिया था। यह भला वह कैसे सोच सकता था। इसीलिए वह गंगा को देखकर हड़बड़ा-सा गया। उसकी बहू ने लोटा भर पानी लाकर रख दिया गंगा के सामने। बहू ज्यों ही लोटा रखकर कुरिया की ओर मुड़ी ठाकुरराम से रहा न गया। उसने डपटते हुए बहू को आदेश दिया, "बहू, पाँव पर ले, तोर सास ये। (बहू पाँव छू लो, तुम्हारी सास है)।" बहू ने मुड़कर गंगा को दोनों हाथों से प्रणाम किया। गंगा जी भर कर आशीष देते हुए बाल-बच्चों के बारे में पूछ ही रही थी कि ठाकुरराम ने आवाज देकर घर भर को आँगन में बुला लिया। सबने ठाकुरराम के कहने पर गंगा को प्रणाम किया।

गंगा जब इस घर से गई थी तो सिर्फ तीन परानी ही थे। अब सास के गुजर जाने के बावजूद दस भरे-पूरे घर में सदस्यों की संख्या सात हो गई थी। ठाकुरराम की दूसरी बिहई कंकलहिन रह जाती तो आठ लोग होते।

खाट पर बैठे हुए गंगा ने बहू से उसके मायके का हाल-चाल पूछा। इसी बीच ठाकुरराम के बड़े लड़के ने अपनी पत्नी से कहा, "जा, चाह बना।"

बहू जब चाय बनाने चली गई तब ठाकुरराम ने अपने बड़े बेटे और अन्य बच्चों को बताया कि गंगा है कौन। बड़े लड़के ने उठकर एक बार और पाँव छूते हुए कहा, "बने कर दाई, आ गेस (ठीक किया माँ, तुम आ गई)।"

गंगा ने कहा, "बेटा, जान दे। काजरगाँव जाना है।"

तब तक चाय आ गई। चाय पीते ही गंगा उठ गई। उसे इस तरह उठते देखकर ठाकुरराम और बच्चों का दिल बैठ-सा गया।

गंगा ने कहा, "ले बहू बइठ, दूधे खा, दूधे अचो। सुखी राह।"

बहू ने बढ़कर पुनः प्रणाम किया। गंगा बढ़ने लगी तो ठाकुरराम ने सधे हुए स्वर में कहा, "खाली हाथ झन जा गंगा, ये दे ला ले जा (खाली हाथ मत जाओ, इसे ले जाओ)।"

गंगा ठिठककर रह गई। उसने देखा ठाकुरराम लाली लुगरा, लाल कपड़े का पोलका और लाल चूड़ियों के सरंजाम को लेकर सामने आ डटा था।

गंगा ने भर नजर ठाकुरराम को देखा। उस एक पल ने ठाकुरराम को वह सब दे दिया, जिसके लिए वह जीवन भर तरस रहा था।

मुचमुचाते हुए गंगा ने आगे बढ़कर ठाकुरराम के हाथ से सब कुछ समेट लिया।

पास-पड़ोस की औरतें गीत गा-गाकर गंगा के हाथ में ठाकुरराम के नाम की लाल चूड़ियों को पहनाने के लिए जुटने लगीं।

… और गंगा अगिनकछार में ही रह गई सदा के लिए।

साक्षरता-जत्था

यह एक प्रयोग ही तो था। बात बन भी सकती थी और बिगड़ भी सकती थी। ऐसा प्रयोग पहली बार हो रहा था। भरोसा था केवल बिसरू की गायकी पर। चाहे जो हो जाय बिसरू नाच-गाकर लोगों को रिझा लेगा ऐसा विश्वास सबको था। 'दुसर के नचई कुदई ते बिसरू के मटकई'। अर्थात् दूसरों का नाचना-कूदना तो बिसरू का केवल मटकना एक बराबर, यह मान्यता यूँ ही नहीं है। बिसरू पर ही सारा दारोमदार था।

आशा के अनुरूप बिसरू खरा भी उतरा। उसके कारण पूरा दल सिर मत्थे पर उठा लिया गया। जत्था लेकर निकले कलाकारों का धीरे-धीरे गाँव-गाँव में स्वागत होने लगा। कुछ गाँवों में तो स्वागत द्वार लगाकर गाँव वाले नाचते-गाते हुए परघा कर उन्हें ले गये। अद्‌भुत अनुभव था वह। कहाँ तो खाने के लाले न पड़ जायँ यह चिंता थी, कहाँ लोग सर माथे पर बिठा रहे थे। हाँ, शुरू-शुरू में दस-पाँच गाँवों में समझाने की जरूरत पड़ी। फिर तो शोर उड़ गया। शोर नहीं, बल्कि चिंहुर उड़ गया। हल्ला मच गया कि कलाकार साक्षरता का संदेश लेकर गाँव में अलख जगाने आये हैं।

केवल सात दिन की कार्यशाला से बात बन गयी। प्रतिभाशाली लेखकों से नाटक लिखवाये गये। उनका छत्तीसगढ़ी में अनुवाद हुआ। फिर नाचा शैली में पूरी बात को रोचक ढंग से पिरो दिया गया। दो जोकर, एक नचकाहरिन, एक परी और शेष बिसरू। 'आधा म, घर भर त आधा म जगधर' जैसी हैसियत हो गयी थी जत्थे में बिसरू की।

बिसरू ने बना ही लिया अपने दम पर एक चमत्कारिक साक्षरता-नाचा दल। नाचा के साथ कलाकार कुछ गीत-भजन भी गाते। गाँव वाले तो जैसे बइहा जाते।

सुबह दो गाँवों में कार्यक्रम होता। फिर दोपहर को कलाकार अपनी साइकिल से निकल पड़ते। गाँव सब लगे-लगे ही तो हैं इस जिले में। पता चल जाता कि जत्था आ रहा है। भीड़ यूँ ही जुट जाती। जाते ही गाँव के बाहर से गाते-बजाते उन्हें परघाया जाता। फिर विश्राम के बाद शाम को कार्यक्रम जमता।

अब तक वे बीस गाँवों में कार्यक्रम दे चुके थे। गाँव के लोगों से मिले आदर-सत्कार का कलाकारों पर अच्छा प्रभाव पड़ा था। वे उत्साहपूर्वक पेज-पसिया बाँधकर तो पहले ही निकले थे, किंतु इधर मिल रहे प्रोत्साहन ने उन्हें जन-कलाकार ही बना दिया था। निकले थे साक्षरता-जत्थे के सदस्य बनकर मगर बीस गाँवों में उन्होंने जो प्यार पाया तो वे सदस्य हो गये जन-जत्थे के। आये थे गाँवों को जाग्रत करने मगर हो गये स्वयं जाग्रत। कलेक्टर साहब को भी शायद इसका अंदाजा नहीं था कि दुतरफा जागृति की यह प्रक्रिया इस तरह भीतर-ही-भीतर एक चमत्कार को जन्म देकर उन्हें ही कठघरे में खड़ा कर देगी।

जत्थे के गायक और नायक बिसरूराम साइकिल पर हारमोनियम लादे सबसे आगे होते। उन्हीं के निर्देशन में जत्था गाँव-दर-गाँव आगे बढ़ रहा था। चेपटी, चिरपोटी गाँव से होते हुए वे अगिनकछार की ओर पूर्व-निर्धारित कार्यक्रम के तहत बढ़ रहे थे।

रास्ते में लोगों से पूछ भी लेते, "भइया, अगिनकछार का रास्ता किधर है ?" बताने वाला पहले मुस्कुराता, फिर उँगली से इशारा कर देता।

कलाकार इस मुस्कुराहट का अर्थ यह लगाते कि जत्था और कलाकारों के हुलिए को देखकर ही वे मुस्करा पड़ते होंगे। मगर ज्यों-ज्यों आगे बढ़ते गये, उन्हें यही अनुभव बार-बार होता गया। आखिर बिसरू से रहा नहीं गया। उसने एक राहगीर से पूछा, "भाई, अगिनकछार का रास्ता बताने वाला मुस्कुरा क्यों देता है जी ?"

राहगीर ने मुस्कुरा लेने के बाद रहस्य का उद्घाटन किया, "शराब

के कारण।"

"शराब के कारण ?"

"हवा !"

"क्या शराब के कारण जी ?"

"बस्ती में है ?"

"अगिनकछार में ?"

"हव"

"कैसी शराब ?"

"भट्ठी वाली !"

"कहाँ है भट्ठी ?"

"अगिनकछार में।",

"आप कहाँ जा रहे हैं ?"

"अगिनकछार !"

"क्यों ?"

"पीने के लिए !"

"धत्त तेरे की", बिसरू ने कहा, "मैं तो सोच रहा था कि हमारा नाचा देखने के लिए सब जा रहे हैं। अच्छा तमाशा है जी। चलो भई चलो।" कहते-कहते जब वे चौराहे पर आये तो बायीं ओर कुछ दूरी पर एक बड़ा-सा मकान दिखा, जहाँ तीस-चालीस लोग इकट्ठे दिख रहे थे। जत्था उधर ही बढ़ गया। पूछा तो पता चला कि अगिनकछार की दारू भट्ठी यही है। सामने ही गाँव दिख रहा था। कलाकार वहाँ से तुरंत गाँव की ओर चल पड़े। गाँव पहुँचते ही कोतवाल से संपर्क करना चाहा। पता चला कोतवाल पटवारी जी के साथ भट्ठी गया है। पटेल के बारे में पूछने पर ज्ञात हुआ कि वे अपने बियारा वाले बाड़ा में मित्रों के साथ खा-पी रहे हैं।

बहुत परेशान हुए कलाकार। खबर देने पर कोतवाल आ गया। उसने आते ही झूमकर एक सेल्यूट मारा और पूछा, "कहिए हुजूर, क्या हुकुम है ?"

तब तक पटवारी भी आ गये थे। जिले से निर्देश तो था ही पटवारी के पास ! वह समझ गया कि साक्षरता-जत्था है। गाना-बजाना करने आये

हैं। तुरंत गाँव के कुछ लोगों को उसने बुलाया।

दो घंटे में लिल्ला चौरा को गाँव के पाल-परदे से सजा दिया गया। उधर कलाकारों के पास तीन बोतल लेकर कोतवाल गाँव के जवानों के साथ जा पहुँचा। बिसरूराम ने डाँटते हुए मना कर दिया। कोतवाल जब अधिक जिद करने लगा तो बिसरू ने कहा, "हम कलेक्टर साहब से शिकायत कर देंगे।"

कोतवाल का नशा इस वाक्य से कुछ कम हुआ, मगर नौजवानों को बहुत फर्क नहीं पड़ा। एक नौजवान ने कहा, "कर दो न, वही तो ठेका देते हैं। गाँव में जब भट्ठी खुलवाये हैं तो और क्या हेगा ? निरक्षर बनाने के लिए भट्ठी भी वही खुलवाते हैं और साक्षरता का ड्रामा भी वहीं करवाते हैं। छत्तीसों राग तो कलेक्टर ही जानता है।"

दूसरे जवान ने कहा, "जो छत्तीसराग नहीं जानता वह गाँव में रह जाता है, कलेक्टर नहीं बनता, भाई, चलो। सकल करम जो करे-कराये वही होता है बड़का हाकिम।"

गाँव में डौंडी तो पिट गयी थी। लोग लिल्ला चौरा के आसपास एकत्र हो गये थे। ठीक आठ बजे साक्षरता नाचा शुरू हो गया। परी संतोष को औरत के ड्रेस में देखकर चिंहुर उड़ गया। बिसरूराम ने आलाप किया–

"पढ़े के आगे पारी
पढ़े के आगे पारी
सुनो संगवारी
पढ़े के आगे पारी।

इस गीत पर दोनों जोकर और नचकाहरिन जब मंच पर नाचते हुए आये तो रमझाझर उड़ गया।

जत्थे का कार्यक्रम प्रायः घंटे भर में समाप्त हो जाता था, किंतु अगिनकछार के लोग नचकाहरिन को मोजरा देकर उत्साहित करने लगे। धीरे-धीरे कलाकारों को भी आनंद आने लगा और कार्यक्रम तीन घंटे तक चला।

पूरे समय निरक्षरता के कारण होने वाली परेशानियों की चर्चा होती रही। नशा के खिलाफ तो कुछ इस तरह प्रभावशाली बातें नाचा में कही

गयीं कि नाचा के अंत में गाँव के पाँच नौजवानों ने मंच पर आकर अपनी माँ की कसम खाते हुए कहा कि अब या तो हम रहेंगे या फिर यहाँ भट्ठी ही रहेगी।

सब सन्न रह गये।

बिसरू ने कहा, "लगिन धराते लइका होते सारे हा। अभी तो भइया पढ़ो-लिखो, सब सोच समझकर लो संकल्प।" लेकिन नौजवानों ने साफ कह दिया कि अगर हम एक बाप के हैं तो भट्ठी हटाकर रहेंगे।

कोतवाल ने कहा, "पतरी दसे नइये नमो नरायण होगे। अरे ददा, पहली नशा लत उतार लव तब भगवाहू।"

लेकिन नौजवान अपनी िद पर अड़े रहे।

किसी तरह कार्यक्रम समाप्त हुआ। सुबह नाश्ता करने के बाद जो बीसों नौजवान साइकिल से दूसरे गाँव के लिए निकले तो गाँव के बाहर भट्ठी पर नजारा देखकर स्तब्ध रह गये।

रात वाले पाँचों युवक वहाँ हड़ताल किये बैठे थे और नारे लगा रहे थे--

"जगना अऊ जगाना है
भट्ठी दूर भगाना है।"
"भट्ठी गाँव ले दूर भगावो
तबे असल सपूत कहावो"

सहसा इन नारों को भट्ठी के पास सुनकर बिसरू को हँसी आ गयी। इन नारों को रात नाचा के दौरान बिसरू के दल ने परोसा था। दल के लोगों को लगा कि यह स्वागत करने का ग्रामीण तरीका होगा। मगर कुछ देर बातचीत करने पर स्पष्ट हो गया कि आंदोलनकारी भावुक जरूर हैं, मगर अडिग भी हैं।

बिसरू का दल कुछ देर बाद बैठकर अगली यात्रा पर निकल गया। बिसरू चार दिनों तक और गाँव-गाँव अलख जगाता रहा। जत्थे के साथियों के साथ जब वह जिला साक्षरता सदन में लौटा तो उसके दल का भरपूर सम्मान हुआ। प्रमुख निर्देशक से लेकर प्रचार-प्रसार-प्रमुख तक सब बेहद खुश थे।

अभी जिलाधीश महोदय उनके सम्मान में कुछ कहने ही जा रहे थे

कि अगिनकछार के जवानों का दल सदन में दल-बल के साथ जा पहुँचा।

सभा समाप्त हुई तो अगिनकछार गाँव के समारू ने अपने स्थान पर खड़े-खड़े ही कहा, "साहब, सब तो ठीक है, मगर हम अपने गाँव में आपके कारण लाठी-डंडा खा रहे हैं।"

समारू की बात से सदन के जिम्मेदार लोग हड़बड़ा गये। जिलाधीश ने समारू को पास बुलाकर कहा, "साफ-साफ कहिए, क्या बात है ?"

समारू ने सविस्तार बताया, "साहब, जत्थे के बिसरू जी ने जो कुछ कहा उसके हिसाब से हम दूसरे ही दिन दारू भट्ठी हटाने के लिए विरोध में बैठ गये। दिन भर तो ठीक था, लेकिन मालिक, शाम होते ही ठेकेदार के गुण्डों ने हमें मारना-पीटना शुरू कर दिया। गाँव के लोग भी हमारे साथ आ गये तो हो गया बलवा। अब एक सौ सात-सत्रह में पेरा रहे हैं। पेसी में आये हैं, साहेब। न आप साक्षरता की बात करते, न हमें जगते-जगाते।"

जिलाधीश को समारू की साफगोई पसंद तो बहुत आयी, मगर उन्होंने तत्काल कुछ नहीं कहा। कुछ देर रुककर अगिनकछार के लोगों को चाय पिलाने के बाद उन्होंने मुस्कुराते हुए पूछा, "आप लोग किसान हैं ?"

"हाँ साहब, नगरजोत्ता किसान।"

"जी, हव।"

"धान को खेत में छीटने से पहले हल भी चलाते होंगे ?"

"नागर चलाते हैं, साहेब, नीदते-कोड़ते हैं। घाम-बरसात में गड़े रहते हैं खेत में, तब भी कीड़ा माहुर से हर साल आधा खेत साफ हो जाता है। फसल हर बरस नहीं मिलती, मालिक।"

"बस, यही तो मैं कहना चाहता था भाई। साक्षरता की फसल भी इसी तरह मिलती है। ये नहीं कि छींट दिये धान और लूट लिये खेत। हर फसल के लिए गहन साधना और धीरज की जरूर होती है। कुंभकरण की तरह छमासी नींद और हड़बड़ाकर जागने से प्रायः एक सौ सात-सत्रह लग जाता है।"

सभाभवन में सब यह तर्क सुनकर हंस पड़े।

समारू के साथी जिलाधीश से बेहद प्रभावित हो रहे थे।

जिलाधीश ने कहा, "आप अब गाँव जाइए। एक सौ सात-सत्रह तो

मैं सँभाल लूँगा। मगर साक्षरता की खेती को आप सब सम्हालिए। धीरे-धीरे जगवारी कीजिए। सब जब साक्षर हो जायेंगे तो आप देखेंगे कि ठेकेदार की दुकानदारी यूँ ही अपने आप बंद हो जायेगी।"

साल भर तक फिर अगिनकछार में कोई हंगामा नहीं हुआ। ठेकेदार को आश्चर्य हो रहा था कि प्रतिमाह जाने कैसे शराब की बिक्री कम होती जा रही थी। उसने देखा कि ज्यों-ज्यों शाम को लगने वाली साक्षरता की कक्षाओं में लोगों की संख्या में बढ़ोतरी हो रही है, उसी अनुपात में उसकी दुकान में माछी झूमने का आलम होता जा रहा है। उसे यह देखकर ताज्जुब होता कि लोग पढ़ने क्या लगे इधर का रास्ता ही भूलने लगे।

भट्ठी का मालिक यह भी देख रहा था कि लोग न केवल शराब पीने से परहेज करने लगे हैं, बल्कि यूँ ही बैठकर समय काटने की उनकी दिनचर्या में भी फर्क आने लगा है।

होते-होते वह दिन भी आ गया, जब जिले के मूल्यांकन-दल ने अगिनकछार को पूर्ण साक्षर घोषित कर दिया। गाँव में एक गूंगे और एक बहरे के साथ ही एक पंगु नौजवान ने भी पढ़ना-लिखना सीखा। समारू तो चौथी तक शिक्षित कृषि मजूर था। वह अक्षर-सैनिक के रूप में साल भर लगा रहा। कुल तीस लोगों को उसने पढ़ाया।

गाँव में साक्षरता तिहार मनाने की योजना बनी। जिलाधीश मुख्य अतिथि के रूप में पधारे। उन्होंने अपने सम्मान के जवाब में कहा, "सम्मान के काबिल तो आप हैं जिन्होंने यह लक्ष्य प्राप्त किया। एक दूसरा लक्ष्य प्राप्त करना अभी बाकी है। सिगरेट पर जिस तरह लिखा रहता है कि वह स्वास्थ्य के लिए हानिकारक है, फिर भी सरकार उसे बनाने से रोक नहीं पाती, उसी तरह साक्षरता-समिति का अध्यक्ष होते हुए भी मैं भट्ठी को बंद नहीं कर सकता। अगर यहाँ बंद करा दूँगा तो वहाँ खुलेगा। मगर यह निदान नहीं है। मैं तो साक्षरता-तिहार को तभी सार्थक मानूँगा, जब आप वह स्थिति ला देंगे, जब ठेकेदार स्वयं अपनी दुकान अगिनकछार से उठा लेने पर मजबूर हो जायेगा और तभी आप सही मायनों में पूर्ण साक्षर भी समझे जायेंगे। अभी तो केवल अक्षर ज्ञान ही हुआ है।"

सिंहवाहिनी

दहाड़ जरूरी हो तो आवाज से दहशत पैदा कर देते हैं और जब चुपके से जहर उगलकर किसी की जान लेनी हो तो चाब कर बिल में घुस जाते हैं। इन अर्थों में तो दाऊ-बलदाऊ सिंह वाकई साँप और बाघ दोनों ही हैं, मगर गाँव में इस तरह की प्रतीकात्मक बातें नहीं चलती। वहाँ तो साँप का मतलब सरसराता हुआ काला भुजंग और बाघ यानी दुर्गा की सवारी ही है। साफ-साफ।

गाँव में इसीलिए आये दिन इस मसले पर विवाद-सा छिड़ जाता है। कुछ लोग भले ही इसे कपोल कल्पना कहते हों मगर बलदाऊ सिंह की गुलामी करने वाले लोग दावे से कहते हैं कि कमरू कामाक्षा से मंत्र सीखकर आने के बाद दाऊ ने पूर्ण सिद्धि प्राप्त कर ली है। सिद्धि के पक्ष में जो लोग खड़े हैं वे तो कुछ इस तरह सजीव चित्र खींचते हैं कि अगिनकछार से लगे अन्य गाँवों के लोग मानकर चलते हैं कि दाऊ वाकई सिद्ध पुरुष हैं। इस अफवाह के कारण इलाके भर में दहशत भी है। दाऊ के बारे में तो यहाँ तक कहा जाता है कि उनके कूल्हों में आज भी घाव के निशान देखे जा सकते हैं। ये निशान बने हैं कमरू कामाक्षा में, वहाँ छह माह तक दाऊ को बैल बनाकर आधी रात के बाद विवस्त्र सिद्ध औरतों ने हल में जोता है। जोतते हुए औरतों ने लोहे की आरी से कोंचा भी है। कोंचने से ही कूल्हों में बैलों के कूल्हों में बनने वाले घाव की तरह दाऊ को भी घाव हो गए। अब घाव तो ठीक हो गए मगर सिद्धि के बावजूद सिद्धि की विकटता के प्रमाणस्वरूप आज भी उनके कूल्हों में देखे जा सकते हैं।

तरह-तरह की अफवाहें आये दिन दाऊ को लेकर उड़ाई जाती हैं। इसमें एक अफवाह तो यही कि बिसेसर की भौजी को जो पाँच माह का गर्भ ठहर गया था उसे दाऊ ने उतरवा दिया। इस अफवाह से बिसेसर और उसके समर्थक सकते में आ गए। भौजी अपने मायके में थी। पन्द्रह दिन हो गये उसका अता-पता नहीं था।

पहले गई रायपुर फिर वहीं से मायके पहुँच गई।

परसों आयेगी तब दाऊ करेंगे बैठक, और तभी होगी बिसेसर की खिंचाई। शायद दंड भी हो जाय। दाऊ के खिलाफ जाना यानी बरबादी को न्यौता देना। मगर बिसेसर भावनावश न्यौता तो दे ही चुका था और अब धुन रहा था सर। वह खेत-खार देखे कि इस पचड़े से निपटे। तंग आकर खीझते हुए बिसेसर ने अपने काका से दुखी होकर कहा, "आफत दूसरों पर आती है तो सुख में डूबा आदमी सोचता है कि ऐसे दुख अगर उसके जीवन में आये तो वह चुटकियों में उसका हल निकाल लेगा। लेकिन जब खुद पर आन पड़ती है तो कुछ सूझता ही नहीं काका। मेरी हालत कुछ वैसे ही है।" बिसेसर को रात-रात सपने आते कि नाव है, पतवार भी है, उसे तूफानों के बीच नैया पार लगाना भी आता है मगर भौजी जानबूझकर छपाक से बीच नदी में कूद गई। वह चाहकर भी न नाव छोड़ सकता है न भौजी नाव के पास आना ही चाहती है।

भीतर-भीतर दाऊ ने क्या जादू किया है। उसे तो अपनी भौजी पर भी गुस्सा आ रहा था कि उसने अपनी करनी के कारण उसे सबके सामने इस तरह बेइज्जत करवा दिया। भैया को गुजरे सिर्फ डेढ़ बरस ही तो हुए थे। इतनी जल्दी भउजी बिगड़ गई। उसने काका से पूछा, "बिगड़ना हो तो डेढ़ मिनट ही काफी है।" बिसेसर के दुख को देखकर उसके काका उसे समझाकर कहते।

बिसेसर था तो छोटा किसान मगर अपनी दस एकड़ पुस्तैनी जमीन पर अपने भैया के साथ दिन-दिन पसीना बहाता और सोना काटता। कोई कमी उसे थी नहीं। अड़चनें बहुत आईं मगर उसके भैया जब तक जीवित रहे कोई बाल बाँका भी न कर सका। अच्छे दिन तो भैया के साथ ही खत्म हो गए। काका-बिसेसर उदास होकर कहता और याद करता कि कैसे

वह अपने भैया के साथ बारहो माह लगा रहता और ठाठ से जीता। वह भैया को लाख कहता कि उन्हें काम करने की जरूरत नहीं, मगर भैया माने तब। भर सावन भैया कमरा खुमरी डाँटे निदाई करते। पूष में माह भर बियारा में सोते। बिसेसर को भैया ने बाप बनकर दुनिया भर की चिंता से मुक्त रखा। उनके गुजरने के बाद भौजी भी साल भर तो ठीक रही मगर उसके बाद अपने भाइयों की बातों पर ज्यादा कान देने लगी। एक दिन बिसेसर को भौजी ने साफ कह दिया कि उसका हिस्सा अलग कर दिया जाय। अब वह बिसेसर के साथ नहीं रहेगी। इसमें भी भौजी की सरलता ही दिखी बिसेसर को। भौजी को जब उसने गिड़गिड़ाकर रोते हुए कहा–कि आखिर क्या बात है भौजी तुम मुझे बताओ तो कि अलग होना ही क्यों चाहती हो।

भौजी ने बिसेसर की अधीरता को देखकर कहा, "बिसेसर, तुम अपने को सँभालो, मैं तो सिर्फ अपना हिस्सा ले रही हूँ। तुम्हारे भैया का पूरा हिस्सा नहीं ले रही। सिर्फ दो एकड़ जमीन दे दो, उसी में अधिया-धोधिया देकर जिऊँगी और अलग रहूँगी। मैं अभागिन हूँ बिसेसर। मेरी छाया भी तुम पर और तुम्हारे बच्चों पर न पड़े यह बड़े महाराज ने बताया है। जनमते ही बच्चों को खा गई मैं, भरी जवानी में तुम्हारे भैया चले गए। इसका प्रायश्चित यही है कि भजन कीर्तन करूँगी और अलग घर बनाकर मरते तक तुम सबको देखती रहूँगी इसी गाँव में।"

"तुमको गलतफहमी हुई है भौजी, सब बेकार की बात है। घर मत छोड़ो हमको बेसहारा मत करो।"

"ऐसा मत कहो बिसेसर, मेरी छाया ही खराब है। वंश को बढ़ाना है तो मुझे विदा करो। भाँठा में घर बनाकर रहूँगी।"

"मगर भौजी अकेली जवान औरत को रात बिकाल कुछ भी हो सकता है। अलग मत रहो भौजी।"

"नहीं बिसेसर, मैं जो सोच लेती हूँ वही करती हूँ तुम जानते हो। रही इज्जत की बात तो बिसेसर तुम बेफिक्र रहो। मर भले जाऊँ खानदान की इज्जत नहीं गवाऊँगी।"

"दाऊ बलदाऊ सिंह से थोड़ा बचकर दूर ही रहना भौजी।"

"तुम मुझे बच्चा मत समझो बिसेसर, हँसना बोलना और बात है। गाँव के रिश्ते में भाँटो है मेरा मगर आदमी वह उतना बुरा नहीं है।"

"ठीक है भौजी जैसा तुम ठीक समझो, बस बचकर-बचाकर रहना हाथ जोड़ता हूँ।"

भौजी से बातचीत के बाद बिसेसर कुछ हल्का हो गया। मगर अपनी भौजी से अलग होते हुए उसे लगा जैसे वह फिर अकेला हो गया है। बिसेसर उस दिन उसी तरह रोया जिस तरह अपने भैया के इंतकाल के दिन बोमफाड़ कर वह रोया था। वह एक ही बरस में दो बार अनाथ होने का दुःख झेल रहा है।

बिसेसर सोचने लगा कि यह कैसा तिरिया चरित्तर है। भैया के जाते ही भौजी को सब अपने पराये लगने लगे, और पराये अपने। कहाँ से उसे अभागिन होने का भ्रम हो गया। सबसे अधिक चिंता उसे उस दिन हुई जब बलदाऊ सिंह ने उसकी भौजी के हिस्से की जमीन को अपने हल बैलों से जुतवाया।

बिसेसर को उस दिन ऐसा लगा जैसे दाऊ ने उसे भी साँप बनकर डँस दिया है और जहर धीरे-धीरे चढ़ रहा है। दाऊ तो था ही अहंकारी। जब गाँजा चढ़ा लेता तो दाऊ पास बैठे संगी-साथी के कान में फुसफुसाकर कहता, "मैंने ही साँप बनकर चाब दिया बिसेसर के भैया को।"

यह बात बिसेसर के कान में भी पड़ती। बिसेसर जानता था कि दाऊ ठीक ही कह रहा है। जिस तरह वह निगल रहा है भौजी को उसके हिसाब से तो वह डोमी साँप से भी अधिक जहर रखता है। मगर दाऊ मुहावरे में नहीं बल्कि दावे के साथ कहता था कि कमरू कामाक्षा से वह साँप और शेर बनने की कला सीखकर आया है। दाऊ के सेवकों की कमी तो थी नहीं। अंधभक्तों का टोटा नहीं था उसको। परभूराव तो जन्म का चारण था। वह इस ढंग से दाऊ की विद्याओं का बखान करता ताकि सुनने वाला मान ही लेता कि दाऊ है जादूगर। कभी राव बताता कि जब दाऊ के साथ साल भर वह कमरू कामाक्षा के मंदिर में रहा तो कुछ साँप बिच्छू पकड़ने का गुर वह भी सीख ही गया। दाऊ तो खैर स्वयं साँप बन जाते हैं। शेर बनकर तो उन्होंने कई बार स्वयं उन्हें दिखाया है। ऐसा राव सविस्तार

बताता है। राव का तो कान में फोफी डालकर गुजर जाय या फिर बातों में डूबे उतराय। राव सीधे तथ्यों को नहीं रखता। कुछ मुहावरा, कुछ कहानी और बहुत कुछ कल्पना के दम पर राव खींच ले जाता है। श्रोताओं को उस सीमा तक जहाँ से वह पूरी बात सुने बिना लौट ही नहीं पाता। दाऊ के पुरुषार्थ की चर्चा तो वैसी ही होती है मगर राव उसकी छवि को दूसरे ही ढंग से गढ़ता है। एक रहस्यमय छवि, जैसे जादूगरों की बात ही लीजिए, राव कहेगा–

"अरे धन ले धरम
और बल ले नियम हे जी।"

कस मंडल।

मंडल को हाँ कहना ही पड़ता फिर तो आगे का सिलसिला यूँ ही चल निकलता है। कमरू कामाक्षा में कोठली भर पैसा रुपया और सेर भर अकेला चाहिए तब बनथे आदमी हा साँप और बधवा। जाहिर है कि सेर भर कलेजा और कोठली भर रुपया सिर्फ दाऊ के पास ही रहता आया है। दाऊ के दसों पीढ़ी के पास ये दो नेमतें हमेशा रहीं।

बबा-ददा को तो तकलीफ नहीं हुई मगर साँप और शेर बन जाने की अफवाहों के बावजूद दाऊ बलदाऊ सिंग को कुछ अड़चन अब बदले हुए जमाने के साथ हो रही है। दाऊ कहते भी हैं–बबा पुरखा से मैं ज्यादा खतरनाक हूँ फिर भी लोग डरते नहीं वाह रे जमाना।

दाऊ का एक और शानदार अंदाज है बात करने के पहले मूँछ उमेठते हुए अचानक कहेगा, "मैं बहुत खतरनाक दाऊ हूँ, जरा सँभलकर। रिसिया गया तो धुर्रा धरा दूँगा।"

कुछ तो दाऊ का दबदबा, कुछ राव की कथाएँ। लोग मान ही लेते कि दाऊ जरूर साँप और शेर बन जाता होगा।

एक बार तो राव ने चरबत्ता के दौरान कुछ इस तरह चित्र खींचा कि लोग सन्न रह गए। राव ने कहा, "पिछले बरस पूष के महीने में मैंने दाऊ से यूँ ही कह दिया कि बधवा बनकर दिखा दो दाऊ तब जानूँ, साँप तो कई बार बन गये। एक बार बधवा मंत्र तो सिद्ध करके दिखाइए। दाऊ पहले तो टालते रहे मगर आखिर जोसिया गये, बोले–राव आज रात बारह

बजे चलना भुतहा तरिया वहीं दिखाता हूँ। बियारी के बाद दो घंटा चिलम दगी फिर धीरे-धीरे दोनों निकल गए भुतहा तरिया की ओर। धुधवा, कालिहा सब मार चिल्ला रहे थे। चारों तरफ कटकट-कटकट बँभरी के पेड़, मैं तो डर रहा था मगर दाऊ साथ में थे तो डर कैसा।

दाऊ जिसे सहारा दे दें उससे बली भला कोई हो सकता है ? और जिस पर दाऊ नाराज हो जायें उससे असहाय भी भला कौन होगा सोच लो। तो मैं तो दाऊ के संग-संग चढ़ गया भुतहा के पार में। वहाँ दाऊ ने धोती-कुर्ता, बंडी यहाँ तक कि चड्ढी तक उतार कर कहा–राव मैं उधर दबोल से शेर बनकर आता हूँ। तुम भर नजर देखकर मुझे एक कंकड़ मार देना तो फिर मैं दाऊ बन जाऊँगा। अगर डर गये तो तुम तो जाओगे ही मैं भी जंगल-जंगल शेर बना घूमता रहूंगा। उन्होंने एक कंकड़ को मंत्र से सिद्ध करके दिया। बस पाँच मिनट बाद देखता हूँ कि 'लाम लाहकर, छोटे भैंसा अतेक बड़ बाघ खड़े हे गुर्रावत' बस यहीं आकर राव चुप हो जाता है। सुनने वाले फिर कोंचते हैं–राव डरयि नहीं तैं हर ?

रहस्य को बढ़ाते हुए राव कहता है, "डर बाबू रे, मूत मारेव फेर हाथ ले कंकड़ नहीं छूटिस। भर नजर देख के मार देंव कंकड़ अऊ दाऊ होगे फेर दाऊ।" इस तरह गाँव भर में यह किस्सा प्रचलित हो गया कि दाऊ शेर बन जाता है और साँप बनकर शत्रुओं को डंस देता है।

बिसेसर भी यह सब सुनता मगर उसे रत्ती भर विश्वास नहीं होता। मगर इधर जो उसकी भौजी के साथ दाऊ खेल खेल रहा था उससे जरूर लगता था कि दाऊ जादूगर है।

दाऊ ने क्रमशः भौजी को कब्जे में लिया। भौजी चाहे हँस-बोल ले मगर अपनी इज्जत जरूर बचाकर रखेगी ऐसा बिसेसर विश्वास करता था। जिस दिन दाऊ के हल बैल भौजी के खेत में पहुँचे उसी दिन बिसेसर को लगा कि उसकी हार सही मायनों में शुरू हो गई है। उसे यही लगता कि दाऊ कभी भी उसकी भौजी को बरबाद कर सकता है। चिंता के बावजूद बिसेसर काम में लगा रहता, कुछ कर भी तो नहीं सकता था वह। न भौजी को समझा सकता था न दाऊ को ठिकाने लगा सकता था।

देखते ही देखते चार माह और बीत गये।

दो

इलाके भर के किसानों की तरह आधा जेठ के बाद बिसेसर भी छेना और पैरा चौमासे के लिए सहेजकर अपने बियारा के परसार में हर साल रख देता है। पहले भैया थे तो लगती जेठ में यह सब करवा लेते थे। बहुत लुकलुकहा थे बिसेसर के भैया। बिसेसर यद्यपि दो बच्चों का बाप बन गया था फिर भी भैया उसे टूरा ही कहते थे। बिसेसर ने तो बाप को जाना ही नहीं था इसलिए भैया को ही बाप की तरह आदर देता। भैया भी बिसेसर को बेटे की तरह स्नेह देते और कई बार भौजी से लड़ भी बैठते। भौजी लड़ंकिन तो नहीं थी मगर गुस्से में जब आती तो भैया को सरेआम कह देती, "हाँ-हाँ, भाई और बहू की तरफदारी करो, धूर्रा धर के चले जाओगे। कोई भाई कभी साथ देता है किसी का। हमारे धन के लिए नाटक कर रहा है परेम का, यह बिसेसर।" बिसेसर की बाई को ऐसे ताने कभी पचे नहीं। वह तो अलग भी होना चाहती थी मगर बिसेसर के कारण मन मारकर रह जाती।

इधर दाऊ बलदाऊ सिंग अलग आग लगाने का जुगाड़ जमाये रहते। बिसेसर की भौजी दाऊ बलदाऊ सिंग के ससुराल गाँव की थी इसलिए बलदाऊ सिंग जब चिलम चढ़ाकर मस्तियाते तो बिसेसर के भैया को दूर से चिल्लाकर बुलाते और कहते—अरे मंडल, सुन हाना—

नता म साढू
अऊ कलेवा म लाडू

ऐके गाँव में ससुराल हे जी हमर हम तुम साढू तो हैं। मगर भैया उसे खूब जानते थे। दाऊ बिसेसर की भौजी के साथ सारी-भाँटो का रिश्ता जमाने के लिए ही सब प्रपंच करते थे। बल्कि कई बार तो बिसेसर की भौजी को "हाय मोर सारी परम पियारी ओ या फिर सारी टूरी बचन पियारी" कहकर छेड़ भी चुके थे। भौजी विशेष प्रतिकार भी नहीं करती। परंपरा और लोक रीति को अपने हितों के अनुरूप व्याख्यायित करने में दुष्ट प्रवृत्ति के लोग विशेष दक्ष होते हैं। दाऊ तो खैर अपने हितों के मामले में हर तरह की विशेषज्ञता का खुलकर व्यावहारिक उपयोग करता था। कई बार

बिसेसर ने अपनी भौजी को कहा भी था कि दाऊ की फिकरेबाजी से उसे गुस्सा आता है। मगर भौजी ने ससुराल के रिश्ते का वास्ता देकर समझा दिया था कि केवल हँसी ठट्ठा है, दाऊ दिल का बुरा नहीं है। बिसेसर भैया के रहते कुछ कह भी तो नहीं सकता था। भैया ने एक बार दाऊ को कहा था, "कमजोर के डउकी ल सबो सारी किथे दाऊ, कहि ले…।"

दाऊ को भैया का यह कथन बहुत नागवार गुजरा था। दाऊ ने वहाँ बैठे लोगों को सुनाते हुए कहा था, "देखयौ जी पाप ल मन के, सारी ल सारी काहब पाप होगे सारे हा, वाह रे जमाना।"

बात यहीं तक होती तो ठीक भी था मगर दाऊ के नाखून दिन-दिन पैने होने लगे। ऊपर से मुसीबत यह कि भौजी भी उसे प्रोत्साहित करने लगी। कभी 'पालगी भाँटो' कहते हुए गुँड़ी से गुजर जाती कभी 'कइसे दुबराय अस दिखथस भाँटो' कहकर मुचमुचाने लगती। खबर भैया को भी थी मगर वे थे अलमस्त आदमी उन्हें अपनी पत्नी का हँसना-बोलना बहुत बुरा भी नहीं लगता। इसका एक कारण यह भी था कि लगातार तीन बच्चे एक के बाद एक हुए भी और पटपटउवन मर भी गए। बिसेसर की भौजी ने बहुत दान पुण्य किया मगर लइका बाला का सुख उसे नहीं मिला। जनम के समय तो भले चंगे रहते मगर आठ दिन में कोई गठुवन में चला गया तो कोई डाभा का शिकार हो गया। एक बच्चा तो महीने भर जिया मगर माह भर बाद मोतीझीरा में चल बसा। बिसेसर का भैया तब से विरक्त-सा हो गया। एक कारण यह भी था कि दुखिया पत्नी के हँसने-बोलने का वे बुरा नहीं मानते थे। आदमी दुख के बीच सुख के तरीके ढूँढ़ ही लेता है। दुख को भूलने और सुख को सहेजने की कला अगर आदमी को न आती तो दुनिया कब की खत्म हो चुकी होती।

बिसेसर के भैया कई बार ऐसी बात अपनी पत्नी के दुखी जीवन और हँसी को देखकर कहते। बिसेसर की भौजी भी बिसेसर के बच्चों से मन बहला लेती। उसने उन्हीं बच्चों से अपनी गोद के रीतेपन को भर लिया था। सब कुछ अच्छा ही अच्छा तो नहीं होता। बिसेसर की भौजी अपने देवर की नाराजगी को दूर करने की गरज से कहती, "बिसेसर आदमी अंव महूँ हा, हँसी ठट्ठा पाप नोहय। ज्यादा मत रिसाय कर।" बिसेसर बलदाऊ

सिंग के किस्सों को जानता था इसलिए अपनी भकली भौजी पर उसे गुस्सा भी आता और दया भी आती।

तीस बरस की भौजी को देखकर कोई सहसा अंदाज नहीं लगा सकता था कि उसके तीन बच्चे होकर गुजर गये हैं। मोटी तगड़ी, दुहरी देह की भौजी बहुत कमैलिन भी थी। घर का काम बिसेसर की पत्नी करती और बाहरी खेत-खार का कारोबार भौजी सँभालती। सब काम सँभला हुआ था बिसेसर का कि अचानक भैया साँप चाबने से चल बसे। बिसेसर के भैया के जाने के बाद जैसे उसका घर ही विषबाधा का शिकार हो गया। छः माह बाद ही भौजी के कदम लड़खड़ाने लगे। साली-जीजा का रिश्ता अब और मजबूत होने लगा। बिसेसर खीझकर कभी अपने मित्रों से कहता–

हाथ म हथियार नहीं
कामा काटेंव कुसियार।

उसका आक्रोश दाऊ के प्रति ही होता। जो दिन-दिन उसकी भोली-भाली भौजी के रीते जीवन को छद्म से भरने का स्वांग कर उसे पथभ्रष्ट करने में धीरे-धीरे कामयाब होने लगा था। उसकी भौजी के खेत को नहीं बल्कि उसकी भौजी को ही कब्जे में लेकर बेधड़क हल चला रहा था। बिसेसर उस रात सपने में बड़बड़ाता रहा, "धिक्कार है भौजी, दाऊ हमर नाक में गाड़ा रेंगावत है जीना बेकार है।"

बिसेसर की बाई डर ही गई थी मगर जागकर बिसेसर ने सब ऊपर नीचे समझाया कि दिन भर तनाव में रहने के कारण मुँह से सपने में यह निकल गया। बिसेसर ने बताया कि सपने में उसने देखा कि दाऊ अजगर साँप बनकर भौजी को मुँह खोलकर सीधे निगल रहा है।

कुछ ही दिन बीते होंगे कि बलदाऊ सिंग की अजगर वृत्ति सामने आने लगी। वह बिना काम दिन में दस बार बिसेसर की भौजी के घर की ओर लुकुर-लुकुर आता जाता। आते-जाते जब कभी भौजी दिख जाती तो ठट्ठा भी करता। घर को लिपा-पुता देखकर कह देता, "साफ-सफाई अच्छा राखथस बुधिया, बाहर भीतर सब जगाजग है।"

बिसेसर की भौजी बुधिया जवाब नहीं देती। अपने काम में लगी रहती। एक दिन सुन्ना घर देखकर दाऊ अंदर घुस गया। बुधिया भौजी चाउर

निमार रही थी। दाऊ ने कहा, "गोंटी-माटी निमारत जिनगी बिताबे कि हमरो डाहर देखेबे।" (कंकड़ ही बीनोगी कि हमारी ओर भी देखोगी)

भौजी ने दाऊ को पहली बार कुछ रोष से देखते हुए कहा, "दुखिया संग मजाक झन कर दाऊ।" (दुखिया के साथ मजाक मत करो दाऊ)

"दुखिया महूँ हंव तहूँ हस चल दूनो मिल जन। (दुखी मैं भी हूँ, तू भी है चल मिल जायें दोनों) कहते हुए दाऊ ने हाथ को थाम लिया।

भौजी ने हाथ झटकते हुए कहा, "दाऊ तैं सचमुच के साँप हो गेहस, चले जा इंहा ले।" (दाऊ तुम सचमुच के साँप हो गए हो चले जाओ यहाँ से)

दाऊ उस दिन चुपचाप अपमानित होकर चले आये। लेकिन हार गया तो हो गई दाऊगीरी।

पन्द्रह दिन बाद होली थी। पन्द्रह दिन में ही दाऊ ने सब योजना बना ली। ठीक होली के दिन जब गाँव भर के लोग इधर नाच गा रहे थे। दाऊ अकेली देखकर बुधिया भौजी के घर में जा घुसा और इस बार उसने पूरा फन उठाकर डँस ही लिया। भौजी कुछ न कर सकी। मनमानी करने के बाद जब दाऊ उठ खड़ा हुआ तब भौजी ने रोते हुए कहा, "चलती कोंख ये दाऊ तैं हमर इज्जत ले लेस। मैं अब जी के नई राहंव।" (कोंख उर्वर है दाऊ तूने मेरी इज्जत ले ली अब जी के नहीं रहूँगी)

दाऊ ने कहा, "जोन होगे तउन होगे बुधिया। कुछु नई हौवय आपघात महापाप। तैं भरोसा कर मैं बाप कसम खात हुँव। पेट रहि जही ते मैं गिरवाहूँ।" (जो हो गया सो हो गया। आत्महत्या महापाप है। बच्चा ठहर जाय तो मैं गिरवा दूँगा)

उसके बाद दाऊ चलता बना। लेकिन बुधिया भौजी को जो डर था वही हो गया। दाऊ तो दुबारा भी मुँह काला करना चाहता था मगर बुधिया ने साफ कह दिया कि अपनी जान की खैर चाहते हो तो दूर ही रहो। उसने जाकर दाऊ की बाई को भी सब बता दिया। दाऊ पर दुहरी मार पड़ने लगी। इधर बुधिया दुत्कारे उधर गौटनिन घुड़के।

दाऊ ने एक पन्द्रही बीतने के बाद बुधिया के यहाँ अपने जासूसों के हाथ खबर दिया कि वे मिलना चाहते हैं। पहले तो बुधिया ने इनकार

किया मगर समझाने पर मान गई।

दाऊ शाम को आये और धम्म से खाट पर बैठकर रोने लगे। बुधिया की आँख में भी आँसू आ गए। दाऊ ने सुबकते हुए कहा, "बुधिया मैं कुकुरगत हो गेंव, अब तहीं बचा।"

बुधिया ने उन्हें चुप कराते हुए पूछा—का बात ये दाऊ ?

तब दाऊ ने जमाते हुए कहा कि गौटनिन मुझे पास जाने नहीं देती। तुम भी नाराज हो इस हालत में आत्महत्या के सिवाय मेरे लिए और रास्ता क्या है ?

बुधिया पसीज गई।

तब दाऊ ने खड़े होकर प्रण किया कि दीवाली के दिन चूड़ी पहनाकर वह बुधिया को दूसरी गौटनिन जरूर बना लेगा। बुधिया तो सोच भी नहीं सकती थी कि दाऊ इस तरह उसे उबार लेगा।

बुधिया के पेट में दाऊ का दो माह का बच्चा पल ही रहा था उसी की चिंता थी बुधिया को। उस दिन के बाद दाऊ रात बुधिया के घर ही बिताने लगा।

उधर गाँव में यह खबर फैल गई कि बुधिया चूड़ी पहनकर दीवाली के दिन जायेगी दाऊ के बाड़ा में।

बिसेसर चार लोगों की सुनी सुनाई बात के आधार पर विश्वास न कर सीधे अपनी भौजी बुधिया से मिला। भौजी ने साफ कह दिया कि दाऊ हाथ का बच्चा उसके पेट में पल रहा है।

बिसेसर के लिए अब कुछ बचा नहीं था।

उसने गाँव के लोगों से साफ-साफ कह दिया कि दाऊ के हाथ का बच्चा है उसकी भौजी के पेट में। जो सुनता वही भौचक्का रह जाता। दाऊ को भी यह सब सुनकर अच्छा नहीं लगता। उसने शुरू-शुरू में बुधिया को डाँटा भी कि अगर है तो उसे बताने और गाँव गोहार पारने की क्या जरूरी थी, बुधिया ने कह दिया कि जब हाथ का सहारा मिल गया है तो बताने में डर कैसा।

दाऊ कट्ट खाकर रह गया इस जवाब से।

दाऊ बलदाऊ सिंग भले ही शेर बने मगर घर में अपनी गौटनिन

के आगे भीगी बिल्ली बने रहते। तरह-तरह से गौटनिन को पटाने की कोशिश करते मगर गौटनिन एक ही पटन्तर (आरोप) पत्थर की तरह पटक देती, "जीवन भर तापती रही अब नहीं सहूँगी। तुम्हारी जवानी तो चली गई मगर मुँह मारने की आदत नहीं गई। इसीलिए तुम्हारे घर में चिराग ही नहीं जला। दाऊ इस पटन्तर से थर्रा उठते। दाऊ को अपने ससुराल की पूँजी भी मिली थी। उनके ससुर इसी तरह की अफवाहों से परेशान मरे, माँ बाप तो पहले ही गुजर गए थे।

अब बस दाऊ थे और उनकी अपनी स्वेच्छाचारिता थी। तरह-तरह से गौटनिन समोदा बाई को वे जवानी भर समझाकर झाँसे में डालने में सफल होते रहे मगर अधेर अवस्था में भी उसी तरह जतर-कतर को जान समझकर समोदा गौटनिन भीतर-ही-भीतर कुढ़ती रहती।

समोदा गौटनिन को भी सब खबर थी कि दाऊ बुधिया के यहाँ रात-रात भर शयनसुख लेते हैं। उसे तो यह भी पता था कि दाऊ ने बुधिया को चूड़ी पहनाकर दूसरी गौटनिन बनाने का भी आश्वासन दिया है।

बुधिया इसी आश्वासन के सहारे दिन काट रही थी कि गाँव में उसके बढ़ते पेट को लेकर अंचायत-पंचायत की धमकियाँ मिलने लगीं। वैसे तो दाऊ कभी हाथ नहीं आये मगर इस बार बुधिया का पेट ही प्रमाण बना बढ़ रहा था। दाऊ के सलाहकारों ने आग्रह किया। पाँचवाँ महीना शुरू हो गया था। बिसेसर ने साफ ऐलान कर दिया कि अब इस ओर या उस ओर खत्तम फैसला जरूरी है। गाँव में दाऊ जाने किस-किस का हाथ बाँह धर चुके थे। सब इस मौके के बहाने दाऊ को पाठ पढ़ाना चाहते थे मगर सामने आने की हिम्मत नहीं जुटा पाते थे। बिसेसर ने आसपास के गाँवों के मुखियों को बुलवाने के लिए बीस दिन बाद की तिथि तय कर दिया। लोग भी राजी हो गये।

अब तो दाऊ के सारे रास्ते बंद हो गए। मगर बंद रास्तों को देखकर कमजोर लोग सिर धुनते हैं। साधन संपन्न लोग तो जिस तरफ चलना चाहें राहें अपने आप बनती चलती हैं।

दाऊ संकट देखकर बुधिया से गिड़गिड़ाते हुए बोले, "इज्जत अब तोरे हाथ है बुधिया।"

बुधिया समझ गई कि कोई खास संकट ही है तभी दाऊ इस तरह गिड़गिड़ा रहे हैं। दाऊ ने जब प्रस्ताव रखा कि पेट के बच्चे को गिरवा लिया जाय तो। बुधिया आश्चर्यचकित रह गई। कहाँ तो दाऊ उसे सर पर बिठा रहे थे। चूड़ी पहनाने का दावा कर रहे थे और कहाँ यह भागने का उपक्रम।

बुधिया ने कहा, "डर गेस दाऊ बस हिम्मत खतम।"

दाऊ बहुत लज्जित हुआ मगर लक्ष्य पर नजर गड़ाये धनुर्धारी की तरह अडिग रहा। कमीने लोग अपने चरित्र में छुपे अडिग रह जाने के सद्गुण का अगर रचनात्मक उपयोग करें तो दुनिया कई गुना सुन्दर हो जाये, मगर ऐसा कभी नहीं होता।

कुछ देर की चुप्पी के बाद पुनः बुधिया से दाऊ ने कहा, "कुछ समझदारी से काम ले बुधिया।"

"हम तो लेथन दिल से काम दाऊ समझदारी तैं जान। बता का करना है ?"

दाऊ ने उसके कंधे पर हल्के से हाथ का दबाव डालते हुए कहा, "सुनो बुधिया गाँव वालों को तुम्हारा देवर भड़का रहा है। मुझे जूता मरवाना चाहता है। साले को पता नहीं कि बड़ी पगड़ी वाले सरों पर जूतों का असर नहीं होता।"

बुधिया ने उदास नजरों से दाऊ को देखा। बुधिया दाऊ के छल बल से कुछ तो वाकिफ थी मगर उसे पता नहीं था कि वह ऐसी बात इस तरह सहज होकर कह देगा।

दाऊ ने कहा, "देखो बुधिया, मैं तो तुम्हारा था तुम्हारा ही रहूँगा। गौटनिन तो करेगी तुम्हारी चाकरी। रहेगी चेरी। साली मुँह फुलाये या गाल बजाये। मैं वही करूँगा जिसका संकल्प ले लिया है मैंने।"

बुधिया ने पूछा, "क्या संकल्प दाऊ ?"

"यही कि तुम्हें लगती बैसाख में चूड़ी पहना लूँगा तब कहाऊँगा नाती सुरित दाऊ का। वर्ना मुझे कुत्ते का पेशाब कहना।"

बुधिया ने जोड़ लगाया। यह है चैत का अँधियारी पाख फिर चैत का अंजोरी पाख उसके बाद बैसाख। बुधिया गद्गद हो गई। बोली, उही

दिन के आस म जीयत हंव दाऊ। कब तुहंर डेहरी में बैठहूं।"

(उसी दिन की आस में जी रही हूँ दाऊ कि कब तुम्हारी देहरी में जा बैठूँ)

दाऊ ने कहा, "एक-एक दिन एक-एक साल हो तो साले ह सहि नई जाय बुधिया।

बुधिया की आँखों में आँसू आ गये। वह सोचती तो थी कि दाऊ पार लगायेगा मगर इस तरह सर पर बिठा लेगा यह वह सोच भी नहीं सकती थी। पेट के कारण दाऊ उसे उबार रहा है। यही वह सोचा करती।

दाऊ ने फिर धीरे से कहा, बुधिया, एक बार मेरी बात मान लो। इस हरामी बिसेसर को कभी तुम्हारा सुख देखा नहीं गया। अभी अगर बाघ हो जायेगा तो फिर हमेशा मूँछ उमेठेगा। इसे सबके सामने झूठा साबित करना जरूरी है। तब मजा है नई जिन्दगी का।"

बुधिया ने पूछा, "का करना है दाऊ ?"

दाऊ ने फटाक से योजना रख दी–देख बुधिया, पेड़ अगर जिन्दा है तो फल इस बरस नहीं तो अगले बरस लगेगा। झर जायेगा तो भी दूसरे वसंत में बौराकर फिर फलेगा। मगर दीमक अगर चाट गया तो हो गया बंटाधर। बिसेसर मुझे दीमक बनकर चाटना चाहता है। तुम्हारे पेट के कारण मुझे पन्द्रह दिन बाद चार गाँव के सियान लोगों के बीच नंगा करना चाहता है। अरे इज्जत चली गई तो न मैं रहूँगा न मेरी वह औलाद रहेगी जो तेरे पेट में है। एक तो गौटनिन ने कभी बच्चा जना ही नहीं। अब तेरे पेट में आया है बच्चा तो बिसेसर उसे कलंकित कर रहा है।

बुधिया की आँखों में असहाय के आँसू आ गये।

दाऊ ने उसके सामने उकडू बैठकर आँसू पोछते हुए कहा, "मत रो नेवन्निन गौटनिन, मत रो अब तो तू ही रानी बनेगी। तब साले बिसेसर की छाती धसकेगी। चल उठ और मेरे सिर में हाथ रखकर वचन दे कि इज्जत के लिए कुछ भी करेगी।" कहते हुए दाऊ ने बुधिया के हाथ को झुककर अपने टकले सर पर रख लिया।

बुधिया की आँखों से झर-झर आँसू बहने लगे।

दाऊ ने कहा, "बस इस बार इस बच्चे को गिरा दो। अरे अश्वत्थामा

ने पाण्डवों के बच्चों को सोते में मार दिया तो क्या दुर्योधन जीत गया। बिसेसर भी हारेगा। और तब तुम्हारी और मेरी जीत होगी।"

इसके बाद कुछ बचा नहीं था। बुधिया का पेट दूसरे दिन हरू (खाली) हो गया। मगर साथ ही इधर दाऊ का मन भी हल्का हो गया।

पुलिस की दबिस के बावजूद बीहड़ के गुप्त मार्ग के सहारे सुरक्षित स्थान तक पहुँचे खूंखार डाकू की तरह दाऊ उन्मुक्त हो गया था। उसने बुधिया के घर की तरफ जाना ही छोड़ दिया। गौटनिन से कुछ इस तरह बातें करता जैसे जनम-जनम का एक पत्निव्रत हो। गौटनिन मगर सब समझती थी। यही विडम्बना है कि नीच व्यक्ति अपने चातुर्य के प्रभाव के प्रति आश्वस्त रहते हुए ऊपर नीचे कुछ भी नहीं देखता मगर देखने वाले उसके अंतरतम की छवि देख लेते हैं।

गोटनिन तो खैर दाऊ का अंदर-बाहर सब बाँच चुकी थी।

दाऊ गौटनिन को दूधाधारी घुमाते, देव बलौदा का मंदिर दिखाते, ढाबे में खाना खिलाते, सिनेमा दिखाते घूमते रहे और पन्द्रह दिन में दाऊ के बदले हुए तेवर का आभास लगाकार बुधिया सूखती रही।

आखिर जब बुधिया से नहीं रहा गया तो गाँव की नाइन को उसने दाऊ के पास भेजा। नाइन ने आकर साफ बता दिया कि बुधिया को अगर जान प्यारी है तो दाऊ को एकदम भूल जाय। सपने में भी दाऊ को देखने की कोशिश न करें। इधर दाऊ की मूँछे ऐंठकर बिच्छू की आरी हो गई और उधर गाँव में पूर्वनिर्धारित सूचना के अनुसार बुधिया पुराण से नावाकिफ लोगों की बैठक जम गई। दाऊ खाँसते खंखारते, सबसे जै जोहार लेते सबसे ऊँचे आसन में ऐंठकर बैठ गए। कोई कुछ कहता कि उन्होंने स्वयं ही गरजना प्रारंभ कर दिया, "मैं जानता हूँ कि इस बैठक में मुझे बिसेसर ने बुलाया है। अपनी भौजी के पेट में पलने वाले नाजायज बच्चे के साथ सही रिश्तेदारी जोड़ने-जुड़वाने के लिए, मैं भी तैयार हूँ सबके लिए मगर मैं सबसे पहले एक्के ठन बात कहता हूँ कि लाकर रख दो उस बच्चे को यहाँ जिसे बिसेसर गाँव भर में मेरा कहता है या फिर दिखा दो पेट।"

दाऊ के इस गैर पारंपरिक भाषण से गाँव वाले हतप्रभ रह गए। जगेसर मंडल ने कहा, "सोच के बोलना हे जी बइठक ये, नाचा नोहय।"

दाऊ ने प्रत्युत्तर देते हुए कहा, "तुम लोग नचाना ही तो चाहते थे दाऊ बलदाऊ सिंग को। मगर मैं कहता हूँ जल्दी लाओ प्रमाण।"

"मँगनी मा करेला न फरय" लाओ परमान यहाँ और अभी पंचायत में सबके सामने लाकर रख दो मेरे बच्चे को। सुन लो जी गाँव वालों बहुत हो गया नाटक बिसेसर का। कहता फिरता था कि दाऊ बलदाऊ सिंग ने उसकी भौजी को बिगाड़ दिया। भरमाभूत भी किया तो दाऊ बलदाऊ के संग। हिम्मत इसी को कहते हैं। तोहमत लगाने से पहले पूछ-सरेख तो लेना था उस्तादों से, जो मुँह में आया बकने लगे। अब लाओ मेरा बच्चा गाँव की इस बैठक में, कहाँ है ? दिखाओ तो भला पेट कहाँ है तुम्हारी भौजी का पेट देखें यहाँ।"

दाऊ बलदाऊ सिंग यूँ भी जब बोलते हैं तो रुकते नहीं। आज तो बोलने का संकल्प लेकर ही यहाँ आये थे। भला रुकते भी क्यों। वे कच्चे खिलाड़ी तो थे नहीं कि कमजोरी की जगह को मूँदे बगैर यहाँ दहाड़ने आ जाते। गाँव भर के लोग जान गए कि पेट जरूर उतर गया है बिसेसर की भौजाई का। तभी दाऊ शेर हो रहे हैं। वर्ना पिछले दो-तीन महीने से तो लगता था कि जैसे किसी जबरदस्त मुसीबत में फँस गए हैं। मगर जानने वाले जानते थे कि दाऊ जब गुमसुम रहते हैं तब भी कोई योजना भीतर ही भीतर बनती रहती है। उनकी चिलम अलबत्ता दिनभर दगादग करती है। चिलम के साथी और गोतियारी भाई दुकालू दाऊ ऐसे अवसरों पर उनका बल बढ़ाते हैं, "अरे बड़े पेड़ ला हवा बड़ोरा लागथ मत चिंता कर"। दुकालू दाऊ की बात का समर्थन करते हुए स्थितिप्रज्ञता दिखाने के लिए बलदाऊ दाऊ भी एक ही साँस में चिलम खींचते हुए कहते हैं, "अरे हव जी, राख ही राम लेगही कौन, अऊ लेगही राम त राख ही कोन।" देखे जाही सारे हा।

और बस इसी के साथ सारी समस्या हल हो जाती है। आज तक जब हर समस्या का समाधान बलदाऊ और दुकालू दाऊ मिलकर निकालते रहे हैं तो जाहिर है कि इस समस्या पर भी वे काबू पा ही लेते। समय की नजाकत का उन्हें ध्यान रहता है वर्ना इतनी नौटंकी की जरूरत भी नहीं रहती थी पहले। मगर अब समय ही कुछ ऐसा आ गया है कि समस्या

को संयम के साथ निपटाना पड़ता है।

बलदाऊ सिंग पढ़े-लिखे दाऊ हैं। उनके साथ के गरीबहा संगवारी लोग चौथी पढ़कर मास्टर पटवारी हो गए। माड़ी भर धन के कारण वे चौथी पढ़कर भी घर में रह गये। उनके पिता बुढ़वा दाऊ ने साफ कह दिया, "घर में सब हे राहन दे नौकरी ल, राजा कर मोती के दुकान नई राहय।" अपनी चौथी तक की शानदार शिक्षा के बावजूद उन्हें गाँव में रहकर राज रसियत देखना पहले तो अच्छा नहीं लगा मगर धीरे-धीरे उनका मन रमने लगा। शादी तो छोटेपन में ही हो गई थी। जवान होते-होते वे दो बच्चों के बाप बन गए! नौकर चाकर तो थे ही खत उपत देखने के लिए। वे रायपुर दुरूग जाना-आना करते, सिनेमा देखते। दो दिन एक होटल में रुककर शहर में आनंद मनाते फिर वापस लौट आते। आने को तो आ जाते मगर गाँव में दाऊ का मन नहीं लगता। न गौंटी में न गौटनिन में। इस बीच रायपुर में उन्होंने एक मकान भी बनवा लिया। होटल आखिर होटल ही है। उन्हें उनके शुभचिंतकों ने समझाया। धीरे-धीरे रायपुर वाले बाड़ा में ही वे ज्यादा रहने लगे। कहने वाले तो यहाँ तक कहते हैं कि दाऊ न रायपुर में बाड़ा बनवाते न यह मुसीबत ही आती।

मगर धक्का खाने पर ही आदमी सँभलता है। दुकालू दाऊ कहते भी हैं–

"मन मतंग मानै नहीं
जब लगि धका न खाय।"

बलदाऊ सिंग को भी इस प्रकरण से धक्का तो लगा मगर उन्होंने सँभाल लिया। सँभाल क्या लिया चुटकियों में हल कर लिया। जो फंदा उनके गले में लगने वाला था उसे वे दूसरों के गले में कसने में सफल हो गए। सबकी सिट्टी-पिट्टी गुम हो गई। गाँव में जो पिछले दो माह से दबे कुचले लोग हाथ-पाँव मार रहे थे। सोच रहे थे कि दाऊ जीवन भर मस्तियाता रहा मगर इस बार अब नहीं बच सकता।

"सब दिन के घाम
एक दिन के पानी।"

जैसा कुछ होगा ऐसा गाँव वाले उम्मीद लगाये बैठे थे। मामला था ही ऐसा

कि दाऊ चारों खाने चित हो जाते। मगर जिस तरह सैकड़ों गौरैया पर एक बाज भारी पड़ता है अपने पंजे और चोंच की मारक शक्ति के कारण वैसे ही दाऊ भी बुद्धि और धन बल के कारण गाँव के ठुर्रियाये हुए भेड़ों की तरह युगयुगों के कमजोर लोगों पर हमेशा भारी पड़ते हैं। इस बार भी उन्होंने बाजी मारकर दिखा दिया। मगर कभी-कभी बाजियाँ अपनों के कारण भी उलट जाती हैं। इधर दाऊ गरज रहा था बैठक में उधर गौटनिन ने अपना जादू शुरू कर दिया। लोग किसी निर्णय पर पहुँचते कि गौटनिन बुधिया के साथ मंच की ओर आती दिखी। गौटनिन कभी इस तरह बैठक में आ भी सकती है यह न दाऊ ने सोचा था न गाँव वालों ने। अभी कोई कुछ कहता कि जीवन भर दाऊ के पंजों में छटपटाती गौटनिन ने एक ही झटके में दाऊ के पंख कतरते हुए ऐलान कर दिया, "बुधिया के पेट में मेरे पति का ही बच्चा था। जाने क्यों दाऊ ने गिरवा दिया। मैं ही अभागिन हूँ कि मेरे आँगन में अब तक कोई फूल खिल ही न सका। मगर इस बार मैं अपने पति के निर्णय पर गर्व करते हुए कहना चाहती हूँ कि बुधिया अब मेरी सौत बनकर नहीं बल्कि दाऊ की इच्छा के अनुसार रानी बनकर रहेगी। और पूरी महक के साथ हमारे आँगन में फूल खिलेगा। यह बात मुझे दाऊ जी कई बार कह चुके हैं। आज बैठक में जरूर स्वीकारेंगे। मर्द को मर्द की तरह रहना-जीना चाहिए।"

गाँव वाले मुँह दबाकर मुच-मुच हँसने लगे।

दाऊ की बिच्छू की आरी जैसी ऐंठी मूँछें लटक आई थीं।

स्तब्धता को तोड़ते हुए बिसेसर के काका ने जोरदार आवाज में सबको सुनाकर कहा, "सांप के धरइया अऊ बाघ के सवारी करइया दुर्गा देवी गौटनिन बने प्रगट होगे इहाँ पंचइत में, अब चलव अपन-अपन घर।

(सर्प धारण करने वाली सिंहवाहिनी दुर्गा गौटनिन के रूप में प्रकट हो गई यहाँ पंचायत में, अब चलो सब घर)

इतना सुनना था कि सब भरभरा कर यह कहते हुए उठ गए कि घर की लड़ाई को घरवाली ने सुलझा दिया।

गौटनिन भी जिस गति से आई थी उसी गति से बुधिया को साथ लेकर बाड़ा की ओर चल पड़ी।

न्याय का मंच रीता हो गया।

सबके जाने के बाद दाऊ कॉंखकर उठे और अपने बाड़ा की ओर धीरे-धीरे, थके-थके से चलने लगे। हारे से जाकर सिंग दरवाजे (मुख्य दरवाजे) के सामने खड़े हो गये। दाऊ बलदाऊ सिंग हमेशा बैठक से अट्टहास करते हुए घर में घुसते और उदास गौटनिन दरवाजा खोल देती।

इस बार बुधिया के साथ गौटनिन मुचमुचाती हुई दरवाजे पर स्वागत के लिए खड़ी थी और पराजित दाऊ सोच नहीं पा रहे थे कि कदम घर के भीतर धरे या कहीं भाग जाये।

नकेल

इलाके भर में दोनों की एक समान प्रसिद्धि होने लगी। दोनों थे भी इसी लायक। बलवान, जवान और परम स्वतंत्र। दोनों अपने मन के मुख्तियार। न उधो का लेना, न माधो का देना। बाँह भरोसा तीन परोसा का हिसाब। न खाने की कमी, न घूमने की। जी भर खाने और शान से रहने का दमखम दोनों में एक समान था। नैसर्गिक। दोनों ही इस गाँव के मूल निवासी नहीं हैं। इस गाँव के मूल निवासी होते तो शायद और ग्रामवासियों की तरह बैरागी दाऊ से खौफ भी खाते। मगर न नंदी इस गाँव का था न भाका। इसीलिए पूरे गाँव में ये दो ही बेखौफ थे। बहुत जल्दी ही पूरे इलाके में नंदी और भाका के कारण यह गाँव चीन्हा जाने लगा। छोटी-छोटी सींगों वाला, भारी-भरकम हरियाणा नस्ल का नंदी और कसे हुए कसरती बदन का भाका। दोनों में समानता थी तो अकूत शक्ति और साहस की।

इस इलाके में पहलवानी की परंपरा नहीं है और न ही भाका पारंपरिक अर्थों में पहलवान ही है। लोगों ने नेवरिया के छोटे भाई भाका के जन्मजात विशाल शरीर को देखकर मुग्धभाव से पहलवान कहना शुरू किया तो भाका को भी शरीर बनाने की सुधि आई। वह रोज पचास डंड और पचास बैठक लगाने लगा। दस-बारह बकरियों को लिए-लिए दिन भर खारेखार घूमता और गरूआरी के बाद छेरी धँसाकर रोज साँहड़ा देव के पास वाले मैदान में लाठी चलाना सीखता। राऊत लड़कों की एक बली टोली ही बन आई थी। अखाड़ची टोली। भाका शादी-ब्याह में बजरंग अखाड़े के अपने साथियों को लेकर गाँवों की शोभा भी बढ़ाता। मुग्दर भाँजता, पट्टी चलाता और

लाठी के करतब दिखाता।

इधर भाका का नाम फैलने लगा और उधर बैरागी दाऊ की चिंता बढ़ने लगी। बैरागी दाऊ यानी भूतपूर्व मालगुजार विश्वेश्वर दास बैरागी। अस्सी एकड़ के अकेले मालिक।

और परेशानी भी इसी अस्सी एकड़ के कारण थी। भाका का भाई बीस बरस पहले बैरागी दाऊ के ससुराल गाँव से यहाँ आकर नौकर लग गया। तब भाका तीन बरस का था। भाका के परिवार के साथ और-और गाँवों से भी बैरागी दाऊ नौकर लाकर बसाते रहे हैं। दो बरस तीन बरस में नौकर अपने मूल गाँव में जा बसते हैं। भाका परिवार–यहीं का होकर रह गया। जैसे भाका परिवार यहीं होकर रह गया, ठीक उसी तरह नंदी भी पाँच बरस से इस गाँव में जम गया है। आसपास कई गाँव हैं मगर वह यहीं रहता है। आया था तब इतना विशाल नहीं था, मगर अब तो बात ही और है।

दिन भर खार में चरता है और रात को गाँव में आ बैठता है। पाँच बरस पहले न जाने कहाँ से इस ओर आ निकला था। शुरू-शुरू में तो बहुत सीधा था मगर जब से बैरागी दाऊ उसके पैर में गोड़ार बाँध कर परेशान करने लगे तब से तो बाघ ही हो गया। अब तो गाँव के लोग दबी जुबान से कहते भी हैं कि न बैरागी दाऊ नंदी को छोड़ते, न वह बैहा बनता। नंदी सचमुच बैहा बन जाता जब वह बड़े-बड़े बैलों की जोड़ी वाली गाड़ी देख लेता। खुरचता हुआ हुंकार कर दौड़ता और सीधे गाड़ी को उठा कर पटक देता।

उधर नंदी मस्तिया रहा था और इधर भाका बात-बात में गुंड़ी पंचायत में बैरागी दाऊ के हितों के विरुद्ध मुँह खोलने लगा था। बैरागी दाऊ ने भाका के बड़े भाई को समझाया कि जल में रहकर मगर से बैर करने की मूर्खता से भाका को बचाए मगर भाका भी भाका ही है। वह और जिद करने लगा। भाका पढ़ा-लिखा कम है मगर ऊँच-नीच ज्यादा समझता है। इधर किसान सभा-समितियों में आने-जाने से उसके अंदर एक तरह की समझदारी भी आई है। सभा में काम उसका भोजन व्यवस्था में सहयोग देने का ही रहता है मगर रंग उस पर बराबर चढ़ता जा रहा है–बाटनवारे

को लगे ज्यों मेहंदी को रंग। और नंदी तो नंदी है। भाका की बकरियों के साथ भी नंदी कभी-कभी हो लेता था।

गाँवभर में भाका को ही नंदी कुछ मानता है। एक बार भाका अपनी बकरियों को लेकर जोबा की ओर चराने निकल गया। तभी नजदीक के नाले में भैंसासुर में फँसे नंदी की बोरक्की को उसने सुना। पास में चरा रहे राऊत लड़कों को लेकर भाका पहुँचा नदी के पास। मिल जुलकर लद्दी में फँसे नंदी को उसने सहारा देकर बाहर निकाला। नंदी भैंसासुर में हरियाली देखकर लद्दी में जा फँसा था। भारी शरीर धँसता गया। अगर भाका न होता तो शायद नंदी की समाधि लग जाती। तब से नंदी भाका का लिहाज करता। चाहे जितना भी गुस्सा में रहे भाका को देखकर खुरचता हुआ पीछे हट जाता। मगर दोनों ही बैरागी दाऊ का लिहाज नहीं करते और यही बात बैरागी दाऊ को नागवार गुजरती।

बैरागी दाऊ ने बहुत सोचा। वे हार मानने वाले जीव थे भी नहीं। हार उन्हें पसंद नहीं थी। न ही अनिर्णय। इस पार या उस पार। बैरागी दाऊ को केवल एक ही परिणाम प्रिय था। जो बैल जँन जाए वह बैरागी दाऊ का, जिस नौकर के हाथ-पाँव मजबूत वह बैरागी दाऊ का। कोई खेत अगर ज्यादा फसल उगल दे तो बैरागी दाऊ फिदा और किसी की बखरी में तरोई लदबदा कर फल जाए तो बखरी अगले चौमासे में बैरागी दाऊ के नाम।

केवल बैल, बखरी, चाकर सिपाही ही नहीं हर वो चीज बैरागी दाऊ की हो जाती है जो बैरागी दाऊ को जम जाए। न किसी गुहार का असर होता है, न रुदन का।

बैरागी दाऊ कहते भी हैं, 'मुझे तो आग ने जन्मा है मुझ पर धूप का क्या असर होगा।'

बैरागी दाऊ के पिताश्री भी अगमुत्ता थे। बात-बात में ललिया जाते थे। अब तो खैर बैरागी दाऊ भी पचास के हो गए हैं और फिर दिन भी तो बदल गया है। पहले जैसा दिन कहाँ है कि बैरागी दाऊ के यहाँ शादी हो तो गाँव भर के लोग चाकरी में लगे हैं। फसल बोनी हो तो सब नागर

पहले बैरागी दाऊ के खेत में जुत गए। मिंजाई करनी है तो आधी रात को किसानों के बैल घर से बिना बताए खोल कर जोत दिए गए।

और बाकी लोगों के पास है भी क्या। दो एकड़ चार एकड़। बैरागी दाऊ अस्सी एकड़ के अकेले मालिक। बड़े तारिया का सारा पानी उनका। नहर का समूचा पानी पहले उनके खेत में। बच-बचा गया तो दूसरों के लिए।

जिस साल पनिया दुकाल हो जाता है तभी नहर का पानी भी किसानों को मिलता है। अनावृष्टि के समय तो बूँद-बूँद पानी को खेत तरस कर जल जाते हैं मगर बैरागी दाऊ नहीं पिघलते। मगर अब कुछ दिनों से जागृति आने लगी है। गाँव में स्कूल भी खुल गया है। लोगों के मुँह बन गए हैं।

और सबसे बड़ी परेशानी मक्कलदास से है। न नौकर लगता है, न नौकरों को सिधाई से चाकरी करने देता है। हर साल अकती के बाद बखेड़ा कर देता है। हर बरस विवाद खड़ा कर कुछ खंडी धान बढ़वा देता है नौकरों का। सारे नौकर भाका को नेता मानते हैं। पहाटिया भी। और किसान तो दे-दिवा कर छूट जाते हैं मगर बैरागी दाऊ के तो दस नौकर लगते हैं। थोड़ा भी बढ़ा तो गया दस गुना।

बैरागी दाऊ हर परेशानी में अपने खास सलाहकारों में रामरतन चौबे और पास के गाँव के कंठी ठेठवार को जरूर याद करते हैं। दुख में डूबे बैरागी दाऊ को ये दोनों कुछ इस तरह उबार लेते हैं कि न साँप मरे, न लाठी टूटे। मक्कलदास और नंदी के साथ निपटने की जुगत भी तीनों मिल कर सोचने लगे।

भाका का पूरा खानदान नौकरों का खानदान है। एक के बाद एक पीढ़ी दर पीढ़ी दाऊओं के यहाँ सौंज लगना और मर खप जाना। भाका का बड़ा भाई बैरागी दाऊ के यहाँ सौंजिया है। मगर भाका ने बँधवा मजदूरी करने से साफ इनकार कर दिया। वह अपनी बकरियों की चरवाही करता है। दो गाय और दस बकरियों का अकेला चरवाहा। चराना, दुहना, बाँधना और कोचिया को नाप कर दूध दे देना, बस।

अक्खड़ भाका को बड़े भाई भी कुछ बोलते नहीं। बैरागी दाऊ जवान भाका को अपनी चाकरी में रखने की इच्छा कई बार जाहिर कर चुके थे,

मगर भाका तैयार ही न हो। इलाके भर में भाका जैसा जवान नहीं था। निठा बाँस की गाँठदार छः फुट की लाठी हमेशा भाका के साथ रहती। भाका है तो सरल स्वभाव का, मगर आनबान पर मर मिटने वाला। अवसर आने पर डट जाता है। चाहे जान ही क्यों न चली जाए। एक दिन बकरी चराते-चराते निकल गया नाले के उस ओर। भाका पीपल के पेड़ की एक लंबी डाल को नीचे झुकाकर अपनी बकरियों को पत्ता खिला रहा था। तभी पास के गाँव के कंठी ठेठवार पास से गुजरे। भाका को पीपल डाल दबाए देखकर उन्हें कुछ मसखरी सूझी। ठेठवार ने कहा, "भाका बड़ी लाठी खिलाड़ी बनथस। चल इहें होवन दे दू-दू हाथ। महूँ देखंव तोर मारुपार ला। चल खैलबो लऊठी।"

भाका ठेठवार के खेल प्रेम को जानता था।

भाका ने डाल को शक्ति भर दबाए हुए ही कहा, "दाऊ जी थोरिक डारा ला धरव, मैं धेरी देख के आयथंव तंह खेलबो लाठी।"

ठेठवार को भला डाल पकड़ कर दो पल खड़े रहने में क्या तकलीफ होती। वे डाल पकड़कर खड़े हो गए। ज्योंही भाका ने डाल से हाथ हटाया दाऊ डाल के साथ झटके से ऊपर उठ गए। दोनों पाँव ऊपर। कंठी चिल्लाने लगे और भाका ताली पीट-पीट कर हँसता रहा।

तब से इलाके में भाका की ताकत का सिक्का जम गया। खुद कंठी ठेठवार ने लोगों को यह किस्सा बताया। लोग भाका को जानते थे कि बहुत ताकतवर जवान है मगर डारा झुकाऊ है यह पहली बार पता लगा।

नाम तो इस इलाके में कारनामों से ही बनते हैं। कोई भाका को कोपराहा भाका कहता तो कोई पिपराहाभाका। इधर भाका की ख्याति बढ़ रही थी उधर नंदी का शोर मच रहा था। कोई अगर पूछ देता कि कहाँ से आया है जी यह गोल्लर तो उत्तर मिलता, 'भिंभोरा फोर के निकले है न ददा न दाई। सकल गाय के गोसइंया, शंकर सदा सहाई।'

मगर जब से सकल गाय के गोसइंया नंदी को बैरागी दाऊ ने छेड़ दिया, तब से वह आग बबूला फिरता है। पहले इतना आक्रामक नहीं था। न ही बैलगाड़ी के सामने दौड़कर इस तरह पहुँचता था। मगर दाऊ के द्वारा दुरदुराए जाने के अहसास ने नंदी को बावला बना दिया था। दाऊ

जितना नंदी से परेशान थे, उतना ही भाका से भी। हर तरह से सबको काबू में रखने वाले दाऊ इस मोर्चे को भी एक ही झटके में फतह करना चाहते थे। ऐसे ही अवसरों पर बैरागी दाऊ को कंठी ठेठवार की सलाह बड़ी जरूरी लगती। उन्होंने कंठी ठेठवार से पूछा। कंठी ठेठवार के पास भी पचास एकड़ जमीन थी। सो भी दाऊ के खार से लगी हुई–ठेठवार भी परेशान था नंदी से। बल्कि हो तो यह रहा था कि आसपास के बड़े किसान जब मिलते तो केवल दो ही चिंता करते, एक नंदी की और दूसरे भाका की। इन दोनों के कारण बैरागी दाऊ तो शर्मिंदा होते ही थे पास के गाँवों के नौकर भरोसा लंबी-चौड़ी खेती पर राज करने वाले दाऊ लोग भी खीझ उठते। इसीलिए बैरागी दाऊ ने बहुत सोच-समझ कर कंठी ठेठवार से मिलकर एक योजना बना ली।

इलाके भर के मसलों को अपने गाँव में पचास बुलवा कर चुटकी में हल करने वाले बैरागी दाऊ ने इस बार छलविघा का सहारा लेना उचित समझा। भैंस के लेवना अऊ भैंस के सींग।

उन्होंने तय किया कि नंदी और भाका को एक दूसरे को साधने-सधाने के लिए भिड़ा दिया जाए। योजना के तहत ही बैरागी दाऊ पास के तुर्की नाके में एक और वहाँ के बाबू को पटा कर नंदी को नौकरों से घेरघार कर बंदी बनवा दिया। तुर्की नाका इस क्षेत्र में बिगड़ैल जानवरों का एकमात्र कांजी हाउस है। योजना ही ऐसी थी कि एक अवधि के बाद नंदी की नीलामी तय हो गई। लोगों ने विरोध भी किया कि शंकर की सवारी की नीलामी नहीं होनी चाहिए मगर बैरागी दाऊ की चाल कामयाब हो गई। उन्होंने कहा, "त्रिशूल की निशानी ही जब नहीं है तब क्या शंकर जी की सवारी है जी। खाली खेत रौंदता है और करता है परेशान गायों को।" वाकई लोगों ने आश्चर्य धकित होकर देखा नंदी को दागा नहीं गया था। फिर भी कद काठी से भारी से भारी सांड पर बीस ही पड़ता था। और यही बीस पड़ना तो आज नंदी के लिए कैद का कारण बन गया। भला बैरागी दाऊ के सामने कोई जीव अकड़ सकता है। जो बैरागी दाऊ के कब्जे में नहीं रह सकता उसे जीवित रहने का हक वे नहीं देते। मगर इस

बात को न भाका जैसे लोग जान पाते न ही नंदी जैसे जीव ही। इस बात को या तो दाऊ विश्वेश्वर दत्त बैरागी जानते हैं या फिर उनका चिलमसखा कंठी ठेठवार।

बैरागी दाऊ ने जब नंदी को तुर्कीनाका में डलवा दिया तब कंठी ठेठवार और गाँव के अपने लोगों की उपस्थिति में भाका को बुलवाया। भाका के आते ही कंठी ठेठवार ने जी भर भाका की सराहना की। बैरागी दाऊ भी हामी भरते रहे। भाका की चौड़ी छाती कुछ और चौड़ी हो गई।

तारीफ के नशे में डूबते-उतराते भाका के सामने बैरागी दाऊ ने एक प्रस्ताव रखा, 'भाका पहलवान, गाँव की इज्जत और तुम्हारी ताकत की परीक्षा है। बोलो है दमखम लड़ने का कि बस अखाड़ा ही करते फिरते हो।' भाका को लगा तो बहुत बुरा, मगर उसने धैर्यपूर्वक पूछा, 'का बात थे दाऊ साफ-साफ बता!'

"अरे साफ ही बताएँगे जी। दुनिया के सामने बताएँगे। तुम एक ताकतवर जवान हो इसीलिए तो तुम्हें आदर देकर बुलवाए हैं वर्ना तो दसों नौकर और सैकड़ों जवान गाँव में नहीं हैं क्या ? मगर रणक्षेत्र में तो योद्धा ही जाता है। मरहा-खुरहा लोगों से लाठी नहीं उठती तब भला युद्ध में क्या करेंगे।" भाका लंबे वर्णन से कुछ खीझ रहा था उसने कहा, "बात ल बता दाऊ। घूमा-घूमा के मार झन।"

"हाँ भई, मारने के लिए नहीं घुमा रहा हूँ उबारने के लिए घुलमा रहा हूँ बात। इतने दिनों तक हम सबको घुमाया बिना दागें नंदी ने तो कुछ तो घुमा लूँ मैं भी। यह सांड तो है नहीं, है तो एक चोरहा बछड़ा। खा-खा के हो गया है हाथी और इसीलिए मार रहा है धौंस। बेकार की धौंस। और तो और मेरे बाड़े की जितनी भारी और सुंदर गाये हैं सब की सब उसी से पटने लगी हैं मुझे यह बड़ा बुरा लगता है। पाँच-पाँच रुपए देकर मैं गायों को नजदीक के कुम्हारी फार्म में फलवा सकता हूँ मगर इस बेवांरस गोल्लर को अपनी तीन-तीन हजार की गायों पर हुमच कर चढ़ते नहीं देख सकता।" भाका से रहा न गया, उसने हँसते हुए कहा, "दाऊ तोर आदत ला गौल्लर धलो सीखथ है।"

भाका का इतना कहना था कि पास में बैठे लोगों की हँसी छूट गई।

कंठी ठेठवार ने बात में और विनोद लेते हुए कहा, "हव भाका एक गाँव मा एके गोल्लर चाही।"

हँसी और बढ़ गई। दाऊ विश्वेश्वर दास की हँसी सब पर भारी लग रही थी।

दाऊ ने बात को आगे बढ़ाते हुए कहा--हाँ कंठी भाई तो मुझे भी गोल्लर ही समझते हैं। अपनी नहीं कहते--मगर भाका तुम्हें क्यों बुलाया गया है सुनो। तुम हो गाँव की शान और यह नंदी बिगाड़ रहा है इस शान को अतः हम तुम्हारी ताकत भी देखना चाहते हैं और हौसला भी और नंदी को बैल बनाकर छोड़ देना चाहते हैं।

भाका ने कहा, "दाऊ जी मुझे क्या करना है बताइए ? सीधे-सीधे।"

"तुम्हें ही करना क्या है जी। तुर्की नाका में बंद सांड को हम खरीदेंगे और तो कोई लेगा नहीं। हम बैरागी हैं अगर हम ले लेंगे तो हमें पाप नहीं लगेगा। तुम केवल यह करो कि थका-माँदा, भूखा सांड जब वहाँ से नीलाम होकर हमारे नाम कट जाएगा तुम तब अपनी ताकत के बल से उसे साधना। फोकट में नहीं साधने की भरपूर कीमत देंगे। हम तुम्हें एवज में एक भैंस देंगे दूध खाना और देह बनाना साथ ही एक नंबरी नोट अलग से। और अगर यह बहादुरी का काम न कर सको तो छोड़ दो आज से भक्कल पहलवान कहाना। खाली भाका कहावो। काहे का पहलवान और कहाँ का जवान। खाली बदन फुलाने से इज्जत नहीं मिलती। दमखम रखना पड़ता है। समय पर अगर परीक्षा में पास न हुआ तो वह वीर कैसा। जांगर बना कर रखने भर से क्या फायदा जी। सांड साधो तो वीर जाने तुम्हें भी।"

भाका को बात चुभ गई। भाका को बड़े-बड़े बिगड़ैल बैलों और पाड़ों को पटक कर बधिया करवाने का अनुभव था। एक बार एक पांडा काबू में नहीं आ रहा था तो भाका ने उसे डोर में फँसा कर ऐसा पटका था और कोपर की तरह उसे घसीटा था कि उसका नाम ही उस दिन से बढ़ गया 'कोपराहा भाका'। आज उसी कोपराहा भाका के शौर्य की परीक्षा थी। भाका ने दाऊ के उकसाने से चैलेंज स्वीकार कर लिया। बैरागी दाऊ जानते

थे कि भाका जरूर काबू में कर लेगा सांड को।

पंद्रह दिन बाद सांड की नीलामी हुई। धर्मभीरु लोगों ने सांड को खरीदने से साफ इनकार कर दिया। लोग कहते हैं कि महादेव की सवारी आखिर खरीदकर कौन पाप लेगा। सांड को बैरागी दाऊ ने तीस रुपए में छुड़ा लिया। छुड़ाना ही था। गाँव से तुर्की नाका दो मील है। भाका के साथ बहुत सारे लोग तुर्की नाका गए। आखिर भाका इसी अवसर के लिए तैनात भी तो किया गया था। काँजी हाउस के भीतर जाकर सांड के पिछाड़ी के एक पाँव में लंबी डोर पहले भाका ने बाँधा। सामने के पाँवों के बीच लकड़ी के गोड़ार को गले से बाँध दिया।

पूरी तैयारी हो गई तब छिपहा सांड को खोला गया। सांड खुलते ही हुमच कर भागा। पीछे बँधी रस्सी को पकड़ कर पीछे-पीछे भाका भी भागने लगा। लोग दिल थाम कर देखते रहे।

स्कूल के सामने मैदान में तीन चक्कर लगाने के बाद सांड गाँव की ओर भागने लगा। दो मील भाग कर दोनों हाँफते हुए गाँव आए। फिर सांड बड़े नहर की ओर भागने लगा। गाँव भर के लोग देख रहे थे भाका और नंदी का जोरदार खेल। भागते-भागते बड़े नहर के भीतर नंदी कूद गया। नहर में खूब पानी था। भाका और सांड बहते हुए बड़े पटकना में आ गिरे। सांड थक-सा गया। वह हाँफता हुआ नहर के एक किनारे जा चढ़ा। भाका भी साथ-साथ नहर के पार में चढ़ गया। सांड पार में खड़ा-खड़ा लंबी-लंबी सांसे लेता रहा। भाका उसे सहलाता रहा। थका हुआ सांड धीरे-धीरे भाका के साथ-साथ चलने लगा। फिर भाका उसे घर से दानाभूसा ला कर दे गया।

सांड भाका के हाथों को चाटने लगा।

उसके द्वारा दानाभूसा दिए जाने का असर भूखे सांड पर अच्छा पड़ा। उधर भाका भी थक गया था। कुछ दाना खा लेने के बाद सांड बैठ गया। भाका भी वहीं टहलता रहा। शाम के समय सांड उठकर चलने लगा। भाका भी साथ-साथ चलता रहा, सांड पहले मउहारी की ओर गया। भाका साथ-साथ। फिर सांड भागता हुआ जाकर चने के खेतों में खड़ा हो गया। कभी एक मुँह इधर, कभी एक मुँह उधर। रात होने को आई। सांड टहलते हुए गाँव

की ओर आ निकला। भाका भी साथ-साथ लगा रहा। दूसरे दिन भी भाका ने घर से चूनी भूसी सांड को दिया। सांड धीरे-धीरे हिलने लगा।

एक सप्ताह में सांड भाका से सध गया। बैरागी दाऊ ने भाका को वचन के अनुसार एक भैंस और एक सौ रुपया दे दिया। मगर शर्त यही थी कि भाका भैंस को बेचेगा नहीं। घर में रखकर खिलाएगा। उस दिन भाका के घर में खूब खुशियाँ मनाई गईं। भाका की भौजी ने भैंस की आरती उतार कर भाका और भैंस का स्वागत किया।

भैंस ठाठा थी। सात बरस से तरह-तरह से बैरागी दाऊ इलाज कर थक गए थे, मगर भैंस फली नहीं। कहाँ-कहाँ ले जाकर बैरागी दाऊ ने पाड़ों से जोड़ नहीं भिड़वाया। गरम दवाइयाँ दीं मगर भैंस की गोद नहीं भरी।

भाका को उसी ठाठा निपूती भैंस को सौंप कर दाऊ ने एक पत्थर से दो शिकार कर लिये।

बड़े लोगों की दया में भी कितनी निर्ममता होती है यह भाका ने भैंस पाने के बाद ही जाना। भाका भैंस को अपनी बकरियों के साथ चराने लगा। भैंस दाऊ के लंबे चौड़े इलाके में चरने की आदत पाल चुकी थी। उसे भाका की बकरियों के साथ टहलना न आता, मगर भाका की लाठी के डर से साथ-साथ रहती। एक दिन अपनी बरदी को देखकर भैंस 'औरे-औरें' करती भाग गई। भागते हुए गेहूँ के खेत में घुस गई बड़ी मुश्किल से भाका ने काबू किया। मगर गाँव में भैंस के कारण भाका की पेशी हो गई पंचायत में। लोगों ने देखा ही था दाऊ के चरवाहे ने भी गवाही दे दी। और भाका को पाँच काठा धान देना पड़ा।

फिर तो आए दिन यह वारदात होने लगी। भाका के भैया भी परेशान हो गए।

शर्त के मुताबिक भाका भैंस बेच नहीं सकता था और भैंस भाका की शर्तों पर चर नहीं सकती थी।

उगलत-निगलत पीर घनेरी। दूधो जाए और दुहना भी जाए। इससे अच्छा तो था कि भाका मस्त अपनी बकरियों के साथ दिन-दिन डोलता

फिरता था। अधिक पाने की कोशिश में सब कुछ खोने की नौबत आ गई। उधर सांड भी भाका के पास दिन भर में एक बार जरूर आ जाता। और किसी को सांड हाथ लगाने ही न दे।

दाऊ आए दिन भाका से भैंस की चरी के कारण अनी लेने लगे। भाका की जान आफत में आ गई।

लोहे को गरम देख कर दाऊ ने एक दिन भरपूर वार किया। भाका को बुलवा कर कहा, "भाका तुम बेकार अनी दे रहे हो न भैंस तुमसे सँभलेगी न छेरी चरा कर पेट भरेगा। तुम अब ऐसा करो कि मेरे यहाँ भैंस चरवाही का काम सँभाल लो। टेन के साथ अपनी भैंस भी चराना।"

भाका उस समय तो कुछ न कह सका मगर घर जाने पर भैया से विचार करने पर भैया ने जोर देकर कहा कि बेकार के जंजाल से भी मुक्ति मिल जाएगी और दाऊ के यहाँ मजे से चाकरी भी चलेगी।

दूसरे दिन अपने भाई के साथ जाकर भाका ने बीस खंडी धान और एक जोड़ी मंदई तथा एक सौ रुपया में पाँव पड़ लिया।

उस दिन दाऊ ने अपनी बैठक में गाँजा खींचते हुए मुक्तियार से कहा, "मुक्तियार, देख भाका के नाथ। अब देखबो गोल्लर के नाथ ला। दूनों ला नाथ के बताहूँ। किसान सभा करत है सारे हा हा हा हा हा।"

भाका दाऊ के यहाँ चाकर हो गया। खरे खार भैंसों के साथ टहलते हुए भाका सोचता कि जिस काम को वह गुलामी समझकर नहीं करना चाहता था, वही करने पर मजबूर हो गया। मगर उबार की कोई सूरत ही नहीं थी। भैंस को दाऊ के टेन में चराने लगा। टेन के साथ-साथ सांड भी, दिन भर भाका के साथ टहलता।

कुछ दिनों के बाद दाऊ ने कहा, "भाका, साथे-साथ गोल्लर को टहलवोगे या नाथोगे भी।"

भाका ने कहा, "शंकर भगवान के सवारी ला इन नाथ दाऊ-दाऊ इतना सुनते ही उखड़ गए—शंकर भगवान के सवारे—अरे शंकर भगवान खुद नथा जाते हैं प्रेम की डोरी से। तुम तो हमसे भी बड़े पंडित बन गए। छोड़ो फालतू बात। बढ़िया बैल बनेगा। और अगले साल तुम्हीं तो अगुवा

बनोगे। मुक्तियार तो बुढ़ा गया है, मुझे मीठी बोली नहीं तगड़ी काठी चाहिए जाँगर में चाहिए जोर। सो तुममें सबसे ज्यादा है और भला गोल्लर से ज्यादा ताकत किस बैल में है। तुम्हीं नाथो तुम्हीं साधो। चार खंडी धान उपराहा दूँगा।"

भाका के भैया ने चार खंडी धान के बारे में जान कर भाका को समझाया कि एक दिन नाथ दे सांड को।

भाका ने कुछ दिन तो हीला-हवाला किया, फिर तैयार हो गया।

एक नुकीले सूजे में रस्सी फँसा कर पहले ही भाका ने तैयार कर लिया। अपने गाँव के चार जवानों को भी तैयार करवाया।

डोर भी मँगवा लिया। और देखते ही देखते दाना खाते हुए सांड को डोर में फँसा कर भाका के साथियों ने पटक दिया। जमीन पर गिरते ही सांड उठने के लिए हुंमचा मगर दाऊ के बीस नौकर उसके ऊपर चढ़ कर दाबने लगे।

सांड दब-सा गया। पस्त पड़ा रहा मगर सांड की नाक में भाका ने ज्योंही सूजा घुसाया कि सांड बीसों लोगों को लेकर अरराकर उठ खड़ा हुआ।

बाकी लोग तो भदाभद गिर गए मगर सूजा फँसाए भाका टँग गया ऊपर सींगों में। भाका की बदनीयती और पीड़ा से बिलबिलाता सांड भाका को सिर में उठा कर भागने लगा। पास खड़े बैरागी दाऊ और नौकर सब देखते ही रह गए। सांड भाका को लेकर पुनः नहर में जा कूदा।

तलातल उछलते नहर में भाका सांड के साथ धँस गया। कुछ देर के बाद सांड धीरे-धीरे नहर के ऊपर आ चढ़ा, मगर भाका कहीं नहीं दिखा। गाँव के लोग नहर के पार में चढ़ आए। कुछ देर के बाद पटकना में लहूलुहान भाका डूबता-उतराता दिखा। कुछ नवजवान जा कूदे। भाका को उठा कर बाहर लाए। तब तक बैरागी दाऊ घर की ओर निकल चुके थे। कंठी ठेठवार और चौबे जी भी मुचमुचाते हुए दाऊ के बाँड़ा की ओर जा रहे थे।

अधमरा भाका की सिंकाई बीजाई घर में शुरू हो गई। बैरागी दाऊ को घर बैठे खबरें मिलने लगीं। भाका के घर में शाम को गाँव के नौकरों की

आपसी मुलाकात होती। बैरागी दाऊ उन्हें डाँटते कि जो भक्कल सांड को नहीं साध सका, वह भला क्या मिलने लायक है। तुम लोग अपना काम करो। घर से काम पर और काम से सीधे घर दुवार। मिलना-जुलना है तो अच्छे लोगों से मिलो। भाका से मिलोगे तो बुद्धि खराब ही होगी।

मगर नौकर दिन भर में एक बार भाका के यहाँ जरूर जाते। भाका का बड़ा भाई भी दुखी रहता। उसने एक दिन बैरागी दाऊ से कहा, "दाऊजी, भाई के हाड़ा गोड़ा टूटगे दवा दारू माँ पैसा लागत है। एक महीना नई आव काम में।"

बैरागी दाऊ ने कहा, "कामचोर और क्या करेगा। डंड पेलता था। अँटिया कर चलता था। हड़िया-हड़िया बासी खाता है। एक मरहा गोल्लर को साध नहीं सका। अब कभी नहीं आना है बांड़ा में भक्कल को, समझे। खोखा लँगड़ा को नहीं रखता मैं नौकरी में। न भैंस सँभाल पाता है न सांड। 'गांड़ा घर गाय नहीं है गाय है ते एकठन बाय।' दाऊ की बात सुनकर भक्कल का भैया रुआँसा हो गया।

बांड़ा से चुपचाप चला आया घर भक्कल के दाएं पाँव में चोट लगी थी। वह कुछ दिनों बायें पाँव पर ज्यादा वजन दे कर चलने लगा। गली खोर में भी आ निकलता। रोज ब रोज गाँव में यह खबर उड़ती कि नकेल डालने की कोशिश से नंदी और भड़क गया है। रोज रात को आता है और दाऊ के खेतों को रौंद कर चला जाता है। लोगों को आश्चर्य होता है कि दिन भर न जाने नंदी कहाँ छिपा रहता है और रात को करता है घात। और वह भी दाऊ के ही खेत में। फसल भी तो आखिर बैरागी दाऊ के खेतों में थी तो आखिर नंदी जाता कहाँ ? मगर दाऊ के रखवालों ने बताया कि नंदी अब अकेला नहीं आता बल्कि साथ में दस-पाँच जानवर और ले आता है।

एक दिन घेरने की कोशिश में एक रखबार की हड्डी पसली एक हो गई। खेत रोज रौंदे जाने लगे।

थक हार कर बैरागी दाऊ ने नजदीक के गाँव के दाऊ कंठी ठेठवार की अध्यक्षता में एक बैठक बुलवाई।

दो-तीन गाँव के लोग एकत्र हुए। बैरागी दाऊ ने कहा, "भाइयो मुसीबत

भारी है। पइधे गाय कधारे जाए। सांड़ को साधने के लिए भी भक्कल को मैंने धान-पात दिया। और आप सबकी भलाई के लिए मैं हमेशा ही उजाड़ करने वाले, तोड़फोड़ करने वाले, गाँव की शांति के दुश्मनों से लड़ता हूँ। इधर यह भक्कल दास लोगों को, खास कर नौकरों को भड़काता है उधर वह नंदी गोल्लर खेत उजाड़ता है। आपको आज तय करना होगा कि कैसे निपटें इन दोनों से...।

दाऊ की बात अभी अधूरी ही थी कि बायें पैर के सहारे भक्कल दास सभा में उठ खड़ा हुआ।

उसने सबके बीच साफ शब्दों में जो कहा उसका सीधा मतलब था, कि निपटने के सारे तरीके दाऊ जी आप आजमा चुके। अब तो हमें निपटना है आपसे। चटकन के का उधार। आप एक साथ नंदी और मुझे नकेल डालना चाहते थे। धन्य है नंदी जो आपको भाँप कर निकल भागा और अब आपै को उजाड़ रहा है। उसने हमें भी सिखा दिया है कि आपसे भी निपटा जा सकता है–तै हुआ कि अब हम बँधवा मजदूरी नहीं करेंगे। जाँगर ही पेरना है तो तुम्हारी चरौदा में मजदूरी क्या बुरी है ?

भक्कल का इतना कहना था कि भरभरा कर सब उठ गए। मंच पर केवल बैरागी दाऊ और कंठी ठेठवार ही रह गए। उन्हें लगा कि भक्कल ने दोनों को एक ही झटके में नाथ दिया है।

पन्द्रह दिन

वह रायफलधारी जवानों के बीचोबीच चल रहा था। क्वार्टर गार्ड वाली टिकरी के नीचे पहुँचते ही संतरी ने बुलंद आवाज में पूछा—कौन, जवाब मिला दोस्त।

फिर संतरी के काला कहते ही जवाब भी तुरंत मिला—'गुलाब' और उन्हें रास्ता दे दिया गया।

चार जवानों के साथ उसे क्वार्टर गार्ड में बन्द करने के लिए लाया गया था। आज उसका पंद्रहवाँ दिन था। फौज में भर्ती होने से लेकर दंगल के दिन तक का कुल जोड़ पंद्रह दिन। इतने ही दिनों का रहा, उसका सैनिक जीवन, क्वार्टर गार्ड टिकरी के ऊपर था। ऊपर पहुँचने के लिए सीधी चढ़ाई थी। वह बेधड़क चढ़ता चला गया। वह इन पंद्रह दिनों में पहली बार चिंतामुक्त हुआ था। वह पंद्रह दिन हर पल दबाव में रहा।

चार बंदूकधारी संतरी और बीच में वह खट-खट-खट-खट सब ऊपर चढ़ने लगे। उसे चढ़ते हुए डोंगरगढ़ बमलाई की याद आने लगी जहाँ वह दसों बार शाला के अपने साथियों के साथ जा चुका था। टिकरी के ऊपर चढ़ते ही दीमापुर शहर जगमगाने लगा। सामने ही क्वार्टर गार्ड था। एक संतरी वहाँ भी पूर्ववत नाटकीय अंदाज में एक पाँव सामने लाकर चिल्लाया 'थम' और वही सब कहा बोला गया।

वह इस सबसे बिल्कुल निरपेक्ष था। जो होना था वह तो हुआ नहीं और जो कुछ नहीं होना था, वही हो गया।

उसका कोर्ट मार्शल तय था। इससे छोटी सजा फौज में उस अपराध

के लिए होती ही नहीं।

उसे ताला खोलकर अकेले कमरे में बंद कर दिया गया। दीमापुर की बर्फ में नहाई ठंडी हवा उसकी अँधेरी कोठरी में घुस आयी। उसे अच्छा ही लगा। सामने सलाखों से बना बड़ा फाटक था।

वह सोना नहीं चाहता था। जागकर आनेवाली सुबह का इंतजार करना चाहता था। अब उसके सोचने का ढंग बदल गया था। आनेवाले कल के साथ ही वह अपराधी घोषित कर दिया जायेगा। वह कल के सूरज का एक अपराधी के रूप में सामना करेगा।

कोठरी के कोने में सर टिकाकर बैठते ही उसे सिलसिलेवार पंद्रह दिनों की गाथा याद आने लगी।

बरहमपुर सैनिक भर्ती कार्यालय में भीड़ देखकर वह परेशान हो गया था। सब एक से एक जवान, मुस्टंडे, लहीम-सहीम। वह आम कद काठी का नौजवान था। उम्र केवल अठारह साल तीन माह।

बाबू ने प्रमाणपत्र को सरसरी नजर से देखा। बाबू मलयाली था। मुस्कुराते हुए उसने कहा, "तुम काय को फोर्स में जाता मेन, तुम्हारा तो फर्स्ट डिवीजन है। फिर भी इंफैंट्री में ? किदर भी ट्राई करो, मगर इधर नहीं।"

उसने सब विचार कर लिया था। किसी भी बात का असर अब नहीं हो सकता था। मरता क्या न करता। दूसरा रास्ता ही नहीं था। भयानक दुष्काल में परेशान किसान बाप और लगभग असहाय चाचा। न गाँव में रहना संभव था न चाचा के पास रहने की गुंजाइश थी। वह फिजिकल फिटनेस के प्रारंभिक परीक्षण के लिए पंजीबद्ध हो गया। सामने ही किले की आकृति का भव्य भर्ती कार्यालय। जिसमें बड़े-बड़े अक्षरों में अंग्रेजी, हिंदी और बंगला में लिखा था : 'बरहमपुर रिक्रूटमेंट सेंटर'। उसके सामने करीबन सत्तर लड़के थे। खड़े-खड़े उसे गाँव याद आने लगा। अभी तीन माह पहले ही तो वह महाविद्यालय का छात्र था। वह शुरू से ही बड़ी कल्पनाएँ किया करता। अपने साथियों को मास्टरी, क्लर्की करते देखकर भीतर से बार-बार संकल्प लेता, चाहे जो हो ओहदेदार आदमी बनकर दिखाना है।

गाँव में दस एकड़ जमीन और चाचा की नौकरी। दोनों भाइयों के

बीच अकेला पढ़ने योग्य लड़का। उसे पूरी उम्मीद थी कि वह अपना सोचा हुआ भविष्य हथिया कर रहेगा। मगर दुष्काल के प्रहार ने उसे आसमान से धरती पर पटक दिया। दो साल लगातार दुष्काल, उसके बाद पैंसठ का महाकाल। वह बार-बार चाचा को पैसा भेजने का आग्रह करता। किन्तु जिस तरह उस साल पानी नहीं बरसा उसी तरह चाचा का दिल भी नहीं पसीजा और एक दिन शहर से सामान लादकर गाँव आ गया। चारों ओर निराशा। अंततः उसने चाचा के पास जाने का संकल्प लिया। रोजी के लिए उसने सोचा कि जिस तरह उसके चाचा चमत्कार बिल्डर्स में खलासी से साबेल आपरेटर हो गये, वह भी कुछ न कुछ हो जायेगा।

मगर हुआ कुछ और ही। वह तीन दिन की यात्रा के बाद जब चमत्कार बिल्डर्स के अहाते में घुसा, शाम घिर आई थी। उसने इसी यात्रा के दौरान स्टीमर चढ़ने का आनंद लिया। तब फरक्का का विख्यात पुल… बन रहा था। गंगा के उस ओर और इस ओर गाड़ियाँ रुक जाती थीं। शाम के धुँधलके में उसने पूछताछ करके आखिर मदनलाल साबेल आपरेटर का मकान पा ही लिया। उसके चाचा का नाम दरवाजे पर प्लास्टिक से लिखा था—एम. लाल. दरवाजा खुला था। वह तख्त पर जाकर बैठ गया। उसे देखते ही चाची का मुँह बिगड़ गया।

चाची ने पहला प्रश्न किया, "तुम्हारे चाचा ने चिट्ठी देकर बुलवाया होगा।"

उसने कहा, 'नहीं चाची, मैं स्वयं आ गया। हालत वहाँ बहुत खराब है।"

'यहीं कौन अच्छी है। पेट तो पलता नहीं। चले हैं भतीजे को कालेज पढ़ाने।" वह जानता था कि उसका ऐसा ही स्वागत होगा। वह तो चाचा के सहारे आया था। चाची तो शुरू से इसी तरह की रही है। उसने चुप रह जाना ही बेहतर समझा।

सेंकड शिफ्ट से छूटकर साढ़े दस बजे चाचा आये। उसने प्रणाम किया। चाचा ने उसे बाँहों में भर लिया। वह रुआँसा हो गया। उसने कभी चाची की शिकायत नहीं की थी। फिर भी चाचा जान लेते थे कि क्या कुछ हुआ होगा। चाचा सहृदय तो थे, किन्तु चाची के आगे घिघियाने लगते थे। पैसा

कौड़ी सब चाची के कब्जे में ही रहती थी। खाना खाने बैठे। चाचा ने अपनी कटोरी की मछली भी उसकी ओर बढ़ा दी। यह चाचा की आदत थी। वह मछली का टुकड़ा उठाना ही चाहता था कि चाची ने फुसफुसाते हुए कहा, "मांस खाने से मांस नहीं बढ़ता" वह और नहीं खा सका। उस रात उसे नींद नहीं आई।

रात भर चाची चाचा से लड़ती रही। चाचा लाख समझाते कि उन्होंने उसे नहीं बुलाया मगर चाची आरोप पर आरोप लगाती जाती, 'तुम्हारी तो नस-नस पहचानती हूँ। चाल चलते हो।'

भतीजे भाई ही सब कुछ हैं तो औरत बच्चे को जहर दे दो। बड़ा होशियार बन रहा था। आ गया न कुत्तागीरी करने, भकोसेगा अब सुबह शाम। लाज तो है नहीं। न बाप को न बेटे को। उसका मन हुआ कि रात को ही उठकर चल दे, किन्तु चाचा का ख्याल कर पड़ा रहा। सबेरा हुआ वह उठकर मुँह धोने जा ही रहा था कि चाची ने कहा, "जाओ बाल्टी ले लो और बाहर के नल से पानी लाकर ड्रम भर दो, मुँह भी वहीं धो लेना।"

वह बाल्टी उठाकर जाने लगा। चाचा ने कहा–'चाय पीकर जाना इतनी जल्दी क्या है ?' चाची ने घूरकर देखा। चाचा चुप रह गये। वह छः घंटे तक पानी भरता रहा। चाची ने दोपहर के भोजन के समय भी उसकी बात निकाली। खाना लगाते हुए चाची ने कहा, "अगर ये रहेगा तो मैं भी अपने भाइयों को यहीं बुलवा लूँगी। सराय ही बनाना है, तो मेरा तुम्हारा क्या।"

चाचा ने कहा, "बकवास कुछ कम भी किया करो। कल ही आया है बेचारा। जीने नहीं दे रही हो। अठारह बरस की उम्र में ही परदेशी हो गया। तुम्हें कुछ तो दया आनी चाहिए।" दया आ रही है तभी तो खाना परोस रही हूँ। जिसके बाप के पास खिलाने का पुरुषार्थ न हो वह अठारह में क्या, पैदा होते ही परदेशी हो जायेगा, यहाँ आने की जरूरत ही क्या थी ? पैदा तो कर दिये और पालने को भेज दिये हमारे पास।

चाचा से रहा नहीं गया। भात सने हाथों से एक झापड़ रसीद कर दिया। चाची ने सामने की कड़ाही सब्जी सहित उठाकर नाली में फेंक दी।

रणचंडी बन गयी थी चाची। जोर-जोर से विलाप करने लगी, "मेरा कोई नहीं है समझकर चाचा भतीजा मेरा गला दबाना चाहता है। जवानी भर अपने भाई को पैसा भेजकर मुझे भूखा मारता रहा। अब मेरे बच्चे का निवाला छीनने के लिए अपने भतीजे को बुला लिया। मैं भी जीने नहीं दूँगी। ऐसी ही नहीं मर जाऊँगी।" उस दिन चाचा काम पर नहीं गये।

अर्धनिर्मित पुल पर चाचा भतीजे बैठे रहे। चाचा के सहकर्मी आ-जा रहे थे। चाचा के अभिन्न मित्र सुखदेवसिंह बरहमपुर के बाजार से लौट रहे थे। उन्होंने कुछ देर सुस्ताने के लिए पुल पर सामान रख दिया। बात-बात में भारी संख्या में सैनिक भर्ती की सूचना उन्होंने दी। वे स्वयं सैनिक परिवार के थे। चाचा पहले तो असहमत हुए। फिर विचार विमर्श के बाद दोनों ने तय किया कि दूसरे दिन ही बरहमपुर जाकर भर्ती का लाभ ले ही लेना है। चारों ओर रास्ते जब बंद हों, तब जंगली पगडंडी ही राजमार्ग का महत्त्व रखती है।

सामने खड़े भर्ती हवलदार ने नाम पूछा तो वह हड़बड़ा गया। उसके सामने के लड़के निपट चुके थे। वह सँभला। नाम–पंकजलाल पिता श्री गिरीशलाल। शिक्षा मैट्रिक। आखिर में भर्ती अधिकारी ने उसे समझाते हुए कहा, "तुम तो साइंस के स्टुडेण्ट हो। रुक जाओ, दो दिन में नेवी के लिए भर्ती होगी उसमें ट्राई करो।" पर उसने सोच लिया था कि जैसे भी जो भी अवसर सामने आयेगा आज ही स्वीकार कर लेगा। शाम तक उसे वारंट मिल गया।

चाचा जी उस दिन खूब पिये। उसे पकड़कर रोने लगे, "तुम्हारे लिए बेटा, कुछ नहीं कर सका। डायन है तुम्हारी चाची। मुझे क्षमा कर देना।" चाचा स्टेशन तक छोड़ने आये। विदा करते हुए अपना मफलर उसके गले में लपेट दिया।

वह तीन दिन बाद दीमापुर पहुँचा। ट्रेनिंग सेंटर। शहर के रास्तों पर सुपारी और नारियल के पेड़। ढलवाँ रास्ता कभी ऊपर कभी नीचे। चारों ओर पहाड़, समुद्र की लहरों की तरह पर्वत की चोटियाँ, निस्सीम सागर ही नहीं होता, पर्वत मालाएँ भी होती हैं, उसने महसूस किया। शाम को रोलकॉल हुआ। उसके सैनिक जीवन का पहला रोलकॉल। उस्ताद ने करीब

से देखकर कहा, "हीरो कल पहला काम तो यह करो कि अपनी जुल्फें उतरवा लो। यहाँ हिरोइन नहीं मिलेगी।"

शूटिंग ही साला नहीं होगा तो क्या फायदा जुल्फ से ? सीनियर रंगरूट खी-खी करने लगे। चारखाने की कमीज और पैंट में वह उस दिन बिरादरी के बाहर का व्यक्ति बनकर रह गया था। उसे उसी रात तीन कंबल, एक टिफिन, एक किट बैग दिया गया। टेम्बलैट और मग भी उसने प्राप्त कर लिया। मच्छरदानी और जुराबें तथा ड्रेस दूसरे दिन दी गयी।

सुबह चार बजे से ही खटपट शुरू हो गयी। उस जैसे सात नये रंगरूट और थे। दूसरे ही दिन बाल कटाई हो गयी। अपने इलाके का उसे कोई व्यक्ति नहीं मिला। उसे पहली बार लगा कि वह सचमुच परदेशी हो गया है।

सीनियर रंगरूट परेड करते नियमित कार्यक्रम के तहत। सातों नये लोग एक हवलदार के नेतृत्व में इकड़ा काटने के काम में लगा दिये गये। इकड़ा यानी जंगली सरकंडा, चारपाई आदि बनाने के लिए। नयों को कुछ दिन यही करना पड़ता है। साथियों ने बताया। उसने सोचा भी नहीं था कि सेना ऐसी भी होती है। दो-तीन दिन बाद उसे ज्ञात हो गया कि बरहमपुर में भर्ती अधिकारी उसे क्यों समझा रहे थे।

वरिष्ठ साथियों के साथ बातचीत करने पर ज्ञात हुआ कि वह केवल सीमा की रक्षा के लिए निर्मित दल है। आजीवन इसी असम में जोंक और मच्छर कटवाते हुए रहना है। इसलिए भर्ती होने के लिए शरीर के मापदंड में तथा शैक्षणिक मापदंड में शिथिलता बरती जाती है। न सेना का कार्य, न सुविधा। सिपाही बनकर देशाटन करने का सपना खत्म हो गया। निरंतर तरक्की के अवसरों का इस बल में कोई प्रावधान नहीं था। उसके साथ ज्यादातर दीगर प्रांत के ऐसे विद्यार्थी थे, जो अंग्रेजी के शब्दों को भी हिंदी वर्णमाला में लिखते थे! उसका दिल बैठने लगा। उसे अपने प्रिय कवि की पंक्तियाँ पहली बार रुलाने लगीं 'एक नदिया दुई किनार (ठिकाना ये पार-जो पार) ओ भइया रे···'

कविता उसकी कमजोरी थी। वह खुद भी तुकबंदियाँ कर लेता था। जंगल में इकड़ा काटते हुए साथियों को उसने कुछ पंक्तियाँ सुना दीं। तीन

दिन में ही बातें एकदम स्पष्ट हो गयीं। शाम को उसकी पेशी हुई। हवलदार को केवल अक्षर ज्ञान था। पैंतालीस साल का पुराना आदमी। डेपूटेशन पर इन्फैंट्री से यहाँ आया था। इस दल को वह फौज ही नहीं मानता था। रोलकॉल के समय ही सबकी पेशी हो जाती थी। हवलदार ने पूछा–'पंकजलाल कौन है ? साला चोर, घामड़ ?' उसने कहा, 'मैं हूँ सर।' सर के बच्चे, मक्कार, बेईमान साला। उसे लगा कि हवलदार कुछ अधिक ही बिगड़ा हुआ है। हवलदार ने उसे दो कदम आगे आने का हुक्म दिया। वह करीब पहुँच गया। हवलदार सचमुच नशे में था। हवलदार ने कहा–'घोपटापरो' वह समझा नहीं। हवलदार ने उसकी जाँघ में एक जोरदार प्रहार किया–'साला, जानवर की तरह चारों हाथ पैर में खड़े हो जाओ।'

वह सहसा तैयार नहीं हुआ। हवलदार ने उसकी गर्दन में एक जोरदार कुहनी का वार किया और उसे झुका दिया। वह गिरते-गिरते बचा। वह वैसे ही पंद्रह मिनट तक चारों हाथ-पाँव के सहारे तना रहा। तब तक रोलकॉल चलता रहा। हवलदार ने उठ जाने का हुक्म दिया। वह सीधा खड़ा हो गया। हवलदार ने पूछा–'बोल साला क्यों घोपटा करने बोला। कविता लिखता है। इधर में पढ़ा-लिखा दिखता है। हमकू साला बेवकूफ समझता।' उसको उम्मीद नहीं थी कि कविता के लिए इतनी बड़ी सजा दी जायेगी। वह चुपचाप सुनता रहा। हवलदार बक रहा था–'घर में साले को खाने को नहीं होता, तभी इधर भूखा भिखारी लोग आता है। यहाँ साला गधा का बच्चा लोग आकर नखरा दिखाता है। कोई साला माफिक फौज का जवान नहीं है। किसी की माँ ने दूध पिलाया है ? दो-दो कदम आकर बता दे कि साला कौन है, फौज का लायक' सब चुप। हवलदार ने उसके सर से टोपी उठाकर फेंकते हुए कहा–'तुम साला कभी भी सर नहीं बोलेगा। हुजूर बोलेगा। सर बोलेगा तो खुखरी से काट देगा। कोई साला होशियारी नहीं करेगा। बाबू लोग, साहब लोग लिखा-पढ़ा लोग। इधर इज्जत नहीं माँगना। इज्जत का तलाश था तो सिविल में रहता।'

हवलदार का प्रलाप थम नहीं रहा था। उसने आँख मिचमिचाकर देखा। हवलदार ने अचानक पूछा–'ये तुम कौन हो ?' उसने कहा, 'सर पंकजलाल। स्साला सर बोलता है पंकज बोलता है कहते हुए उसने उसके बाल पकड़

लिये। बाल पकड़कर खींचते हुए वह चीखने भी लगा–'साला, नंबर बोल नंबर। इधर साला नाम वाम कुछ नहीं। क्या नंबर है साला तेरा ?'

'अभी तो एलाट नहीं हुआ है नंबर।' उसने बाल छुड़ाते हुए कहा।

'एलाट का बच्चा, साला अंग्रेजी का रुआब दिखाता है।' कहते हुए उसने उसके गाल पर एक झापड़ रसीद कर दिया।

गाल पर झापड़ पड़ते ही उसकी सारी शालीनता खत्म हो गयी। उसने भात सने हाथों से चाची के गाल पर झापड़ मारते चाचा की याद हो आई। और न जाने क्या हुआ कि अपने स्वभाव के विपरीत उसने हवलदार को उठाकर पटक दिया। पटककर छाती पर जा चढ़ा और लगा ताबड़तोड़ घूँसे बरसाने। हवलदार खूनाखून हो गया। घिघियाने लगा मगर किसी ने न सुनी। हवलदार की चिल्लाहट सुनकर बैरक से दूसरे उस्ताद दौड़े और आननफानन सब सूचनाएँ फैल गयीं। उसके कपड़े फट गये थे। कपंनी कमांडर दौड़ते हुए आये। उन्होंने तुरंत उसे क्वांटर गार्ड ले जाने का हुक्म दिया। फौज में यह सर्वाधिक संगीन अपराध समझा जाता है। इतना तो वह भी जानता था। क्वार्टर गार्ड टिकरी पर स्थित था। चार रायफलधारी उसे घेरकर चलने लगे। उसने विरोध नहीं किया। वह भी उन्हीं के साथ चुपचाप चलता रहा। क्वार्टर गार्ड के ऊपर तिरंगा लहरा रहा था। उसने रुककर, लहराते तिरंगे को हसरत भरी नजरों से निहारा। अनायास उसके कानों में गूँजने लगा। जन गण मन अधिनायक जय हे…

उसे लगा जैसे वह एक क्षण के लिए अपने विद्यालय के प्रार्थना स्थल पर खड़ा हो गया है। उसे रायफलधारियों ने हल्का-सा धक्का देकर जल्दी चलने का हुक्म दिया। वह सधे कदमों से सीढ़ी दर सीढ़ी ऊपर चढ़ने लगा।

बुधिया की तीन रातें

छत्तीसगढ़ के गाँवों में पूस की रात और लंबी हो जाती है। रात की बियारी करने के बाद जो लोग खाट पर गये तो फिर सुकुवा उगने तक बेखबर! पंचू ढीमर (केवट) के घर बियारी (भोजन) वैसे ही जल्दी हो जाती। माँ-बाप तो थे नहीं, लड़का न बाला। पंचू, पंचू का छोटा भाई जगत और जगत की भौजी, बस तीन परानी।

पंचू और जगत जैसे ही बाजार से मछली बेचकर शाम को घर आते, पंचू की पत्नी भात और मछली परोस देती, दोनों भाइयों को।

जगत अठारह साल का हो रहा था, मगर चोंगी माखुर (बीड़ी तमाखू) सबसे परहेज था उसे। पंचू तो खैर शरीर बनाने में रुचि रखने वाला जवान था। उसे भला इस सबसे क्या लेना-देना। बस भात खाये, दूसरे दिन के लिए चोरिया पेलना (मछली पकड़ने के औजार) को ठीक किया और सो गये। जड़काला (जाड़े का दिन) हो या धूपकाला, यही दिनचर्या थी उन तीनों की।

एक नींद रात को पंचू उठता, अपने भाई जगत को जगाता और चल निकलता नाले की ओर।

दोनों भाई रोज सूरज का दर्शन हमेशा किसी नाले या खारून नदी में ही करते। सउंखी, ढोला, गरी (औजार) लेकर अल्लसुबह घर से निकल जाते और बारह बजे तक मछरी-कोतरी, डेमचूल-पड़हीना, रोहू-कतला (मछलियों के नाम) जो भी हाथ लग जाये, लादकर गाँव ले आते। गाँव में ही घूम-घूमकर पहले बेचते, बच-बचा गई तो आसपास के बाजारों में

बेच आते। उस रात भी जल्दी ही बियारी करके तीनों सो गये। जगत अपने भाई की कुरिया (कुटिया या घर) में सो गया और पंचू अपनी बाई के साथ रधनीघर में। सुबह उठकर दोनों भाई मुँह-अँधेरे निकल गये मछली मारने और बारह बजे जब बासी खाने मछली लेकर घर लौटे तो घर के आँगन में लोगों की भीड़ देखकर पंचू परेशान हो गया।

पुनिया डोकरी ने उसे डाँटते हुए कहा, "पंचू, तोर बाई ला बिच्छी मार दिस। तैं कहाँ रहे बेटा ? अब तो अबक-तबक है।" गाँव में तीनों बैगा झाड़-फूँक कर रहे थे। बिच्छू के डंक का ऐसा असर तो पहले कभी नहीं हुआ इस गाँव में। दो फूँक में ही झार उतर जाया करता है। मगर पंचू की बाई तीन घंटे झारने के बावजूद हूंक-भूंक नहीं रही थी। शाम होते-होते पंचू की बाई चल बसी। बिच्छू के डंक से गाँव में वह पहली मौत थी।

मगर पंचू के घर से एक बरस में यह चौथी लाश निकली। माँ-बाप इसी साल गये। इसी साल उसका चार माह का लड़का सेंदरी में मरा और अब घरवाली चल बसी।

अपनी बाई से बहुत अधिक लगाव था पंचू का। दूसरे दिन भी जब राँधना-पकाना नहीं दिखा, तब पड़ोस की पुनिया डोकरी ने कहा–"बिहनियाँ के मरे ला साँझ ले कतेक रोबे बेटा, चल उठ, अऊ जगत ला खवा।" पंचू को जगत के कारण सँभलना पड़ा। फिर वही दिनचर्या हो गई। पंचू खुद भी बमुश्किल बाइस बरस का था। जगत को इसी साल अट्ठारहवाँ लगा था। घर में न माँ-बाप रहे, न अब दोनों को रोज पकाकर देने वाली जगत की भौजी ही रह गई।

बहुत सोचकर पंचू ने जगत से एक दिन कहा–"बाबू, अब तू जा अपनी ससुराल और लिबा ला बहू को।" जगत ने घर के रीतेपन को देखते हुए अपने भैया के कहने पर दूसरे ही दिन जाने की तैयारी कर ली। जगत की शादी तो पंचू के साथ ही छः बरस पहले हो गई थी। मगर कच्ची उमर के जगत की पठवनी नहीं हो पाई थी। एकाध बरस और लगता, मगर भौजी के अचानक गुजर जाने से जगत अपनी पत्नी को लिबाने जा पहुँचा।

जगत के ससुराल वाले तो जैसे तैयार ही बैठे थे। उसकी सास ने

एक साल और रुक जाने का हल्का-सा आग्रह किया, मगर जगत के कहने-सुनने से सास ने भी कह दिया--"ले जा न बाबू, कब तक कोरा (गोद) मा बैठारे रिबो, अब तो तुंहरे ये, हमर बर तो जमराज लेगे लेगे दमाद लेगे लेगे।" (ले जाओ ना बाबू, कब तक गोद में बिठाये रखेंगे। अब तो तुम्हारी ही है ये। हमारे लिए तो यमराज ले गया तो ले ही गया, दामाद ले गया तो ले ही गया)।

ताना सुनकर जगत की हँसी छूट गई। जमराज के साथ तुलना के कारण और। जगत को अपने भैया की याद हो आयी जिसे गाँव के लोग जमराज पंचू कहते हैं। कद-काठी और रंग के कारण। भैया खाते भी हैं एक पइली (अनाज नापने का बड़ा बर्तन) चावल बिहनिया और एक कुरो (कठौता जैसा बड़ा पात्र) चावल संझा। चार आदमी के बराबर अकेले। उसकी हँसी को देखकर सास ने पूछा, "काबर हाँसे बाबू ?" जगत ने कहा, "जमराज केहेव त भैया के सुरता आगे।" इतना सुनना था कि जगत की सास भी ठहाका लगाकर हँस पड़ी। पास में खड़ी उसकी पत्नी और उसकी बहन भी हँसने लगी। पत्नी की बड़ी बहन यानी डेढ़सस।

गरीब जगत और गरीब ससुराल वाले, वही गरी, सौंखी, रूटुवा-बाँबी डेमचुल (मछलियों का नाम) का रोजगार। मछली पकड़ना खरखरा नरवा (नाला) में और बेंच आना तीर-तखार के बाजार में। दो दिन में ही जगत के साथ उसकी सास ने अपनी बेटी को भेज दिया। छोटी बेटी को अकेले न भेजकर उसकी सास ने साथ में अपनी बड़ी बेटी को भी कुछ दिन राँधने-पकाने में मदद करने के लिए संग लगा दिया। जगत को भला क्या इनकार हो सकता था ? अपनी पत्नी सुधिया के साथ अपनी डेढ़सस बुधिया को भी साथ-साथ चलाते हुए ले आया। ससुराल और गाँव में दूरी ही कितनी थी, दो मील बस। मछली फँसाने तो वह दिन भर में दसों मील निकल जाता है। उसके लिए भला दो मील दूरी ही क्या चीज थी !

शाम को एक के बदले में दो औरतों के साथ घर में घुसते देखकर पंचू को समझते देर न लगी। वह जान गया कि जगत की बहू छोटी है, इसलिए सिखाने-पढ़ाने के लिए कोई साथ में आ गई है। जगत ने अपने बड़े भाई पंचू के पाँव छूकर प्रणाम किया। दोनों बहनें अंदर माई घर में

चली गईं। अभी तक कोई किसी से बात नहीं कर सका था। पत्नी सकुचाई हुई थी। अपनी पत्नी की बड़ी बहन से बात करने में जगत कुछ लजा रहा था। इधर पंचू भी कम लजकुरहा (शर्मीला) नहीं था। कुछ देर चुप्पी रही, फिर पंचू ने ही ललकारकर कहा–"बहू, पानी लाओ लोटा में।" तब झट पंचू की बहू ने नहीं बल्कि 'समधिन' बुधिया ने लोटा भर पानी लाकर रख दिया और दोनों हाथ झुला-झुलाकर पंचू को प्रणाम किया था।

छोटे भाई की पत्नी की बड़ी बहन को छत्तीसगढ़ में समधिन कहते हैं और यह रिश्ता बहुत मजाकिया होता है। मजाक की कोई सीमा तय नहीं है। जिससे जो कहते-सुनते बन जाये ! पंचू को प्रणाम कर जब बुधिया खड़ी हुई तो उसका मुचमुचाना साफ दिख गया। पंचू ने कहा तो कुछ नहीं, मगर उसे जिज्ञासा जरूर हुई कि आखिर बात क्या है ? पहली नजर में मुचुर-मुचुर !

बियारी करने के बाद पंचू ने ही बुधिया को कहा–"जगत और बहू को कुरिया बता दी। माई कुरिया में सोयेंगे दोनों।" बुधिया ने पूछा–"और तुम ?" पंचू ने कहा–"मैं बरामदे में सोता हूँ आठों काल, बारो महीना, झड़ी हो चाहे जाड़, मैं नहीं सोता अंदर।" बुधिया ने वैसा ही किया। जगत और सुधिया को घर सौंपकर बुधिया रंधनी कुरिया (रसोईघर) में जा लेटी। भीतर का साँकल लगाकर।

पंचू बाहर चला गया घूमने। बुधिया को नींद नहीं आ रही थी। छटपट-छटपट करती रही, फिर कुछ देर बाद बाहर निकल गई, बाड़ी (बगीचा) जाने के लिए। बाहर बरामदे में पंचू सो रहा था। नाक बज रही थी पंचू की। घोरोर-घोरोर। खाट से बाहर पंचू के पैर हाथ-हाथ भर निकले हुए थे। लंबा-चौड़ा जवान। बुधिया को माँ की कहावत में 'जमराज' शब्द के आने से पंचू की याद हो आई थी और पहली बार देखते ही जो मुचमुची छूट गई थी, उसका कारण भी यही ताना था 'दमाद लेगे लेगे, जमराज लेगे लेगे।' बुधिया पंचू के बारे में घरूचर्चा (घरचर्चा) में सुनती बहुत थी। एक बार उसने बाजार में पंचू को देखा भी था किन्तु आज सोते हुए पंचू को भरनजर देखकर उसे रोमांच हो आया।

बुधिया, सुधिया से तीन बरस बड़ी थी। नजदीक के गाँव रावन-झीपन

में ब्याही गई थी। वहाँ मुश्किल से तीन दिन रही। कहाँ मोटियारी बुधिया मोंठ-डांट चकरेट्ठी (मोटी-तगड़ी और कहाँ सुखऊ गोसइयां, दुब्बर-पातर, मरहा। बुधिया तीन दिन में ही असकटा गई। दिन भर झोली-डोली लेकर उसका घरवाला नरवा-तरिया (नाला-तलैया) जाता और रात को आकर लस्त पड़ जाता।

ससुराल को छोड़े तीन बरस हो गये मगर बुधिया को सब याद है। पहली रात इधर बुधिया बर्तन माँजकर तेल-फुलेल लगाकर कुरिया में आई तो उसका आदमी गहरी नींद में डूब गया था। वह भी बगल में लेट गई। रात भर यूँ ही करवट बदलती रही। फिर वही बात दूसरी रात को हुई। तीसरी रात बुधिया ने हल्की-सी चिकोटी काट कर देखा, उसका आदमी आँखी रमजता हुआ उठा और पेशाब से निवृत होकर फिर सो गया।

बुधिया चौथी रात वहाँ नह. रही। भाग आई अपने मायके। मायके में उसने जाकर अपनी माँ को सब बता दिया। उसके भाइयों ने कुछ कहना चाहा तो माँ ने डाँट दिया–"जब आदमी में डौकी राखे के दम नइये त का करही उहां रहिके। चुप राहब सब, मोर जियत ले घर बैइठही।"

बुधिया के भाई भला क्या कहते ? माँ की बात वो भी समझ गये। तब से तीन बरस बीत गए। कई जात-सगा के जवान चूड़ी पहनाने आये मगर बुधिया ने हाथ नहीं लगाया। बैठी रही। घर में उसकी छोटी बहन सुधिया थी ही। दोनों साथ-साथ कमाती-धमाती। बुधिया सज्ञान (सयानी) थी, दिनोदिन उसके शरीर पर उम्र की चमक बढ़ रही थी, मगर सुधिया के साथ मछरी-कोतरी पकड़ती हुई मायके में ही वह मगन रही। आखिर जब सुधिया का घरवाला जगत आ गया लिवाने और माँ ने उसे भी संग धरा दिया कुछ दिन के लिए, तो चली आई।

आ तो गई बुधिया, मगर यह रात उससे काटे नहीं कट रही थी। इधर कमरे में उसकी छोटी बहन सुधिया अपने घर वाले के साथ घरखट रही थी, उधर जड़काले की लंबी रात को पंचू की गड़गड़ाहट और लंबी बना रही थी। बाड़ी से निवृत्त होकर बुधिया फिर रंधनी कुरिया में आ गई। उसने कुरिया में आने से पहले भर नजर माची (छोटी खाट) में बेधड़क सोते पंचू को देखा।

सबेरा हुआ तो पंचू ने जगत से फाँदा-फटिया (जाल वगैरह) लेकर चलने को कहा। जगत तैयार हो ही रहा था कि बुधिया सामने आ गई ठमकती हुई। उसने पंचू से कहा, "समधी महाराज, मैं चलूँगी आपके साथ आज। जगत को कुछ आराम करने दो।" पंचू के बदले जगत ने ही कहा–"हाँ भैया, कुछ सिर में दरद भी है आज। आप इन्हें ही सँगवारी बना लीजिए आज भर के लिए।" पंचू की स्वीकृति की चिंता भला कहाँ थी बुधिया को। सिर में टुकना और फाँदा उठाकर घर से निकल गई। गाँव के लोग अपने-अपने काम में डूबे थे। उन्हें क्या मतलब होता इन लोगों के संग-साथ से ? वैसे भी गाँवों में दूसरों की निजी जिंदगी पर गौर करने के लिए अवकाश कम ही मिल पाता है। कलन्त चर्चा में इसीलिए ग्रामीण जन प्रवीन नहीं हो पाते।

आगे-आगे बुधिया ठमकती हुई चली जा रही थी और पीछे-पीछे पंचू। पंचू अगर पांच हाथ का लाम लाहकर जवान था तो बुधिया भी मोठ-डांट, भरी-पूरी औरत थी। अनजान देखैया इनकी जांवर-जोड़ी पर मुग्ध हो जाय।

पंचू विधुर था और बुधिया एहवांती। पंचू कुछ दूर तक तो चुपचाप चलता रहा फिर पूछ ही बैठा–"बुधिया गोसइयां को क्यों छोड़ दिये ?" बुधिया ने पलटकर मुस्कराते हुए जवाब दिया–"रात भर घोड़ोर-घोड़ोर जो मरद सोता ही रहे, उसे भला बाई की जरूरत ? भात राँधने रहती क्या वहाँ ?"

पंचू भी चुहल में कम नहीं था, उसने कहा–"सोते को जगाया भी तो जा सकता है। वो सोया था तो तुम तो घोड़ोर-घइयां नहीं कर रही थीं।"

अब बुधिया को संदेह हुआ कि कहीं रात को यह पंचू सोने का बहाना तो नहीं कर रहा था ? उसे बहुत बुरा लगा, उसने झट पूछ लिया–"तुम जान-बूझकर नाक बजा रहे थे क्या रात को ?"

पंचू ने मुस्कराते हुए कहा–"लो, बात तुम्हारे आदमी की चल रही है, इसमें मेरी नाक कहाँ से आ गई ?"

अभी और बात हो पाती कि खरखरा नाला आ गया। पंचू ने चोरिया को देखा। कुछ जुगाड़ लगाया और भिड़ गया पेलना लेकर नाले में। बुधिया

भी ढिमरिन टूरी थी। वह भला कहाँ पीछे रहती ? नरवा के किनारे-किनारे बिलों में हाथ डाल-डाल कर डेमचुल पकड़ने लगी। तीन घंटे में ही एक टुकना मछलियाँ पकड़ लीं, दोनों ने मिल-जुल कर। नरवा से बाहर निकल कर मछली को देखते हुए पंचू ने कहा–"वाह, इतना तो अपना जगत भी नहीं धर पाता। रोंठ-रोंठ (मोटी-मोटी) डेमचुल पकड़ लाई हो।"

बुधिया ने मुचमुचाते हुए कहा–"जो सामने पड़ गया पकड़ा गया! अब रोंठ हो या पातर।" दोनों फिर गाँव की ओर चल निकले।

शाम तक बुधिया मछली बेच भी आई। गाँव भर में खबर फैल गई कि जगत की घरवाली आ गई है और कुछ दिनों के लिए उसकी बाई की बड़ी बहन बुधिया भी साथ में आई है।

शाम को बुधिया ने छोटी बहन सुधिया के साथ मिलकर भोजन पकाया। जल्दी-जल्दी खा-खिलाकर दोनों बरतन माँजने बखरी चली गईं। छोटी बहन के लिए तो जैसे हड़बड़ी ही हो गई थी। बरतन माँजकर झट माई कुरिया में चली गई और कुछ देर में ही कुरिया में अँधियारा हो गया।

इधर ढिबरी जलाकर बुधिया ने अपना बिस्तरा लगाया रंधनी में और कल की तरह पंचू सोया बरामदे में। जल्दी नींद भी नहीं आती आन गाँव में। घर तालाब के पास था और घर के पिछवाड़े ही गाँव का खार। थोड़ी ही दूरी पर नाला भी। सियारों का समवेत स्वर शुरू हो गया एक बोलता हुंआं तो फिर लगातार हुंआं हुं··· आं।

बुधिया ने घंटे भर खाट पर छटपटघइयाँ किया। नींद आई ही नहीं तो फिर उठकर बाहर आई। आँगन में आकर आसमान को देखा। जगाजग तारे चमक रहे थे। बरामदे में पंचू सोया था अलमस्त। आज नाक उसकी नहीं बज रही थी।

बुधिया ने करीब जाकर हल्के से पूछा–"नाक नई बजा रहे हो, वाकई नींद आ गई है क्या ?" जवाब में पंचू ने करवट बदल दिया। बुधिया की जोर से हँसी छूट गई। पंचू ने धीरे से कहा–"लाज तो है नहीं, अंदर तुम्हारी बहन भी तो जाग रही होगी माई कुरिया में। क्या उसका ख्याल नहीं है ?" बुधिया ने कहा–"क्या बहन को मेरा ख्याल है ? आई और आते ही डउका पोटार कर सो गई। तीन-चार दिन नहीं सबर कर सकती थी ? तीन दिन

मेरे ही साथ सो लेती। फिर मैं कौन जनम भर के लिए आई थी, चली जाती तो सोती फिर दिन-रात।"

पंचू ने केवल इतना ही कहा–"वह बिचारी तुम्हें रोक रही है क्या ? तुम क्यों नहीं सोती हो डउका पोटार कर ?" बुधिया ने पंचू को इतना बीर बजरंगा नहीं समझा था। वह सहसा अवाक रह गई। बिना उत्तर दिए अपनी खाट में जाकर सो गई, भीतर से सांकल लगाकर। दूसरे दिन जगत भी साथ में गया। बुधिया को भी पंचू ने साथ में ले लिया। जगत कुछ दूर ढोंड़गा में मछली मारने लगा। पंचू के साथ बुधिया ही जाल सँभालने के लिए रह गई। जाल फेंकते हुए पंचू ने फिर कुरेदा–"तुम्हारा आदमी क्या किसी दिन नहीं जागा जगाने पर भी ?" बुधिया ने कुछ नहीं कहा। केवल साथ-साथ चलती रही। पंचू को बुरा लगा। उसने लगभग घुड़कते हुए कहा–"क्यों मुँह फूल गया तुम्हारा ? पहले तो ठट्ठा करोगी फिर बुरा मानोगी।" बुधिया ने कहा, "बुरा नहीं मान रही हूँ गड़ी, गुन रही हूँ तुम्हारी बात को। तुम मुझे चिढ़ाने के लिए तो नहीं पूछ रहे हो बेर-बेर ?"

पंचू ने सौंखी को पार में खींचते हुए कहा–"तुम्हें क्यों चिढ़ाऊँ। और क्यों चिढ़ूं, आदमी-औरत में भला कैसे ठेकवा लड़ाई।" नरवा के पार में कछोरा भिरू (कछौटा मार) कर चढ़ती हुई बुधिया ने कहा, "आदमी-औरत ?"

"हाँ आदमी-औरत।"

"तो मैं तुम्हारी और तुम मेरे आदमी ?"

"तुम मान लो तो।"

"तो रात को क्यों नहीं आ गये मेरे रंधनी कुरिया में ?"

"जबरदस्ती आता ? तुम तो दरवाजा बंद करके जा सोईं।"

"तोड़ देते।"

"नुकसान तो मेरा ही होता।"

इस वाक्य के साथ दोनों खूब ठठाकर हँस पड़े। जगत ने भी पास आते हुए हँसी को सुन लिया था। उसने पास आकर पूछा, "भैया, क्या बात है, मैं भी तो हँसूं ?"

बुधिया ने ही जवाब दिया, "बाबू, तुम तो रात-दिन सुधिया के साथ

हँस रहे हो, तुम्हारे भैया एक दिन मेरे साथ हँस लिए तो तुम्हें बुरा लग गया ?"

"बुरा नहीं भौजी, भला लगा।"

"भौजी, अरे कुछू न कांही अऊ भौजी ! पतरी या भात नहीं, नमो नरायण होगे !"

"भात-दार सब है। सनागे सब एकमई। (सब एक हो गया)। जात एक, भात एक, डर कैसा, रह जाओ यहीं। पैठू ही सही भइया के लिए।"

भाई की बात को मजाक में लेते हुए पंचू ने कहा, "चल, लपरहा, अपना काम देख। कहाँ की भौजी, इसको अगर रख लूँगा–तो बिहाती भी तो देना पड़ेगा पाँच सौ।"

जगत ने कहा, "भैंस के लेबना अऊ भैंस के सींग। भइया ये भौजी (कमइलिन) कमाने वाली है। यही महीने भर में कमा देगी पाँच सौ, बस हो गया। मैं घरवाली ले आया, तुम बड़े भाई होकर फड़फड़ाते रहो परछी में, ये नहीं होगा।"

पंचू ने कहा, "अरे, तो क्या यह तुम्हारी डेढ़सस ही मुँह धो के आ गई, बहुत डौकी मिलही जी, चलो घर।"

तीनों चल निकले। रास्ते भर बुधिया ने पीछे चलते-चलते चार-पाँच बार पंचू को पाँव से लटारा मारा। पंचू भी जान गया था कि बुधिया की बुद्धि तो हो गयी है नाश। जगत के कह देने से तो और भी सइतानाश (सत्यानाश) हो गया।

फिर रात हुई। जगत अपनी कुरिया में जा घुसा ! पंचू की खाट को बुधिया ने परछी में ही लगा दिया। कथरी को चार-पाँच बार फटकार-फटकार कर बिछाया। अपने लिए रंधनी कुरिया में खाट बिछाकर जा लेटी। पंचू फिर आज नाक बजा रहा था। बुधिया घंटे भर बाद उठी। आँगन में आकर एक जोर की अँगड़ाई ली। कट-कट की आवाज पंचू भी सुन रहा था। पंचू आंगन में दोनों हाथ उठाकर अँगड़ाई लेती बुधिया को देखकर आँख मींचने का प्रयास करने लगा। बुधिया अब आँगन से परछी में-वापस आई और पंचू के खाट के पास आकर खड़ी हो गई। इस बार पंचू और जोर-जोर से नाक बजा रहा था। बुधिया से रहा नहीं गया। पंचू की तोलगी खोलते

हुए अपने भारी शरीर को उस पर लादती हुई बुधिया ने फुसफुसाकर कहा, "उठो, आज नहीं जागे तो कल मैं चली जाऊँगी मायके। मैं केवल तीन रात तक ही नाक बजने की आवाज बर्दाश्त कर पाती हूँ। आज नहीं जागे तो…"

बुधिया कुछ और कह पाती कि पंचू दोनों हाथों से उसे अधर उठाकर रंधनी कुरिया में जा घुसा।

दूसरे दिन गाँव की तुरकिन टोला से बुधिया ने पंचू के नाम पर दोनों हाथों में बाँह भर चूड़ी पहन ली और जनम भर के लिए जगत की भौजी बन गई।

अपनी बारी

बात थी कि बिगड़ती ही चली गई। सँभाले न सँभली। लगता था जैसे वाकई किसी ब्रह्मराक्षस की चपेट में आ गया है उनका सुखी दांपत्य-जीवन। मगर उसने तो पिताजी के मृत शरीर को छुआ तक नहीं था, तो भला ब्रह्मराक्षस के रूप में वे क्योंकर उसे ग्रसने लगे ? क्या कोई बाप इतना निर्मम भी हो सकता है, कि मरकर भी सताये ?

रामचरण जितना ही सुलझाता, उतना ही गुत्थी उलझती जाती। न उसका मन घर में लगता, न ही कारखाने के काम में। तमाम दबावों को हँसकर झेल जाने वाला रामचरण सहसा कैसे बदलने लगा, यह उसकी पत्नी सरला भी न जान पाई। वह तो केवल यही सोचती कि शायद आध्यात्मिक प्रभाव के कारण ही स्वभाव बदल-सा गया।

पितृपक्ष लगते ही हर वर्ष सरला-रामचरण संबंध ध्वस्त से हो जाते। पहले के वर्षों में कोई विशेष बात नहीं हुई। मगर इस बार तो उस तनाव ने एक विस्फोटक मोड़ ही ले लिया और सरला रामचरण का घर छोड़कर फुंकारती हुई मायके ही जा बैठी।

रामचरण भी रामचरण ही था। न मनाने गया, न समझाने। बल्कि एक विकट संकल्प लेकर अपने बच्चों के साथ आ गया अगिनकछार।

उसे देखते ही रामचरण के सहृदय बड़े भैया कमलानारायण ने जान लिया कि सब गुड़ गोबर कर ही घर लौटा। कमलनारायण ने स्वभाव के प्रतिकूल कुछ नाराज होते हुए रामचरण से कहा, "अगर यही सब करना था तो पिताजी को आत्महत्या के लिए तुमने मजबूर क्यों किया रामचरण ?

भला! यह भी कोई बात हुई। नौकरी-चाकरी सब छोड़कर अचानक जाना चाहते हो। क्या तुम्हें गुरुदेव की आज्ञा मिल गई ?"

"यही तो विडम्बना है भैया, कि न मैं पिताजी की सहमति प्राप्त कर सका जीवन में, न ही गुरुदेव की। जब अविवाहित था, तब कितनी आसानी से आश्रम में जाकर अपना जीवन सार्थक कर सकता था। मगर मैंने तो जैसे जीवन ही पाया है तिल-तिल मरने के लिए।"

"दर्शन का खूबसूरत मुलम्मा चाहे जिस खूबी से चढ़ा लो अपने निर्णयों पर, मगर हाहाकार से फिर भी तुम बच नहीं सकते, रामचरण। कुछ भी कर बैठते हो। बी. एस. पी. की नौकरी है। दो बच्चे हो गए हैं, अब भला यह कैसा संन्यास ?

"चाहे जो भी कहो भैया, मगर अब नहीं रुक सकता। घर आपका है, खेती-बाड़ी आपकी और बच्चे भी आपके।"

"बस हो गए चित्त। तुम्हारी पूरी जिन्दगी का भार केवल इतना है कि या तो तुम अपनी जिद पर जिए जाओगे या फिर भाग खड़े होगे।"

"आत्महत्या कर नहीं सकता। बच्चों के साथ जी नहीं सकता और दूसरी स्त्री पर फिर भरोसा नहीं कर सकता भैया, तो बताइये कि भला करूँ क्या ?"

"प्रायश्चित करो। यही तुम्हारे लिए पितृतर्पण है। नए सिरे से जिन्दगी शुरू करो।"

"भैया, पिताजी के बाद आप ही सब कुछ हैं। मैं थक-सा गया हूँ। कितने बड़े पाप के बावजूद मैं सरला को पत्नी के रूप में पाकर प्रसन्न था। मेरी जिद के कारण पिताजी आत्महत्या कर बैठे, फिर भी डटा रहा, लेकिन टूट गया हूँ अब।"

"टूटोगे ही। जो भी आत्मकेन्द्रित होगा, वह टूटेगा। तुम न कभी दूसरों से जुड़े, न दूसरों की सुनी। अपनी ही रौ में जीने का लुत्फ जरूर थोड़े दिनों के लिए खास लगता है, मगर दूसरों के साथ ही जिन्दगी का सही मजा है, यह समझते देर नहीं लगती। फर्क यही है कि तुम बहुत बड़ी कीमत चुकाकर यह समझ पाये हो और जब समझ सके, तब तक काफी देरी भी हो गई है। मगर प्रायश्चित का यह तो कोई तरीका नहीं हुआ।"

"भैया, आप मुझे खूब जानते हैं। हूँ तो उसी बाप का बेटा, जिसने मरना पसंद किया मगर मन के खिलाफ जीना नहीं। इसलिए इस समय मन के खिलाफ उठ खड़े होने का आह्वान मत करिए। मैं जीते जी मरने लगता हूँ, जब भी ऐसी स्थिति आती है।"

"हाँ रामचरण, तुम्हीं तो एक बेटे हो बाबूजी के। उनकी जिद के सही उत्तराधिकारी। मैं तो केवल तुम दोनों के बीच दुखी होने के लिए ही जन्मा था। मैंने कभी दावा नहीं किया कि मैं भी पंडित रामरतन त्रिवेदी का सुपुत्र हूँ, इसलिए यह जिद ठानकर ही मानूँगा। मेरे पितृव्य ने मुझे रामचरण कभी इतना मजबूत नहीं बनाया। बस घर-द्वार, खेती-खार, माँ-बाप और तुम—यही पर्याप्त रहे मेरे लिए।"

रामचरण प्रायः वाद-विवाद में कभी हार नहीं मानता। मगर अपने बड़े भाई कमल के इस प्रहार से ढेर हो गया। उससे कुछ कहते ही नहीं बना।

कुछ देर की चुप्पी रही फिर रामचरण ने कहा, "भैया, बाप को तो खो चुका हूँ, आप को नहीं खोना चाहता। लेकिन बस एक माह की मुहलत दीजिए सँभलने के लिए। घूमघाम भी आऊँ हरिद्वार तक और गुरुजी से आशीष लेकर कुछ बेहतर विचार भी ले आऊँ, तब तक के लिए क्षमा करें।"

कमलनारायण को आश्चर्य हुआ कि रामचरण ने इतनी जल्दी हथियार कैसे डाल दिया। यद्यपि वे उसको समझा रहे थे मगर डर भी रहे थे कि रामचरण जायेगा जरूर, चाहे कुछ भी हो जाये। जिस रामचरण ने बाप तक को धता बता दिया, भला भैया की क्या बिसात। मगर भैया साफ महसूस कर रहे थे कि ठोकरों ने रामचरण को बाहर-भीतर से तोड़-सा दिया था। इसलिए वे गुस्से के बावजूद मनाते भी रहे। जिद में यद्यपि रामचरण घर से निकल जाता और शायद मुँह भी नहीं दिखाता, मगर भीतर-भीतर टूटता जरूर। कभी-कभी दिखावे की दृढ़ता भी आदमी की जान ले लेती है। दूसरों की नरमी का नाम लेने के लिए सायास ओढ़ी गई दृढ़ता अपने लिए संकट खड़ा कर देती है।

इस बार भी घोषणा रामचरण के लिए कुछ ऐसी साबित होने जा रही थी, इसलिए कमल भैया ने विशेष आग्रह किया।

हताश, जिद्दी व्यक्ति के भीतर झाँक कर उसके लिए सम्मानजनक समझौते का बिन्दु जो भी तय कर देता है, वह उसे गुलाम बनाने में कामयाब हो जाता है।

इस बार कमल को रामचरण पर ऐसी ही विजय मिली थी।

मगर रामचरण ने उस दिन अपने भैया के कहने पर जो निर्णय बदला तो सारे निर्णय बदलते चले गये।

रात भर वह घर में ही रुक गया। सोचा तड़के उठकर चल निकलेगा, माह भर के लिए गुरुदेव के पास। मगर रात भर वह अजीब अंतर्द्वंद्व रहा। उसे विगत चार वर्षों के एक-एक दिन याद आने लगे।

छोटा-सा परिवार था उसका। माँ, बाबूजी और दोनों भाई। भैया उससे पाँच बरस बड़े थे। उनके दो बच्चे थे। भाभी के साथ बाबूजी की कभी नहीं बनी। रामचरण को इसी मुद्दे ने अपने बाप के प्रति कठोर बना दिया था।

बाबूजी प्राइमरी स्कूल की मास्टरी से जिस बरस सेवामुक्त हुए, उसी वर्ष भैया की शादी हो गई। बाबूजी नियम-कायदों के बहुत आग्रही थे। शादी गर्मियों में हुई।

अभी भाभी को आये पंद्रह दिन ही बीते थे। दुपहरी को भी बाबूजी एक नींद ले लेते थे। एक दिन सोये थे कि भैया के कमरे से भाभी के खिलखिलाने की आवाज आ गई। बाबूजी आग-बबूला हो गए। लगे भाभी को गाली देने। तैश में आने पर बाबूजी को कुछ भी होश नहीं रहता था।

गाली सुनते-सुनते भाभी ने दबे स्वर में प्रतिवाद कर दिया, "मेरे माँ-बाप को गाली मत दीजिए।"

और हो गया महाभारत। बाबूजी ने ऐलान कर दिया कि अगर वह अपने बाप के सही बेटे हैं, तो बहू के हाथ का पानी आजीवन नहीं पियेंगे।

भैया थर्राकर रह गए। भाभी तो बाबूजी की आदतों को नहीं जानती थी, मगर भैया को तो पता था कि बात पत्थर की लकीर थी। भैया ने कहा, रोये-गिड़गिड़ाये, मगर बाबूजी ने साफ कह दिया, "बेटा, सुखी रहो। जिओ, खाओ मगर जान लो नारी निवासे तीन गुण। कुलच्छनी है तेरी बाई। बाप-माँ का सरौटा तिरती है। अरे, जब बहू बनके आ गई तो हम हैं उसके

बाप। कहाँ मायके में उलझती है। जो कन्या ससुराल में आकर भी मायके में डूबी रहे, वह न खुद सुखी रह सकती है, न दूसरों को सुख दे सकती है।"

भैया ने हथियार डाल दिये। बाबूजी ने फिर कभी भाभी के हाथ का कुछ भी ग्रहण नहीं किया। बाबूजी की जिद ही उनकी शक्ति थी और वही उनकी कमजोरी। उनकी जिद के संबंध में जो अनेक कहानियाँ प्रचलित हैं, उनमें एक यह बहुश्रुत और हैरतअंगेज कहानी है–

बाबूजी लहीम-शहीम थे। साठ की उम्र में भी वे आधा किलो चावल खा-पचा जाते। जवानी में एक सेर चावल डकारने के बाद सेर भर दूध भी पीते थे, ऊपर से आधा पाव घी डलवाकर। उनकी एक बहन थी, जो रायपुर जिले के रावणझीपन गाँव में गई थी। तीज का अवसर था। बाबू जी शनिवार की शाम बहन को लाने जा निकले, साथ में साड़ी भी लेते हुए। बुआ जिस बरस नहीं आ पाती थी तीज में, उस बरस बाबूजी साड़ी और कपड़ा छोड़कर लौट आते।

उस बरस जब शनिवार को पहुँचे तो ठीक भोजन का समय हुआ था बुआ ने पाँव पैलगी के बाद भोजन परोस दिया। बाबूजी खाने लगे और बुआ परोसती रहीं। तृप्त होकर बाबूजी इधर बैठक में आये और बुआ उधर चूल्हा सुलगाने लगीं।

बाबूजी ने बुआ से पूछा, "क्या फिर से खाना पका रही है ?"

बुआ ने असावधानीवश कह दिया, "हाँ भैया, सब भात सिरागे, तोर खाये ले का यांचही।" (हाँ भैया, सब भात खत्म हो गया। भला तुम्हारे खाने के बाद कुछ बचता भी है)।

यद्यपि बुआ ने अपने भाई के उत्तम स्वास्थ्य एवं पाचन-शक्ति की प्रशंसा के लिए ही कहा होगा, लेकिन बाबूजी के तन-बदन में लग गई आग। वे आँगन में उफनते हुए आये और मुँह में हाथ डालकर वहीं ओक-ओक कर लगे उलटीं करने। पूरी उलटी कर लेने के बाद बोले, "लो तुम्हारा खिलाया सारा भात तुम्हारे ही घर में छोड़े जा रहा हूँ। अब तुम्हारा मेरा नाता खत्म।"

बुआ बहुत रोई, पछाड़ खाकर गिर भी गई। मगर उस दिन के बाद जो बाबूजी लौटे तो जीवन भर रावणझीपन की ओर कभी गये भी नहीं।

बाबूजी की मान्यता थी–मार खाकर मत जियो, घाव को मत सियो और माँग के अमृत मत पियो।

और वाकई वे अपनी मान्यताओं के अनुरूप ही जिये और उन्हीं मान्यताओं के लिए मर भी गये। मगर उनकी इस शक्ति को न तो रामचरण समझ पाया, न उसकी भाभी। भाभी तो बिचारी जो शुरुआती दिनों में हतप्रभ हुई तो सँभल ही न सकी।

भाभी को यह देखकर आश्चर्य होता कि बाबूजी यूँ तो सामान्य बने रहते। कहीं से आने पर भाभी से पाँव भी पड़वा लेते। उन्हें खूब आशीष भी देते, किन्तु उनका छुआ नहीं ग्रहण करते। एक-दो बार भाभी ने बच्चों के हाथ चाय भिजवाकर राजीनामे के लिए विनम्र प्रयास भी किया। किन्तु ऐसे अवसरों पर दहाड़ते हुए बाबूजी रौद्र रूप अख्तियार कर कहते, "बहू, आपन बाप झन जानबे। मैं अपने नांव के रामरतन त्रिवेदी अवं, मर जहूं। परन नई टोरब।"

भाभी ऐसी ललकार के आगे फफककर रह जाती, मगर बाबूजी टस से मस न होते। बच्चों को दुलारते, बहू के लिए गहने तक बनवा लेते, लेकिन भोजन करते स्वयं हाथ से बनाकर। माँ तो थी नहीं। जब रामचरण पाँच बरस का था तभी माँ चल बसी। गाँव के लोग बताते हैं कि बाबूजी माँ पर भी छठे-छमासे बेंत लेकर पिल पड़ते थे। मगर माँ उन्हें सँभालना जानती थी। भैया बताते हैं कि जब बाबूजी के बेंतों से आहत माँ के सामने वे क्रोध प्रकट करते तो माँ समझाती थी, "बेटा, बाप से रार मत करना, वो भी क्रोधी बाप से। गुस्सैल आदमी बेटा दिल का काला नहीं होता। जैसे उफनता है, वैसे ही शांत भी हो जाता है। तुम्हारे बाबूजी बहुत अच्छे आदमी हैं। उनका सम्मान हमेशा करना।"

इन्हीं नसीहतों का शायद असर है कि भैया कभी बाबूजी के आगे नहीं आये। और तो और रामचरण के क्रोधी स्वभाव का भी भैया ने बुरा नहीं माना। उन्हें माँ के शब्द-शब्द पर भरोसा था, कि क्रोधी आदमी दिल का काला नहीं होता।

रामचरण सोचता है कि भैया तो बहुत शांत प्रकृति के हैं। बिल्कुल माँ की तरह। माँ शांत थी और बहुत नेक भी, मगर नसीहत देने के लिए

अपने खिलाफ जाकर भी आदर्श गढ़ गई। वे ही लोग महान हैं, जो अपने खिलाफ जाकर भी सबकी बेहतरी के लिए आदर्श सिद्धांत न केवल गढ़ लेते हैं, बल्कि उस सिद्धांत पर चलने वाले भी पैदा कर लेते हैं। भैया को भी बाबूजी ने कम नहीं मारा। गाहे-बगाहे वे उन्हें पन्द्रह बरस की उम्र तक बेंत से नवाजते रहे। मगर भैया के मन में कभी कटुता नहीं आई।

मगर रामचरण अपने बारे में सोचता है। रामचरण को बाबूजी ने कभी नहीं मारा, सिर्फ दो बार बेरहमी से गाली जरूर दी और रामचरण उन गालियों को भी आज तक पचा नहीं पाया।

एक बार तब, जब अपनी दसवीं के कक्षा शिक्षक को वह अपनी साइकिल में कुम्हारी स्टेशन छोड़ने जा रहा था। वहाँ से आते हुए साइकिल के स्पोक टूट गए। बस घर में आते ही जो बाबूजी ने गरियाना शुरू किया, "बड़ा पढ़ाकू बनता है साला। जान तो है नहीं, चलाता है साइकिल। कल ही बनवा कर लाया था। अब स्पोक क्या तुम्हारा बाप बनाकर देगा। क्यों छोड़ने गया था अपने बाप को।"

रामचरण उसी दिन से बाबूजी के खिलाफ हो गया था। फिर लाख कहा सबने, मगर वह सायकिल तभी चढ़ा जब बी. एस. पी. में नौकरी पाकर स्वयं खरीदने योग्य हो गया।

गाँव उसका भिलाई से पाँच किलोमीटर दूर ही तो है। बाबूजी तो अपनी मास्टरी छोड़कर कारखाने में लग गए होते, मगर उनकी इस जिद को रामचरण ने पूर्ण किया कि लगना है तो बी. एस. पी. में। शानदार कारखाने की नौकरी। भैया नौंवीं फेल होकर खेती-किसानी करने लगे। बाबूजी कहते, "बाम्हन की खेती जा खेती।" लेकिन बाम्हन होकर भी भैया ने जा खेती को आ खेती में बदल दिया। उनके हाथों में घर और खेती की बागडोर आते ही फसल खूब होने लगी। वे पंप भी खरीद लाये।

लेकिन बाबूजी उन्हें लज्जित करने का कोई अवसर न छोड़ पाते।

और भैया, भैया तो जैसे माँ का वचन ही निभा रहे थे। जरा भी विरोध नहीं, न अवज्ञा। गाँव के लोग तो भैया को श्रवण कुमार तक कहते।

और इधर रामचरण का आलम यह था कि वह कभी बाप को माफ नहीं कर सका। साइकिल के लिए गाली मिली तो फिर साइकिल त्याग

दी और एक अवसर पर, शायद दसवीं कक्षा की ही बात है यह भी। रामचरण सावन के महीने में छाता लेकर स्कूल गया और टूटी छतरी लेकर शाम को घर लौटा। दुबला-पतला तो था ही। बाबूजी को लाख समझाया, भैया ने, कि तूफान अधिक था, पानी-बरसात में छतरियाँ उलटकर टूट ही जाती हैं, मगर बाबूजी ने जो शुरू किया अपना राग, तो फिर रुके ही नहीं।

रामचरण उस दिन के बाद छतरी लगाना ही भूल गया। वह सोचता है कि छोटी-छोटी बातों पर जिस तरह अमानवीय क्रोध का बाबूजी प्रदर्शन करते थे। उसके बावजूद भैया स्थितप्रज्ञ कैसे रह लेते थे ? रामचरण आज सोचता है कि शायद भीतर-भीतर आहत रहने के कारण ही उसने अपने जिद्दी पिता से बैर ले लिया। बैर भी कुछ इस तरह का, कि या तो पिता अपने अहंकार को मारकर खुद जीते रहते या फिर अहंकार की रक्षा करते हुए ही प्राण त्याग देते। हुआ वही, जिसकी अधिक संभावना थी। भैया ने कम नहीं समझाया था। रामचरण से अपने बाप के स्वभाव की बारीकी को रेशा-रेशा कर समझाते हुए भैया ने बहुत कहा कि सरला से ब्याह न करे, मगर रामचरण डटा रहा। सरला भाभी की छोटी बहन थी। मैट्रिक पास कर एक साल गर्मियों की छुट्टी बिताने अपने जीजा के गाँव अगिनकछार आई। रामचरण की बी. एस. पी. में नौकरी उसी बरस लगी थी। पिताजी ने बी. एस. पी. कर्मचारी अपने छोटे सपूत के लिए बहू तलाशने कई गाँव जा भी चुके थे। आठ दिन घर में सरला क्या रही, रामचरण के दिल में ही उतर गई।

उसने सरला से विवाह का प्रस्ताव रख दिया।

भाभी तो घबरा ही गई। भैया को पता चला तो वे भी परेशान हो गए। वे बाबूजी की जिद को समझते थे। अंततः रामचरण ने ही पहल की। एक दिन रामचरण ने हिम्मत करके बाबूजी के सामने सब कुछ कह दिया, कि विवाह करेगा तो सिर्फ भाभी की बहन सरला से। बाबूजी बहुत दिन बाद रामचरण पर बरसे, "नालायक, तेरी हिम्मत कैसे हुई। जिस घर की बेटी का मैं छुआ पानी तक ग्रहण नहीं करता, ऐसे कमीनों के घर से दूसरा काल और लाऊँ। जिन्हें न तमीज है, न कुछ ज्ञान। खबरदार, जो ऐसी बात फिर मेरे सामने आई। औरत मिली तो गरकट्टा लोगों के घर

हुंह।"

"बाबूजी आप तो बस अपनी जिद दिखाते हैं। बुढ़ा गए, मगर बदले नहीं।"

"बुढ़ाया होगा तेरा बाप, साले जुबान चलाता है, काट डालूँगा। अगर शादी वहाँ हुई तो सोच लो मेरी लाश को भी हाथ न लगा सकोगे।"

बात शायद और बढ़ती, मगर भैया ने बीच में आकर बाबूजी का वार अपने ऊपर ले लिया। बाबूजी ने भैया को सुनाते हुए कहा, "साले, औरत की चाल चलता है। खुद तो खा रहा है मैला, अब छोटे भाई को भी कुएँ में ढकेल रहा है। साली से रास रचवाता है। मर जाऊँगा जहर खाके, मगर घर में ऐसा नहीं होने दूँगा। तुम लोगों से दबूँगा नहीं। अरे बाप से नहीं दबा सालों, बेटों से क्या दबूँगा।"

रामचरण को उस दिन बहुत क्रोध आया।

तमाम कहा-सुनी को दरकिनार कर रामचरण ने संकल्प ले लिया कि इस बार वह भी दिखा देगा कि वह भी रामरतन त्रिवेदी का ही बेटा है।

उस घटना के बाद रामचरण भिलाई में क्वाटर एलॉट कराके रहने चला गया और पन्द्रह दिन बाद बाबूजी को पत्र लिख भेज दिया,

आदरणीय बाबूजी,

सादर प्रणाम,

अकती के दिन शाम को पाँच बजे सरला के साथ आपका आशीर्वाद लेने मैं अगिनकछार आ रहा हूँ। आशा है। आप अपनी छोटी बहू को आशीष अवश्य देंगे।

बाबूजी को पत्र एक दिन पहले मिला। दूसरे दिन अकती का त्यौहार था। वे पत्र पाकर रात भर अपने कमरे में बंद रहे। केवल हथियार पजाने की आवाज रात में आती। कई बार भैया ने झाँककर देखा भी। बाबूजी फरसे को टेंवना पत्थर में रातभर पजाते रहे। दूसरे दिन सुबह पूजा-पाठ कर उठे और बीच आँगन में खड़े होकर ऐलान करने लगे, "मैं रामरतन त्रिवेदी वल्द रामजीवन त्रिवेदी प्रण करता हूँ कि आज शाम को इसी गाँव में अपने छोटे कपूत रामचरण का इस फरसे से वध करूँगा। अगर विधर्मी पुत्र का वध न किया तो स्वयं प्राण त्याग दूँगा।"

गाँव भर में हाहाकार मच गया। भिलाई तक आदमी दौड़ाये गये। रामचरण भी जिद्दी था। ठीक शाम को चार बजे रिक्शे में अपनी पत्नी सरला को लेकर गाँव की सीमा में आ गया। आगमन का समाचार सुनकर भैया और भाभी भागते हुए गये। भाभी ने रो-रोकर किसी तरह रामचरण और सरला को वापस भिजवाया।

दोनों उधर रिक्शे को फेरकर गाँव की ओर आये कि फरसा लिये पिता को इसी ओर आते देखकर हतप्रभ रह गए। भैया और भाभी दोनों बाबूजी के पाँव में गिर गए। गाँव भर के लोग 'महाराज छिमा करव' कहते हुए गिड़गिड़ाने लगे। फिर भी वे आगे बढ़ते ही गए। शाम तक खूब खोजते रहे। जहाँ-जहाँ रुकने और आकर छिपने का अंदेशा था। वहाँ गए, मगर अंततः रात को वे थककर खाली हाथ घर आ गए।

रात को भोजन उन्होंने नहीं किया। बेटा और बहू को बुलाकर कहा, "देखो, घर में मुझे जलाने के लिए पर्याप्त सूखी लकड़ी है और कुनबे को खिलाने के लिए कोठी में धान भी। तुम लोग कल ही मेरी अंत्येष्टि कर देना।"

उसके बाद कमलनारायण को ही पास बुलाकर कहा, "देखो बेटा, तुम्हारी माँ नहीं है। मैं भी अब कल नहीं रहूँगा। तुमको मैंने जीवन भर लताड़ा, मगर तुम्हीं मुझे दाग देना। उस पापी रामचरण को कह देना कि अगर लाश को छू भी देगा तो ब्रह्मपिशाच बनकर उसे तंग करूँगा।"

सहसा कमलनारायण को कुछ हुआ नहीं। उसने रोते हुए कहा, "बाबूजी, आप भी जिद्दी हैं और रामचरण भी। मैं ही एक मूरख हूँ जो आप दोनों को हाथ जोड़ता रहा हूँ।"

जीवन में शायद पहली बार होश में आकर कमलनारायण को अपनी बाँहों में भरकर बाबूजी ने रुआँसे होकर कहा, "कमल, तुम्हारे पास तो मेरा आशीर्वाद है। सहने वाला हमेशा टिका रहता है बेटा। दुनिया उसी के आगे हारती है, जो किसी को कभी भी जीतना नहीं चाहता। तुम तो खानदान की रौनक हो। बेटा, दुःख मत दिखाओ। मैं जिद से सब बिगाड़ चुका। दूध का दही और दही का मही कर बैठा। अब मुझे नहीं जीना है। कमजोर मत बनो बेटा। मजबूत बाप के समझदार बेटे हो, जीते रहो।"

बहुत देर तक कमलनारायण खड़ा रहा, बाप की छाती से लगकर

शायद जीवन में पहली बार।

और सवेरा हुआ तो गाँव भर ने जाना कि पंडित रामरतन त्रिवेदी ने एंड्रिन पीकर शरीर का अंत कर दिया है।

कमलनारायण ने तुरंत आदमी दौड़ाया रामचरण के लिए। रामचरण आया भी फुर्ती से, मगर बाप की लाश को छू न सका। बाप का आदेश जो था। और उसी पल से पता नहीं क्या भीतरी परिवर्तन हुआ कि रामचरण जैसा बड़बोला और गुस्सैल लड़का चुप्पा-सा होकर रह गया।

दिन बीते। चार बरसों में दो बच्चे हुए। सरला के भीतर भी ससुर की आत्महत्या से उपजी ग्लानि थी। मगर उसने खूब सँभाला रामचरण को। मगर रामचरण धीरे-धीरे अध्यात्म की ओर अग्रसर होने लगा। साल में दो बार हरिद्वार हो आता। संस्थान की पत्रिकाओं का प्रचार करता। प्रवचन देता और बहुत सादगी से जीवन जीता।

सरला और उसके संबंधों में निरंतर शिथिलता आने लगी। तमाम कोशिशों के बावजूद सरला रामचरण को बहुत दूर पाती। वह उसे अपने करीब ले आने की कोशिश में ही एक दिन बात बिगाड़ बैठी। सरला ने कहा, "क्या बात है आप अब पहले जैसे नहीं दिखते ?"

रामचरण ने गुस्साते हुए कहा–

"धरा को प्रमाण यही तुलसी,
जो फरा सो झरा, जो बरा, सो बुताना।"

"भाषा में बात कीजिए। हमारे-आपके बीच ये तुलसीदास क्यों आन पड़े ?"

"तुम बद्‌तमीज हो गई हो।"

"और आप चिड़चिड़े, क्रोधी और अहंकारी।" सरला के मुँह से सहसा चार वर्षों का संताप शब्दबद्ध होकर निकल गया।

इतना सुनना था कि तड़ाक् से एक भरपूर झापड़ रामचरण ने सरला के गाल पर रसीद कर दिया। सरला ने भी गुस्से में कह दिया, "आखिर निकले न बाप के बेटे। सारा जोर औरत और कमजोर पर ही।" कहते हुए वह विलाप करने लगी और दूसरे दिन चली गई अपने मायके अकेले। अपने दोनों बच्चों को लेकर रामचरण आखिर भिलाई में करता भी क्या ?

आ गया अगिनकछार और उसने दुहरा दिया संकल्प कि नौकरी और घर सब छोड़कर हरिद्वार जा बैठेगा यह प्रायश्चित भी होगा।

सवेरा हुआ, रामचरण सामान बाँधकर बिल्कुल तैयार था जाने के लिए। कमलनारायण ने कुछ नहीं कहा, चुप देखता रहा।

जब रामचरण चलने से पहले कमलनारायण के पाँव पड़ने लगा तो कमल ने उसे बाँहों में भरकर रोते हुए कहा, "रामचरण, तू जा, मगर मेरे एक प्रश्न का उत्तर देता जा।"

कमल ने अलग होते हुए रामचरण ने कहा, "पूछो भैया, मैं तो स्वयं एक सवाल बनकर रह गया हूँ।"

"तू तो विद्वान बन गया है चरण, मैं ही मूरख हूँ। बता कि सरला आखिर आहत क्यों हुई तुझसे ?"

"मेरे गुस्सा जाने से भैया। उस दिन बिलकुल बाबूजी की तरह मैं पगला गया था गुस्से में।"

"और ये बता कि तू बाबूजी से क्यों भीतर-भीतर घृणा करता था ?"

"केवल अतिशय क्रोध के कारण। माँ पर, तुम पर और अपने आप पर हुए उनके अतिरेकपूर्ण क्रोध के हमलों के कारण।"

"तो भैया जिस दुर्गुण से ग्रस्त अपने बाप को तूने नहीं बख्शा, उसी दुर्गुण से स्वयं ग्रस्त हो गया। मैं फख्र करता था तुझ पर, कि तू उसूलों का आदमी है। बहुत खोकर भी अपने आप को सिरजाया है तूने चरण। अब बिखर मत। बाप से तेरा धर्मयुद्ध एकदम नाजायज सिद्ध हो जायेगा, अगर तू सरला से भिड़कर टूट गया। इतने बड़े हादसे के बावजूद इलाके के लोग तुझे एक सपूत ही मानते हैं, तो केवल तेरी हिम्मत के कारण। संन्यास नहीं संघर्ष ही प्रायश्चित का सही तरीका है। पिताजी अपनी बारी आने पर पूर्णतः विफल, विवश और परास्त हो गए थे। इसीलिए अतिरेक का जीवन जीने को विवश थे। तू उनके खिलाफ एक सच्ची लड़ाई लड़ रहा था, मगर जीत का समय आया तो तूने स्वयं पराजय को अंगीकार करने का संकल्प ले लिया। यह कैसा आत्मचिंतन है तुम्हारा चरण ? यही विद्वता और आध्यात्मिकता है ? आत्मछल से बचो। माँग सको तो सरला से माँगो माफी। हर संग्राम में बारी अपनी भी आती है।"

लेन-देन

धीरे-धीरे गाँव के सभी जाने-माने लोग एकत्र हो गए। छोटा-सा गाँव है अपना अगिनकछार। यही करीब सत्तर-अस्सी छानही (घर) का गाँव है। सात-आठ सौ एकड़ का कुल रकबा है। अंग्रेजों के जमाने की नहर गाँव के दो सौ एकड़ की अपासी करती है। शेष के लिए दो तालाब हैं। दो सौ एकड़ असिंचित रह जाता है। यही असिंचित जमीन किसानों की है। एक पानी बरसा नहीं कि दो सौ एकड़ पर खड़ी किसानों की फसल राम भजने लगती है। इसी रामभजन वाले चक्र में आठ एकड़ जमीन चकबंदी के समय हमारे दादाजी को मिली। एक लांघन एक फुरहार (कभी खाये कभी उपासे रहे) वाली गृहस्थी। परिवार में दो बेटे थे और बेटों के बाद एक बेटी। मैंने अपने दादा जी को देखा नहीं, उनके गुजरने के बाद मेरे बाबू की शादी हुई।

आठ एकड़ असिंचित जमीन और सत्तरह बरस के बाबू पर दो भाई-बहन तथा विधवा माँ की जिम्मेदारी। गनीमत रही कि पानी साल-दर-साल ठीक-ठाक बरसा। गृहस्थी की गाड़ी चलती रही।

छोटे भाई तथा बहन की शादी भी उन्होंने ही की। भाई की शादी तो पाँच बरस बाद हुई, मगर बहन की शादी साथ-साथ करनी पड़ी। पचास बरस पहले हुई हमारे बाबू की शादी, तब से वे सैकड़ों शादियाँ करवा चुके हैं। एक तरह से इस क्षेत्र में वे मैरिज ब्यूरो ही चला रहे हैं। उनके बोलने-चालने का ढंग, बात को रखने का तरीका ही ऐसा है, कि शादी भले न लगे, मगर जीवन के बीच वे पक्के सेतु तो सिद्ध होते ही हैं। मजे की बात

तो यह है कि तमाम जाति के लोग अपने बच्चों की शादी की बात जब चलाते हैं, तो हमारे बाबू की सेवा अनिवार्य रूप से लेते हैं। बाबू की उमर सत्तर बरस की है, मगर आज भी पाँच कोस जमीन साइकिल पर नापने के बाद जेवन करते हैं। आँख में मोतियाबिंद आने के कारण अब शाम के बाद कम यात्रा करते हैं, मगर चुस्ती-फुर्ती में कहीं कोई कमी नहीं है। दुबले-पतले तो खैर वे हमेशा से ही रहे, मगरचुस्ती में उनका मुकाबला न तब था, न अब है। उनकी चुस्ती और शादी लगाने के कौशल को देखते हुए रिश्ते के जवान नाती उन्हें ठगते (ठट्ठा करना) भी हैं, "बबा, सबके बिहाव लगाथ, अपनो एक ठन लगा ले (बाबाजी सबकी शादी करते हो एकाध अपनी और कर लो)" और बाबू भी नहले पर दहला दे मारते हैं, "सारे हो, तुंहर बहिनी नई उठते का, मोला भांटो बनाहूं किथस (सालो तुम्हारी बहन के हाथ नहीं पीले हो रहे हैं, जो मुझे जीजा बनाना चाहते हो) ?"

इसी जवाब के लिए तो नाती ठट्ठा करते हैं।

हमेशा ही गाँव-घर में इस तरह के मजाक चलते हैं, मगर आज मैं अपने साथ भिलाई के कुछ यूपी-बिहारी मित्रों को भी साथ लेता आया था। प्रसंग ही ऐसा था। मेरी भतीजी की शादी तय होनी थी। सगा (मेहमान) आने वाले थे। बातचीत पक्की होनी थी। अतः अपने साथियों सहित मैं अगिनकछार आया था।

अभी लोग आ आकर आँगन में बिछी दरी पर बैठ ही रहे थे, कि रिश्ते के मेरे भतीजे ने आकर मुझे प्रणाम किया और बाबू का चरणस्पर्श करते हुए उन्हें ठगना (मजाक करना) प्रारंभ कर दिया। ठीक वैसा ही प्रसंग। बाबू का वैसा ही जवाब ! बिहारी मित्र अवाक् रह गए। उन्हें बड़ा अटपटा लगा। मैंने उन्हें बताया कि अंचल-अंचल के संस्कारों की बात है। यहाँ नाती-बाबा, दादा-नाती का मजाक की अपनी निस्सीमता है। थोड़ा रुको तो आप लोगों को गाँव घुमाकर कुछ और उदाहरण पेश करूँ। अभी मैं उन्हें ऐसा समझा ही रहा था कि हमारे घर में पानी भरने का काम करने वाली मेरे रिश्ते की दादी घर की ओर आती दिखी। मैंने बिहारी साथियों को उठने को कहा। बाड़ी के पास कुएँ में पचास वर्षीया रवताइन पानी भर रही थी। मैंने पास जाकर कहा, "दाई, पानी दे मुँह धोबो। (दाई पानी

दो मुँह धोना है) !

उसने बाल्टी को कुएँ में डालते हुए मुझे उलाहना देते हुए कहा, "जुन्ना जान के हमला अगिनकछार में रख देस अऊ नेवन्निन ल शहर के कुवाटर में।"

(पुरानी जानकर मुझे अगिनकछार गाँव में तुमने रख दिया और नई औरत को शहर के क्वार्टर में सुख देते हो)

मैंने केवल इतना ही कहा, "चल अब तोला लेगहूँ बोला इंहा छोड़हूँ" (चलो अब तुम्हें ले जाऊँगा उसे यहाँ छोड़ दूँगा)।

मेरे शहरी मित्र ठठाकर हँसने लगे। रवताइन दाई ने पानी सामने रखते हुए कहा, "ले भई जीत डारे।" (लो तुमने तो मुझे जीत ही लिया)।

मित्रों को बहुत आश्चर्य हुआ कि छत्तीसगढ़ में हँसी-ठिठोली के लिए कितने रिश्ते हैं। हर रिश्ते में हास्य की अनन्त संभावनाएँ। मामा भाँजे को मर जाने का आशीर्वाद दे रहा है, तो मामी आँख-कान फूट जाने, अंधा हो जाने की बद्दुआ देकर यह सोच रही है कि ऐसा करने पर भानजा दीर्घजीवी होगा।

हम आपस में इन्हीं सब संस्कारों के वैविध्य पर बतिया रहे थे कि लड़की देखनेवाले आ गए।

लोग एक-एक कर आँगन में बिछी दरी पर बैठने लगे। चाय देने के बहाने भतीजी आई और दो-तीन लोगों को चाय देकर चली गई।

कुछ देर बाद लड़केवालों ने अपनी पसंद की मुहर लगाते हुए हमें आश्वस्त कर दिया कि लड़की उन्हें पसंद है।

चाय-पानी के बाद बातचीत शुरू हो गई। उनके साथ में आये एक पंडितजी ने कहा कि देखें लड़के-लड़की का संजोग ठीक बैठता है कि नहीं। गोत्र, नाम सारा कुछ जमा-जुमाकर पंडितजी ने बीस-इक्कीस करते हुए वह मामला भी फिट कर ही दिया।

दहेज आदि का तो कुछ झंझट अभी छत्तीसगढ़ में विशेष है नहीं। बिहारी मित्र मामले की सरलता और लोगों की सहजता की प्रशंसा कर ही रहे थे कि पंडित जी ने जमाते हुए प्रश्न कर दिया, "मंडल आपका एक नाती भी तो है।"

बाबू ने कहा, "हाँ है तो, अभी पढ़ रहा है।"

"क्या पढ़ रहा है ?"

"बी ए फाइनल में है, अपने चाचा के पास रहकर पढ़ता है।"

"तब तो काफी बड़ा होगा।"

पंडित के इस प्रश्न के उत्तर में अपने भतीजे को आवाज देकर सामने, खड़ा ही कर दिया। पंडित जी लगे उसके शरीर के भराव की प्रशंसा करने, "वाह, क्या उठान है। पढ़ भी रहा है और लगता है दंगल वगैरह भी लड़ रहा है। अच्छा जवान है।"

मैंने कहा, "महाराज, अभी तो बच्चा ही है।"

पंडितजी ने झट टोक दिया, "अरे भाई, बेटा चाचा-बाप की नजर में बुढ़ापे तक बच्चा रहता है। आप अभी मंडल की नजर में क्या जवान हो गए हो जी, अभी आप भी बच्चे हैं। मैं तो यह जानता हूँ कि अब लड़का भी ठीक शादी योग्य हो गया है।"

पंडितजी क्या कहने की कोशिश कर रहे थे, हम सब समझ रहे थे।

इस अंचल में हमारी जाति के साथ यही एक मुसीबत है। लड़की और लड़का एक साथ जवान हुए हों तो सिर्फ लड़की की शादी लगा लेना बड़ा ही दुष्कर कार्य सिद्ध होता है। बाप जवान हो रहे बेटे को किस तरह ऐसे अवसरों पर बचाकर रखे, यही चिंता मारे डालती है। लड़की का हाथ माँगने वालों के यहाँ भी कोई न कोई लड़की जवान हो रही होती है। उसके लिए भी वर की तलाश रहती है। अगर सीधे उनके घर न हो तो मामा, फूफा या किसी नातेदार के यहाँ निकल आती है। ऐसे में कोई सिर्फ लड़की लेकर ही संतुष्ट नहीं होता। उसे एक दामाद भी चाहिए होता है। वह ऐसे अवसरों को हाथ से जाने नहीं देता। घर में जवान हुए या जवानी की ओर बढ़ रहे लड़की के भाई पर वह उँगली जरूर रख देता है कि इसे दो तो हम तुम्हारी लड़की का कल्याण करें।

भीतर ही भीतर मुझे बहुत गुस्सा आ रहा था। मन तो कर रहा था कि सीधे इनकार कर दूँ, मगर लड़का और घर ठीक मिल रहे थे, इसलिए मन को मारकर पंडितजी की बात को सुनना पड़ा।

हमें चुप देखकर पंडितजी ने कहा, "भाई, दोनों ओर से लड़की-लड़के

का रिश्ता तो और अच्छा है।"

"अच्छा नहीं, खराब है पंडितजी।" यह रूखा स्वर बाबूजी का था। बाबूजी ने अपनी बात पर और जोर डालते हुए कहा, "खराब ही नहीं, सर्वनाश की शुरुआत है, अगर आप मुझसे पूछें तो।"

पंडितजी ने कहा, "देखो मंडल, घर देखा बहुरिया निरवारे। जैसन-जैसन घर दुवार तैसन-तैसन फरिका, जैसन-जैसन ददा दाई तैसन-तैसन लइका। मुरांवट खराब नहीं है। बड़े मजे का रिश्ता है। अपनी लड़की दो और दूसरे की लड़की लो। भार हलका अपना भी करो दूसरे का भी।"

"पंडितजी हम लड़की को भार नहीं मानते।"

"मेरा मतलब ऐसा नहीं है मंडल, एक हाथ दो एक हाथ लो।"

"महाराज, यह सौदा नहीं है रिश्तेदारी है।"

"दोनों ओर करो न जी रिश्तेदारी।"

"महाराज, फुटहा करम के फुटहा दोना, दही गवांगे चारों कोना। हमारा अनुभव तो यही है कि दोनों ओर रिश्ता होता है तो दो घर बिगड़ते हैं।"

"मुझे तो विश्वास नहीं सुनी-सुनाई बात पर। अँधवा पादे कनवा जोहारे वाला हिसाब है। किसी ने कह दिया और किसी ने मान लिया। आप भी मंडल क्या सोचते हैं। गुरांवट से बढ़िया तो कोई रिश्ता ही नहीं होता। हमारी जाति में भी होता है मंडल।"

"आपकी जाति में होता है, इसलिए कोई परंपरा बढ़िया मान लें महराज?"

"सनातन से चला आया है जी।"

"सनातन से आया जरूर है, मगर चालीस बरस में क्या से क्या हो गया। मैं सुनी-सुनाई बात नहीं करता। अपना रोना रो रहा हूँ।"

"लेकिन हम तो आपके परिवार को बहुत दिनों से देख रहे हैं। कोई कष्ट तो आपको है नहीं।"

"आप सिर्फ दस बरस से देख रहे हैं। मैं चालीस बरस पहले का दृश्य देख सकता हूँ। इन चालीस बरसों में क्या से क्या हो गया यह तो आप भी देख ही रहे हैं पंडित जी। पहले लड़की वालों के यहाँ बाकायदा,

आपके जिजमान आपको भेजते थे कि नहीं कि जाओ महराज लड़के के लिए बहू देख आओ।"

"हाँ, भई सो तो है। दस बार लड़के वाले रेंगते थे। फुतकी धुर्रा में एकमई हो जाते थे। तब कहीं कोई लड़की मिल पाती थी।"

"सो तो है दाऊ जी।"

"वही नहीं महराज, लड़की माँगने वाला जब बताता था, कि उसके चार बेटे हैं और बीस एकड़ जमीन है तो लड़की वाला वहीं बाँट देता था कि पाँच एकड़ तो मिलेगा लड़के को, ऐसे पंचएकड़िया के यहाँ हम लड़की नहीं देंगे।"

"हाँ, ऐसा भी होता था।"

"तब लड़की पाने के लिए लड़की की बलि देकर गुरांवट शादी करते थे। गरीब लड़के का हाथ तभी पीला हो पाता था, जब उसकी बहन तबादले पर दी जाती थी।"

"छोड़िए दाऊ जी कल की बात, बात तो आज की करिए।"

"आज की बात केवल आज की बात नहीं होती पंडित जी। आज हम जो कुछ भी सोच रहे हैं उसका आधार बीते हुए कल से निकलता है और इस आज से आने वाले कल की तस्वीर बनने लगती है।"

"आपकी बात ठीक है दाऊजी। मैं केवल यह जानना चाहता हूँ कि गुरांवट से आपको इतना परहेज क्यों है ?"

"इसलिए कि मैं स्वयं भुक्तभोगी हूँ।"

"कैसे भला ?"

"ऐसे कि चालीस बरस पहले हमारे ये ठाठ नहीं थे। जब मेरी शादी की बात आई तो अंततः मेरी बहन के साथ ही गुरांवट होने पर मेरी शादी हो सकी।"

"तो क्या हो गया ?"

"हुआ यह कि मेरी मंडलिन तो आई खाते-पीते घर से, मगर मेरी बहन गई थी मुझ गरीब के घर से, इसलिए मेरी सास मेरी बहन को रोज गाली देती थी कि तुम तो बेल कस गुद्दा दुबराज चांऊर भकोसती हो और मेरी बेटी एक लांघन एक फरहार का जीवन जी रही है। नंगरा

घर से आकर तुम राज कर रही हो और मेरी रानी बेटी दुख भोग रही है तुम्हारे घर।"

"बड़ा अन्धेर है जी यह तो, किस्मत की बात है।"

"किस्मत की नहीं, हमारे गलत सोच की बात है। हम स्वयं स्वार्थ या मजबूरी के कारण इस तरह का जोड़ा बैठाकर अपनी जिम्मेदारियों से मुक्त हो लेते हैं और भुगतान भुगतते हैं बच्चे।"

"हाँ, यह तो है।"

"अरे, यही नहीं, बल्कि मेरे ससुरालवाले मुझे भी बहन के आगे जलील करते थे। हद तो तब हो गई जब मेरी उपस्थिति में ही हमारे खानदान को गाली देते हुए मेरे साले बनाम दामाद ने मेरे सामने ही मेरी बहन को बेखौफ पटककर इतना मारा कि भीतर से मैं उसी दिन मर गया और मेरी बहन तीन बरस उसी तरह मार-गाली खाते हुए गुरांवट शादी की बलि चढ़ गई।"

इस विवरण से सन्नाटा-सा खिंच गया।

पंडितजी को लगा कि बाबूजी ने उन्हें घेर लिया है। वे कुछ देर तो चुप खड़े रहे फिर बोले, "मंडल, तइहा के बात, बइहा लेगे छोड़िए। कल की नहीं, बात आज की करिए।"

अब बाबूजी से रहा न गया। उन्होंने कहा, "आप ही जैसों के लिए कहा गया है–कहाँ गे कहूँ नहीं, का लाने कुछ नहीं। अरे ददा कल और आज की छोड़ो, समस्या तो वही है। बेटी देकर कल बहू पाते थे, आज बेटा दामाद पाने का युग है। चालीसे बच्छर में तो खरखरा उल्टी बह गई। मूंड़ के नाव कपार होगे साले हा।"

पंडितजी समझ गए कि दाल नहीं गलने वाली। उन्होंने कहा, "मंडल, हम तो लड़की ले चुके। बस प्रार्थना यही है कि हो सके तो हमारे जिजमान की बच्ची के लिए कोई योग्य वर आप भी देखिए। सीधे गुरांवट नहीं जमता, तो ऐसा कीजिए एक चंदखटवा और रख लीजिए, तिरकट फँसाइए। हमारी बच्ची उनके घर जाय, उनकी लड़की को आप बहू बनाइए और आपकी तो हम ले ही चुके।"

बाबूजी ने कहा, "वाह पंडितजी, सीधे साँप से न चबवाकर

आप घोलकर माहुर पिलाना चाहते हैं। कुछ भी हो हत्या हो जानी चाहिए, क्यों ?"

अब पंडितजी परास्त हो गये थे। आँगन में बैठे तीन-चार सयाने लोगों ने पंडित जी को सुनाते हुए अंतिम निर्णय दे दिया, "पंडितजी, बहुत तर्क-वितर्क आप कर चुके, अब उठिए और आशीर्वाद देकर सही ढंग से शादी-ब्याह की परंपरा को आगे बढ़ाइए।"

हन्नू मास्साब

पड़ोसियों ने हन्नू मास्साब को हमेशा सर आँखों पर बिठाया है। मगर हन्नू मास्साब स्वयं व्यथित होकर पड़ोस छोड़ने के लिए विवश हो जाते हैं। इसे संयोग ही कहें कि हन्नू मास्साब जहाँ किराए से मकान लेकर रहते हैं अगल-बगल के पड़ोसियों के यहाँ लड़कियाँ ही हो जाती हैं। हन्नू मास्साब तो निःसंतान हैं इसलिए लड़कियों के जन्मोत्सव में स्वयं भी गद्‌गद होकर न केवल शरीक होते हैं बल्कि बढ़-चढ़कर जश्न भी मनाते हैं। मगर नगर में दो तीन अवसरों के बाद यह चर्चा चल निकली कि हन्नू मास्साब की छाया ही खराब है। वे जहाँ बसते हैं वहाँ इर्द-गिर्द केवल लड़कियाँ ही होती पाई गई हैं। और चाहे इक्कीसवीं सदी में छलांग लगाने को देश-भर के साथ हमारे नगर के लोग भी बिल्कुल तैयार बैठे हैं, मगर यह जो लड़की के जन्म का मसला है इससे लोगों के हाथ-पाँव फूलने लगते हैं। वैसे चर्चा में हर कोई ठसक के साथ यह कहने में गौरव ही महसूसता है कि "लड़का और लड़की में अंतर ही क्या है। इन्दिरा जी भी तो लड़की ही थीं" मगर सब जानते हैं कि हर लड़की इन्दिरा जी नहीं हो सकती क्योंकि हर बाप इस देश का प्रधानमंत्री भी तो नहीं हो सकता।

तो हन्नू मास्साब के बारे में ज्योंही यह अफवाह फैली कि उनके पड़ोस में केवल लड़कियाँ ही होती हैं तो उन्होंने पहली बार घर में विगत बीस वर्षों से संतान के लिए जड़ी-बूटी, झाड़फूँक से तंग हो आई अपनी निःसंतान पत्नी से कहा, "क्या अफवाह है मेरे संबंध में सुनती हो ?"

पत्नी ने कहा, "यही न कि तुम्हारी छाया से पड़ोसियों के घरों में

लिंग परिवर्तन हो जाता है।"

हन्नू गुरुजी ने इतना सुना तो ताली पीटने लगे। हँसी थमी तो उन्होंने अपनी पत्नी को कहा, "बाई, लोग संयोग को भी अपराध ही घोषित करते हैं। अरे भई अगर मेरी छाया में इतनी शक्ति होती तो मैं स्वयं अपनी काया के जोर से एक कन्या न जन्मा लेता ?"

कहने को तो हन्नू मास्साब यह एक झटके में कह गए मगर पत्नी के रुआँसे चेहरे को देखकर उन्हें अपने कथन की वक्रता का ख्याल आया। उन्होंने मुस्कराने की कोशिश करते हुए कहा, "अरे भाई, मैं महाविद्यालय में हर बरस सैकड़ों लड़के-लड़कियों को पढ़ाता हूँ, सब तो मेरे ही बच्चे हैं। एक के लिए क्यों दुःखी हों। दिल बड़ा रखो बस। फिर दुनिया अपनी और अपन दुनिया के।"

पत्नी ने कहा, "ऐसी आदर्शवादी बातें आप तो सोच सकते हैं मगर दूसरे लोग तो तंगदिल हैं। अब तो एक और ही अफवाह सुनती हूँ आपके बारे में ?"

"सो क्या जरा मैं भी सुनूँ ?" हन्नू मास्साब ने गंभीरतापूर्वक कहा।

"यही कि पिछली बार जो हम मकान लिए थे उसके पड़ोस में खोरबाहरिन नहीं थी, जिसकी पाँच लड़कियाँ पहले से थीं ?"

"हाँ, हाँ। तो क्या हुआ ?"

"अभी-अभी खबर लगी है कि पिछले सप्ताह उसकी जचकी हुई है।"

"अच्छी बात है, उसमें परेशान होने वाली क्या बात है।"

"और क्या हुआ जाए। परेशानी की बात तो है ही।"

"क्या भई बताओगी ?"

"यही कि खोरबहरिन के यहाँ जुड़वाँ लड़कियाँ हुई हैं।"

हन्नू मास्साब यह खबर सुनकर रोना तो चाहते थे मगर उन्हें बेशाख्ता हँसी आ गई।

इसी सब के चलते हन्नू मास्साब ने जब वर्तमान बस्ती में स्वयं का मकान बनवाया तो उन्हें यह जानकर अत्यन्त प्रसन्नता हुई कि दोनों ओर के पड़ोसियों ने परिवार नियोजन करवा लिया है और कोई खतरा नहीं है। मगर आधुनिक चिकित्सा विज्ञान भी तो हन्नू मास्साब के विरुद्ध साजिश

में संलग्न निकला। नियोजन के बावजूद एक पड़ोसी के यहाँ साल भर के भीतर जचकी की नौबत आ गई और वाह रे दुर्भाग्य कि कन्या रत्न ने ही पड़ोसी के घर जन्म लिया।

तब से हन्नू मास्साब ने अफवाहों से किनारा ही कर लिया। उन्होंने अपनी मास्टरिन को जोर से सुनाते हुए कहा–

"जोहि बिधि राखे राम ताहि बिधि रहिए।"

हन्नू मास्साब ने मगर रहने के लिए जो मकान बनवाया, उसमें राम की विधि से नहीं बल्कि अपनी विधि से रहने का प्रबंध किया।

दो बड़े-बड़े कमरे, एक किचन, और एक अध्ययन कक्ष। अध्ययन कक्ष उनका जीवन भर का सपना था। जब अध्ययन कक्ष बना लिया तो अपने महाविद्यालय के छात्र-छात्राओं को उन्होंने कह दिया कि घर पर आकर निःशुल्क पढ़ लिया करें।

हन्नू मास्साब का विषय है हिन्दी। अब हिन्दी में भला कोई क्यों अतिरिक्त पढ़ाई करने लगा। हिन्दी के लिए तो पन्द्रह ही दिन काफी समझा जाता है। विद्यार्थियों की मान्यता है–छेना थापना और हिन्दी में एम. ए. करना तो एक बराबर। तो जो विद्यार्थी कुछ साहित्यप्रेमी थे उन्होंने हन्नू गुरुजी के आह्वान को कुछ ध्यान से सुना। दो-तीन बार ऐलान के बाद दो छात्राएँ हन्नू मास्साब के यहाँ जा पहुँची।

शनिवार का दिन था। हन्नू मास्साब अपने गाँव गए थे। खेतीबाड़ी देखने सरेखने। हन्नू मास्साब लोकल मास्साब हैं। इसीलिए तो महाविद्यालय में हिन्दी के व्याख्याता होकर भी हन्नू मास्साब कहलाते हैं। नाम तो उनका बहुत वजनदार है–हनुमान प्रसाद। कुछ दिनों यह नाम चला भी मगर स्थानीयता की मार कुछ ऐसी पड़ी कि हो गया बंटाधार। हनुमान प्रसाद जी स्टाफ रूम में एक दिन गपिया रहे थे कि उनके गाँव का एक व्यक्ति आया जो चौथी तक हनुमान प्रसाद जी के साथ ही पढ़ा था। अब गाँव का सरपंच था और किसानी करता था। स्टाफ रूप में प्रवेश करते ही बोला, "अरे हन्नू, तोरा खोजत खोजत थक गेंव जी।" हनुमान प्रसाद जी को लगा कि किसी ने उनका पाजामा एक झटके में फिर उतार लिया है जैसे उनके ससुराल गाँव में उनके साले ने तरियापार में उतार लिया था।

हुआ यह कि हन्नू मास्साब नए-नए व्याख्याता हुए और उसी बरस ससुराल अपनी पत्नी को लाने भी गए। साल भर पहले तो शादी हुई थी। तब हन्नू मास्साब हिन्दी साहित्य में स्वर्णपदक लेकर रविशंकर विश्वविद्यालय से निकले थे। आवेदन तो उन्होंने आरंग, बागबहरा और दुर्गमहाविद्यालय में भी दे दिया था मगर खेतीबाड़ी की दृष्टि से हमारे नगर का महाविद्यालय उनके बड़े भाई को अधिक उपयुक्त लगा था। हनुमान प्रसाद जी के पास शानदार स्वर्ण पदक था और महाविद्यालय के पास हिन्दी व्याख्याता का एक स्थान। हनुमान प्रसाद जी चुन लिए गए और नौकरी लगते ही पहुँच गए सूट-बूट डाँटे हुए ससुराल। ससुराल भी चार नागर के जोतनदार के यहाँ थी। उनके तीन साले तो बाकायदा भिलाई कारखाने में नौकरी तब ही करते थे।

हन्नू मास्साब का तो खैर अब पेट इत्यादि निकल आया है। इसलिए कपड़ा इत्यादि डाट लेने पर कुछ भले से लगते हैं मगर जिन दिनों की यह बात है उन दिनों में डेढ़ पकती के जीजा के रूप में बहुचर्चित थे। उनकी पत्नी अलबत्ता काफी तन्दुरुस्त थी मगर मास्साब थे बिल्कुल दुबले-पतले। सालियाँ भी उनके सामने हँसी-हँसी में कह देतीं–

"का भाँटो हे, डंग डंग ले बाँस असन। खटिया टुटउल दीदी अऊ फूंक माँ उड़ऊ भाँटो।"

हनुमान प्रसाद जी खीझ कर रह जाते। एक तो वैसे ही अमिताभी लम्बाई फिर हड़ियल काया। तो उन्हीं दिनों की यह घटना है जिसे हन्नू मास्साब कभी भूल नहीं पाते। तालाब से जब वे नहाकर निकले तो चड्ढी को छोड़कर–बाकी सब कपड़े गायब पाए गए।

हनुमान प्रसाद जी, बड़े गौंटिया के छोटे दामाद, तब गीली चड्ढी पहनकर तरियापार में चढ़े और चीरहरण करने वाले अपने सालों को घंटों गरियाते रहे। तब जाकर उन्हें वस्त्र दान किया गया और वे उफनते हुए उसी दिन शाम को ससुराल से मय पत्नी के भाग गए।

खीर-तसमई, चीला बरा सब छोड़कर उन्होंने एक ही प्रण को पूरा किया कि अब यहाँ का पानी भी नहीं पीना है।

साले बहुत गिड़गिड़ाए। सास रोती रही, मगर गुरुदेव अटल रहे और

अंततः उनकी विदाई शाम को करनी पड़ती।

प्रथमग्रासे मक्छिकापातः की दुर्दशा को उनकी गृहस्थी ने प्राप्त किया। मास्टरिन बाई न कभी उस हादसे से उबर सकी न हन्नू मास्साब कभी सालों को क्षमा कर सके।

हन्नू मास्साब को जब उनके बालसखा सरपंच ने 'अरे हन्नू' कहा तो उन्हें अपने सालों की याद हो आई और वे सरपंच सखा को लेकर झट स्टाफ रूम से बाहर निकल आए।

बाहर आते ही उन्होंने कहा, "साले गँवइहा, हन्नू काबर केहे बे ? हनुमान प्रसाद बोले में तोर मुँह टूट जाही।"

तब जाकर सरपंच को अपनी गलती का अहसास हुआ और उसने वहीं क्षमा भी माँग ली मगर उसके क्षमा माँगने से क्या होता है। नाम तो बिगड़ गया उनका। कालेज से होता हुआ यह नाम शहर में फैल गया और वे तब से हन्नू मास्साब हैं।

हन्नू के साथ मास्साब कहने में उनके ही विभाग के तत्कालीन प्राध्यापक डा. सत्तार मियाँ को सुविधा कुछ ज्यादा हुई। वे तब विभागाध्यक्ष थे। उम्र में काफी बड़े भी थे। प्रोफेसर सत्तार मियाँ हिन्दी के विद्वान ही नहीं थे कालेज के अत्यंत सम्मानित व्यक्ति भी थे। आज भी जब गजल की बात हमारे नगर में चलती है, डा. सत्तार मियाँ की बात जरूर चलती है। एक दिन किसी जरूरी काम के लिए उन्हें हनुमान प्रसाद जी की याद आई। कुछ-कुछ विचारों में डूबे रहने वाले शायद थे डा. सत्तार मियाँ। उन्होंने चपरासी से कहा—जरा हन्नू मास्साब को बुला लाइए तो।

चपरासी सत्तार मियाँ का बहुत आदर करता था। हुक्म सुना और स्टाफ रूम की ओर भागा। वह मन ही मन काफी अंदाजा लगा रहा था कि आखिर ये हन्नू मास्साब कौन होंगे।

स्टाफ रूम में सब बैठे बातें कर रहे थे। चपरासी वहाँ पहुँचकर पूछा, "कोनों इहाँ हन्नू मास्साब आए हैं का ? सत्तार सर बलावत हैं।"

इतना सुनना था कि सबकी बोलती बंद हो गई। हनुमान प्रसाद जी आग्नेय नेत्रों से चपरासी को देखते हुए उठे और अपने विभागाध्यक्ष के कमरे में जा पहुँचे, "सर, ये मेरा नाम बिगाड़ा जा रहा है।"

सत्तार सर ने कहा–कैसे भाई जान।

–चपरासी ने कहा हन्नू मास्साब को बुला रहे हैं। मैं हन्नू हूँ क्या ?

–ये तो मैंने ही कह दिया था। उस दिन तुम्हारे गाँव के सरपंच जी नहीं आए थे ? कितने खुलूसो मुहब्बत से उन्होंने पुकारा था तुम्हें। हमे तो भाई यही नाम भाता है। ये हनुमान प्रसाद तुम औरों के लिए हो, मुझे तो बस हन्नू मास्साब की तरह मिला करो। क्या मिठास है इस नाम में। तब से हनुमान प्रसाद जी किसी के लिए भला कहाँ हनुमान प्रसाद रहे, बस हन्नू मास्साब बनकर रह गए।

अब तो उन्हें ख्याल भी नहीं आता कि उनका नाम कभी हनुमान प्रसाद हुआ करता था।

तो हन्नू मास्साब की मास्टरिन भी उन्हें अब हन्नू मास्साब ही कहती है। हन्नू मास्साब हैं, हन्नू मास्साब नहीं हैं। इतना उन्हें दिन में दस बार बताना पड़ता है। हन्नू मास्साब का एक काम तो है नहीं। साहित्य समिति के इंचार्ज वे हैं, पत्रिका के प्रभारी वे हैं, राष्ट्रीय सेवा योजना के कार्यक्रमों में हन्नू मास्साब ही कामयाब रहते हैं। पिछले दिनों एक गाँव, में उनके निर्धूम चूल्हों की बड़ी धूम रही। वहाँ उन्होंने बाकायदा कवि सम्मेलन भी करवाया जिसमें बहुत बड़े-बड़े कविगण हन्नू मास्साब के प्रेमपूर्ण संबंधों के कारण पधारे।

हन्नू मास्साब के इसी प्रेमपूर्ण संबंध के कारण दो छात्राएँ जब अध्ययन कक्ष के सदुपयोग के लिए शनिवार को पहुँचीं तो हन्नू मास्साब गाँव गए हुए थे।

मास्टरिन ने छात्राओं को घुड़कते हुए कहा, "गाँव गे हे, का काम है तुमला ?"

छात्राओं ने नमस्कार करते हुए कहा, 'आण्टी जी, हम पढ़ने आए थे सर से।' गुस्साकर मास्टरिन ने अंतिम आदेश दे दिया।–'कालेज में पढ़े करब घर आए के जरूरत नइ ये।'

यह प्रकरण भी हन्नू मास्साब के लिए सरदर्द सिद्ध हुआ। कालेज में बड़ी हँसी हुई। हन्नू मास्साब ने घर आकर अनशन प्रारंभ कर दिया। खाना-पीना बंद। जब मास्टरिन ने हाथ-पाँव जोड़ा तब वे बोले–'तुम्हारा

तो खानदान ही नालायकों का है। कोई अगर पढ़ने आ जाए तो तुम उसे घुड़कने वाली हो कौन ?'

मास्टरिन ने कहा—जवान टूरी मोटियारीमन मोला आण्टी काबेर कहिनि। मैं उकर आण्टी के उमर के अंव का।

अब हन्नू मास्साब केवल सर पीट सकते थे। वाकई गलती तो छात्राओं से भी हुई थी। उन्होंने आण्टी जी कह दिया था। जवान लड़कियों से आण्टी कहलाना मास्टरिन को पचता भी कैसे ?

हन्नू मास्साब ने तबसे बालिकाओं को घर में निःशुल्क ट्यूशन देने का कार्यक्रम स्थगित कर दिया।

हन्नू मास्साब ने कभी नहीं कहा कि वे संतान के लिए दूसरी शादी करना चाहते हैं मगर छठे-छमासे उनकी पैंतीस वर्षीया मास्टरिन इस मुद्दे पर अपनी चिंता कुछ इस तरह रख देती है जैसे वह वाकई कोई शादी रचाने ही जा रहे हैं। कभी-कभी तो घर में दो-दो दिन तक यह मुद्दा प्रभावी रहता है।

हन्नू मास्साब नगर के इस एकमात्र अशासकीय महाविद्यालय में केवल स्थायित्व के लिए आ गए वर्ना उन्हें शासकीय महाविद्यालयों में भी कम अवसर नहीं मिले। कई मित्रों ने तो उन्हें हिन्दी अधिकारी इत्यादि बन जाने का सुझांव दिया मगर हन्नू मास्साब ने उन्हें साफ कह दिया कि—'कामगार होना तो बहुत सामान्य स्थिति है कमाओ और जिओ खाओ मगर गुरु की महिमा अपरम्पार है। हम गुरु हैं इससे बड़ा और क्या सम्मान हो सकता है। रोटी कमाने के बहाने जीवन में सार्थकता का एहसास सिर्फ हमारे पास ही होता है, वैसे तो बहुत सारे रोजगार हैं मगर अंधकार से प्रकाश की ओर चले चलने का आह्वान रोजगार के तहत केवल हम करते हैं। जीवंत दिनचर्या, तेजस्वी वर्तमान और गौरवपूर्ण बुढ़ापे का आश्वासन और कहीं नहीं मिलता।'

'किसी का तो एक बेटा अधिकारी और डाक्टर बनता है यहाँ हम हजारों हजार डाक्टर वकील और मूल्यवान नागरिकों के पिता होने का यश प्राप्त करते हैं।'

सुनने वाले की ब्रेनवाशिंग हो जाती है। हन्नू मास्साब का अपने व्यवसाय

के प्रति लगाव सर्वविदित है। उन्हें अपने महाविद्यालय पर और महाविद्यालय को उन पर गर्व है। इस वर्ष रजत जयन्ती समारोह मनाया जा रहा है उनके महाविद्यालय में। हन्नू मास्साब का इस अवसर पर विशेष सम्मान भी निश्चित किया गया है।

हन्नू मास्साब के बीस वर्षीय अध्यापक जीवन में क्या कुछ नहीं बीता। मगर हर घटना के बाद हन्नू मास्साब की लंबाई कुछ और बढ़ गई। इसीलिए तो उनके पड़ोस में लड़कियों के जन्म लेने से संबंधित संयोगों के बावजूद हन्नू मास्साब का सम्मान कम नहीं हो पाता। और किसी के साथ ऐसे संयोग घटने लगे तो लोग उन्हें कोसने लगेंगे लेकिन हन्नू मास्साब का स्वभाव और सेवा भाव ही ऐसा है कि पड़ोसी आश्वस्त रहते हैं कि हन्नू मास्साब हैं तो कोई चिन्ता की बात नहीं है।

हन्नू मास्साब दिल्ली, भोपाल से लेकर अपने नगर तक समान रूप से हर समस्या के निदान हेतु प्रस्तुत मिलते हैं।

दिल्ली जा रहे हैं अशासकीय शिक्षक संघ के डेलीगेट बनकर तो नगर के किसी कहानीकार की कहानी दिल्ली की प्रतिष्ठित पत्रिका में स्वीकृति के बावजूद क्यों नहीं छप रही यह रहस्य भी न केवल जानकर आएँगे बल्कि संपादक से मिलकर जल्दी निकाल देने का अनुरोध भी कर आएँगे।

भोपाल गए हैं महाविद्यालय के काम से रजत जयंती वर्ष के अवसर पर कुछ विशिष्ट आयोजन के सिलसिले में शासकीय सहायता माँगने। मगर खोज रहे हैं, पब्लिक सर्विस कमीशन के दफ्तर में चटर्जी साहब को ताकि अपने एक विद्यार्थी के आधिकारिक भविष्य को और पुख्ता कर सकें। गरज ये कि सत्तर तरह के कामों में हन्नू मास्साब फँसे रहेंगे और घर में उनकी मास्टरिन अकेली उफनती रहेंगी। मगर उन्हें इस तरह के उफानों की कभी चिंता नहीं रही।

चिंता तो खैर हन्नू मास्साब ने बड़े-बड़े की नहीं की भला मास्टरिन की क्या हैसियत। वे कहते भी हैं, "अरे, राजा रिसाही, अपन राज लिहि, चल देवो अपन गाँव। कमाबो खाबो।"

हन्नू मास्साब को जो लोग कम जानते हैं वे भी इतना तो जानते ही हैं कि उनके पास पचास एकड़ जमीन आज भी है जिसे उनके बड़े भाई

सँभालते हैं।

और अगर जमीन न भी होती तब भी जानने वाले जानते हैं कि हन्नू मास्साब ऐसे ही रहते। सत्यवादी और निडर। मगर सहृदय और परोपकारी भी।

सत्यवेदन का तो हाल यह है कि रजत जयन्ती वर्ष के अवसर पर आयोजित पिछले एक कार्यक्रम में भी जिलाधीश महोदय की उन्होंने बोलती बंद कर दी। एक परिचर्चा थी।

'अध्यापन का व्यवसाय।
वाह वाह या हाय हाय'

चूँकि जिलाधीश महोदय स्वयं एक भूतपूर्व व्याख्याता थे इसलिए उन्हें मुख्य वक्ता के रूप में आमंत्रण मिला था। जिलाधीश ने कहा, "सम्मान की दृष्टि से तो अध्यापन का व्यवसाय वाह-वाह तब भी था किन्तु तब अर्थ के मामले में हाय-हाय की स्थिति ही थी अतः मैंने आई. ए. एस. की परीक्षा देकर सम्मान और अर्थ की दृष्टि से वाह-वाह का मार्ग चुना और हाय-हाय से मुझे मुक्ति मिली।"

जिलाधीश तो बोलने में पटु थे ही। भूतपूर्व व्याख्याता जो थे फिर विषय की दृष्टि से उनका उद्‌बोधन अत्यंत प्रासंगिक था। श्रोता मुग्ध हो गए। तालियों की गड़गड़ाहट से हाल गूँज उठा। संचालन हन्नू मास्साब ही कर रहे थे। उनसे रहा नहीं गया। यद्यपि जिलाधीश सम्मान्य अतिथि थे मगर हन्नू मास्साब भी तो हन्नू मास्साब हैं। उन्होंने बड़ी विनम्रता से कहा, "आदरणीय मुख्य वक्ता महोदय जी, विद्वता का कायल होता हुआ मैं विनम्रतापूर्वक केवल यही कहूँगा कि सवाल अर्थ का नहीं है। सवाल है दृष्टिकोण का। नैसर्गिक रुझान और चिंतन दृष्टि पर आश्रित है यह वाह-वाह और हाय-हाय।

मुक्तिबोध ने कहा भी है–

मेरी अनुभूतियों से तुम्हारी अनुभूतियाँ भिन्न हैं जो तुम्हारे लिए विष है मेरे लिए अन्न हैं।

यह तो अनुभूतियों का सवाल है। मैं केवल एक उदाहरण दूँगा। आप तो खैर एक बेहतर पे स्केल के लिए व्याख्याता का पद छोड़कर आई.

ए. एस. में गए। हमारे इस महाविद्यालय में तो कई व्याख्याता चौदह सौ की तनख्वाह को छोड़कर नौ सौ के वेतन में सेल्स टैक्स इंस्पेक्टर होकर चले गए। अब आप कहें कि कहाँ चौदह सौ और कहाँ नौ सौ। फिर जनाब कहाँ व्याख्याता का सम्मानजनक पंद और कहाँ सेल्सटैक्स इन्स्पेक्टर का सामान्य-सा पद। मगर नहीं, सवाल जो है बीच में, रहस्यमय, वही तो असल होता है। जीवन मूल्य का प्रश्न है यह। अतः मैं तो इस व्यवसाय को सही सोच और आदरपूर्वक जीने वालों के लिए वाह-वाह का व्यवसाय मानता हूँ और पैसे से जीवन मूल्य निर्धारित करने वालों के लिए यहाँ सांदीपनि और द्रोणाचार्य से लेकर हन्नू मास्साब तक सबकी ओर से एक स्वर में मनाही होगी।

जिलाधीश महोदय बहुत उदार व्यक्ति थे। उन्होंने वहीं उठकर हन्नू मास्साब को गले से लगा लिया।

और विदाई के समय विनोद में कहा भी कि हन्नू मास्साब मुझे कम से कम आप लोगों के बीच आने से मना न करें। आते रहने की अनुमति दे देवें तभी मैं यहाँ से हटूँगा।

जिलाधीश तो खैर अपनी अतिशय विनयशीलता के लिए अंचल भर में विख्यात हैं, मगर इस घटना के बाद हन्नू मास्साब भी खूब चर्चित हुए।

चर्चित तो वे हमेशा रहते हैं। किन्तु इस वर्ष परीक्षाओं के दिनों में घटित एक घटना से अंचल भर के महाविद्यालयों के व्याख्याताओं ने उनका जो विशिष्ट सम्मान किया उसे पाने के लिए बड़े-बड़े व्यक्ति तरस कर रह जाएँ।

खचाखच भरे हाल में स्वयं कुलपति ने हन्नू मास्साब का विशिष्ट पदक, शाल और श्रीफल देकर अभिनंदन किया। अपने बीस वर्षीय शिक्षकीय जीवन में ईमानदारी और साहस के साथ युक्तिपूर्वक शांति बनाए रखने की कामयाबी के लिए उन्हें यह सम्मान दिया गया।

एक तरह से इस दुर्लभ रेकार्ड के कारण ही इस सम्मान की शुरुआत इस वर्ष विश्वविद्यालय में हुई है। आज हिंसा भरे वातावरण में चाकू और पिस्तौल धारण किए छात्रों के बीच निष्ठापूर्वक कार्य कर लेने की युक्ति का सम्मान सबको आवश्यक भी लगा।

सम्मान के अवसर पर संचालक ने कहा, "आदरणीय हन्नू मास्साब, अद्भुत गुरु हैं। अपने बीस वर्षीय सेवाकाल में इन्होंने किसी छात्र को घुड़का भी नहीं मगर कभी कोई छात्र चाहे वह कितना ही प्रभावशाली क्यों न हो, इनके शिकंजे से गलत काम करके मुक्त भी नहीं हो सका।

इनके निरीक्षण के दौरान अब तक हजारों लड़के चिट करते पकड़े गए। और इन्हें धमकियाँ भी बहुत मिलीं मगर ये अडिग रहे। केवल कार्यनिष्ठा और सतत सजगता।

हन्नू मास्साब की एक छात्रा की शादी विगत दिनों एक दहेज लोभी परिवार में तय हो गई। पैंतीस हजार का सामान बिन माँगे दे दिए जाने के बावजूद जब लोभियों ने लाख रुपये नकद की माँग अचानक सामने रख दी तो हन्नू मास्साब आपे से बाहर हो गए। इन्होंने न केवल छात्रा और छात्रा के पिताजी को विरोध के लिए तैयार किया बल्कि महाविद्यालय के तमाम छात्राओं का विरोध पत्र लेकर इंस्पेक्टर जनरल ऑफ पुलिस और जिलाधीश को स्वयं दिया। और उपयुक्त वर तलाशने में अपना सर्वस्व न्यौछावर भी कर दिया।

किस्से तो अनेक हैं मगर इस हिंसक युग में भी हन्नू मास्साब कैसे उद्दंड छात्रों से निपटते हैं इसे केवल इस घटना से यहाँ समझाया जा सकता है।

हुआ यह कि एम. ए. हिन्दी के अंतिम प्रश्नपत्र की परीक्षाएँ चल रही थीं। हन्नू मास्साब संयोग से जिस कमरे में थे उसमें नगर के एक दारू भट्ठी के मालिक का लड़का भी परीक्षा दे रहा था।

ज्योंही उसने चिट निकाला कि हन्नू मास्साब ने जा दबोचा। छात्र को उम्मीद नहीं थी कि हन्नू मास्साब उसे भी पकड़ लेंगे। जब हन्नू मास्साब उसके साथ अपनी नैसर्गिक सख्ती से पेश आने लगे तो छात्र ने वहीं धमकी दे दी कि तुम्हें बाहर निकलने पर देख लूँगा।

लड़के तो हन्नू मास्साब के चहेते थे। कुछ लड़के उठ खड़े हुए चिट बाज को ठीक करने। मगर हन्नू मास्साब ने सबको परीक्षा देने का हुक्म देकर उस बालक को निकल चलने को कह दिया।

महाविद्यालय में हंगामा मच गया। लड़के को लेकर कुछ गुरुजन प्राचार्य के कक्ष तक गए।

समय समाप्त भी हो रहा था। महाविद्यालय परिसर के भीतर ही आठ-दस व्याख्याता लड़के को समझा रहे थे कि हन्नू मास्साब अच्छे व्यक्ति हैं और बदतमीजी नहीं होनी चाहिए।

तभी हन्नू मास्साब पहुँच गए। लड़का तब तक अपनी लूना उठा चुका था। हन्नू मास्साब को देखकर और उत्तेजित हो गया। लगा गाली बकने। लड़के और व्याख्यातागण उत्तेजित होते कि हन्नू मास्साब ने सबको चुप कराते हुए लड़के के पास जाकर कहा, "बेटा यह महाविद्यालय परिसर है। यहाँ तो केवल हम देख सकते हैं, तुम नहीं। तुम्हें देखने के लिए परिसर से बाहर चलना होगा, चल" कहते हुए जब वे लूना की पिछली सीट पर बैठे तो अध्यापकों और लड़कों में हड़कंप मच गया। सब रोकने लगे तो हन्नू मास्साब ने कहा, "भाइयो, यह निर्मल सिंह मेरा विद्यार्थी है। लगातार दो वर्षों तक मैं इसे सिखाता-पढ़ाता रहा। मेरी शिक्षा और दीक्षा में कोई खोट जरूर है कि इसे मेरे ही खिलाफ चाकू निकालना पड़ा। मैं समझता हूँ कि मुझ जैसे अधर्म और बेकार शिक्षक को जीने का कोई हक नहीं है जिसे उसका विद्यार्थी ही गरियाने लगे।"...

भाषण समाप्त होते न होते लूना लिये निर्मल सिंह की हालत भी खराब होने लगी थी। वह रोने-रोने को हो रहा था। इधर अध्यापकगण भी यह दृश्य देखकर द्रवित से हो गए थे। तभी हन्नू मास्साब ने निर्मल से कहा, "बेटा निर्मल चलो न, स्टार्ट कर बेटा गाड़ी, चलेंगे बाहर तब तुम अपनी खुन्नस निकाल लेना बेटा।" अब तो मन मारकर निर्मल को लूना स्टार्ट करनी ही पड़ी। परिसर के बाहर जाते न जाते निर्मल सिंह लगभग रो पड़ा और लूना रोककर दोनों हाथ जोड़ते हुए कहा, "सर, मुझे माफ कर दीजिए मैं तैश में था।"

हन्नू मास्साब ने कहा, "तैश में निर्मल तुम अभी भी हो, इसमें रोने की क्या बात है। हममें तुममें कोई लड़ाई है ही नहीं बेटा, फिर रोना धोना भी क्यों ? चलो मैं तुम्हें घर छोड़कर आता हूँ।" कहते हुए हन्नू मास्साब स्वयं लूना चलाने लगे।

निर्मल पीछे बैठकर रास्ते भर सुबुकता रहा।

■ ■